Verschenen van Donna Leon in chronologische volgorde:

Dood van een maestro
Dood in den vreemde
De dood draagt rode schoenen
Salto Mortale
Acqua alta
Een stille dood
Nobiltà
Fatalità
Vriendendienst

Donna Leon

Onrustig tij

2001 – De Boekerij – Amsterdam

Oorspronkelijke titel: A Sea of Troubles (Heinemann)
Vertaling: Els Franci-Ekeler
Omslagontwerp: Studio M/V, Marlies Visser
Omslagfoto: Photonica, Image Store

ISBN 90-225-3051-5

Voor Rudolph C. Bettschart en Daniel Keel

Soave sia il vento
Tranquilla sia l’onda
Ed ogni elemento
Benigno risponda
Ai vostri desir.

Zacht zij de bries
Kalm zij de zee
en ieder element
reagere mild
op uw wensen.

Così fan tutte
Mozart

1

PELLESTRINA IS EEN LANGE, SMALLE LANDTONG VAN ZAND DIE IN de loop der eeuwen bewoonbaar is gemaakt. Het schiereiland loopt noord-zuid van San Pietro in Volta tot Ca'Roman, is ongeveer tien kilometer lang en nergens meer dan een paar honderd meter breed. Aan de oostkant ligt de Adriatische Zee, die niet bekendstaat om zijn rustige karakter, maar de westelijke zijde grenst aan de *laguna* van Venetië en ligt dus beschermd tegen wind, stormen en golven. De grond is zanderig en onvruchtbaar, dus valt er voor de mensen van Pellestrina weinig te oogsten, hoewel ze wel zaaien. Dat maakt hun trouwens niet veel uit; de meesten zouden een minachtend gezicht trekken bij het idee van het land te moeten leven, zelfs als ze er goed van zouden kunnen rondkomen, want de bewoners van Pellestrina leven van oudsher van de zee.

Er doen veel verhalen de ronde over de mannen van Pellestrina, over de volharding en kracht die ze noodgedwongen hebben ontwikkeld in hun pogingen aan de zee een bestaan te ontworstelen. Oude mensen in Venetië herinneren zich een tijdperk waarin van de mannen van Pellestrina werd gezegd dat ze zomer en winter op de ongeplaveide vloer van hun huizen sliepen in plaats van in hun bed, zodat ze 's ochtends vroeg minder moeite hadden op te staan om met het tij mee uit te varen naar de Adriatische Zee en de vis. Zoals de meeste verhalen waarin ons wordt verteld dat de mensen vroeger veel harder waren, zijn ook deze waarschijnlijk apocrief. Wat wél waar is, is dat de meeste mensen die ze horen, als ze Venetianen zijn, ze ook geloven, net zoals ze de verhalen geloven dat de mannen van Pellestrina keihard zijn en ongevoelig voor pijn of lijden, zowel hun eigen als dat van anderen.

In de zomer komt Pellestrina tot leven, wanneer toeristen vanuit Venetië en het Lido of vanaf het op het vasteland gelegen Chioggia naar het dorp komen om verse vis te eten en de koude, net niet mousserende witte wijn te drinken die worden opgediend in de cafés en restaurants. In plaats van brood krijgen ze *bussolai*, harde, ovalen, zoute kockjes waarvan de naam afgeleid kan zijn van *bussola*, kompas, want ze hebben dezelfde vorm. De *bussolai* krijgen ze bij de vis, die meestal zo vers is dat hij nog leefde toen de toeristen aan de lange, oncomfortabele tocht naar Pellestrina begonnen. Toen de toeristen slaperig uit hun hotelbedden kwamen, vochten de kieuwen van de *orate* nog tegen het onbekende element: lucht. Toen de toeristen bij de Rialto in de rij stonden voor een van de vroege vaporetto's, flapperden de *sardelle* nog in de netten. Toen de toeristen van de vaporetto stapten en het Piazzale Santa Maria Elisabetta overstaken, op zoek naar de bus die hen naar Malamocco en de Alberoni zou brengen, werd de *cefalo* net uit de zee gehesen. De toeristen stappen meestal in Malamocco of de Alberoni uit de bus om koffie te drinken, een wandeling te maken over het zandstrand en naar de grote havendammen te kijken die zich in het water van de Adriatische Zee uitstrekken om te voorkomen dat het water van de zee met te veel kracht de *laguna* binnenstroomt.

Tegen die tijd zijn de vissen allemaal dood, al kun je van de toeristen natuurlijk niet verwachten dat ze dat weten, of zich er iets van aantrekken; ze stappen gewoon weer in de bus voor de korte tocht met de pont over het smalle kanaal en vervolgen per bus of te voet hun weg naar Pellestrina en hun lunch.

In de winter is alles heel anders. Vaak komt een gemene wind over de Adriatische Zee aanstormen vanuit het voormalige Joegoslavië. Die brengt regen of natte sneeuw en bijt in de botten van iedereen die zich buiten waagt. De restaurants die het 's zomers zo druk hebben, zijn gesloten en blijven dicht tot laat in de lente, zodat de toeristen zich maar moeten zien te redden en zelf aan eten zien te komen.

Aan één ding verandert nooit iets, en dat is de lange rij *vongolari* die in de luwte van het smalle schiereiland ligt, de oesterboten die het hele jaar in touw blijven zonder zich iets aan te trekken van toeristen, regen, kou of hitte, noch van de legenden die worden verteld over de nobele, hardwerkende mannen van Pellestrina en hun eeuwige strijd om aan de meedogenloze zee een bestaan te ontworstelen voor hun vrouwen en kinderen. De boten hebben schilderachtige namen: *Concordia*, *Serena*, *Assunta*. Ze liggen zij aan zij, breed en hooggeneusd, en hebben veel weg van de boten in kleurboekjes. Wie er in de warme zomerzon langsloopt, krijgt onwillekeurig de neiging zijn hand uit te steken en ze een aai te geven, ze als het ware even achter hun oren te krabben, alsof het om een lieve pony ging of een aanhankelijke labrador.

Voor de leek zien de boten er allemaal hetzelfde uit met hun metalen masten en de ijzeren bak aan de achtersteven die hoog in de lucht hangt wanneer de boten aan de wal liggen. Deze vierkante bakken zijn bespannen met iets dat eruitziet als kippengaas, al is het een veel sterker materiaal dan het sterkste kippengaas, omdat het de druk moet kunnen weerstaan van de stenen die van de zeebodem worden geschraapt en bestand moet zijn tegen onverhoopte botsingen met de zware voorwerpen die op de bodem van de *laguna* verspreid liggen. En uiteraard moeten ze bestand zijn tegen de zeebodem zelf wanneer ze tegen een oesterbed stoten, eronder schuiven, kilo's schelpen, groot en klein, een eind over de zeebodem slepen en uiteindelijk naar de oppervlakte brengen, gevangen in het gaas, terwijl water en zand terugstromen in de *laguna*.

De zichtbare verschillen tussen de boten zijn te verwaarlozen: een iets grotere of kleinere oesterbak dan die van de boot ernaast; reddingsboeien die een likje verf nodig hebben of er juist glanzend gaaf bij hangen; dekken zo schoon dat ze flonkeren in het zonlicht of roestplekken vertonen in de hoeken waar ze de scheepswand raken. De boten van Pellestrina varen iedere dag gemoedelijk naast elkaar uit over de *laguna*; de schippers wonen in gelijksoortige verwantschap in de lage huizen die zich van de ene kant van het dorp tot de andere kant uitstrekken, van de *laguna* tot aan de zee.

Op een dag begin mei brak om ongeveer halfvier 's ochtends brand uit in de kajuit van een van deze boten, de *Squallus* van Giulio Bottin, die op nummer 242 in de Via Santa Giustina woonde. De mannen van Pellestrina zijn tegenwoordig niet meer volkomen afhankelijk van de macht der getijden en de wind, en zijn daarom niet langer verplicht uit te varen wanneer die gunstig zijn, maar eeuwenoude gewoonten zijn niet makkelijk uit te roeien, dus staan de meeste vissers nog steeds bij het krieken van de dag op om uit te varen, alsof de ochtendbries nog steeds invloed heeft op hun snelheid. Op het moment dat de brand uitbrak, hadden de vissers van Pellestrina – die thuis en in hun bed sliepen – nog zo'n twee uur te gaan voordat ze zouden opstaan, en bevonden ze zich op het allerdiepste punt van hun slaap. De vlammen kropen op hun dooie gemak over de vloer van de kajuit naar de houten wanden en het teakhouten bedieningspaneel aan de voorzijde. Teak is hardhout en brandt langzamer maar met een hogere temperatuur dan zachtere houtsoorten, zodat het vuur dat zich over het bedieningspaneel verspreidde en daarvandaan naar het plafond van de kajuit oversloeg en het dek bereikte, zich met een duizelingwekkende snelheid voortbewoog toen het eenmaal de zachtere houtsoorten te pakken had. Algauw was er een gat gebrand in de vloer van de kajuit, waardoor brandende stukken hout neerkwamen in de machinekamer. Een daarvan viel op een bergje olielappen, die prompt vlam vatten en het vuur gedienstig verder leidden naar de pijp van de benzinetoevoer.

Geduldig bewerkte het vuur het gebied rond de smalle pijp; het vrat eerst al het omringende hout weg en toen dat in as veranderd en verpulverd was, smolt een deel van het soldeerlood, waardoor een gaatje ontstond dat de vlam toegang gaf tot de pijp, waarin het vuur in een angstaanjagend tempo naar de motor en de twee benzinetanks snelde.

Geen van de mensen die in Pellestrina lagen te slapen, was zich bewust van de brand, maar iedereen schrok wakker toen de benzinetanks van de *Squallus* ontploften en de nacht vulden met een verblindende lichtflits, seconden later gevolgd door een knal waarvan zelfs mensen in Chioggia beweerden hem gehoord te hebben.

Brand is overal beangstigend, maar om de een of andere reden lijkt het op zee, of in ieder geval op het water, nog angstaanjagender. De mensen die als eersten uit hun slaapkamerramen keken, zeiden later dat de boot was omhuld door dikke, vette rook die omhoogwolkte terwijl het vuur werd geblust door het zeewater. Tegen die tijd waren de vlammen al overgeslagen naar de boten aan weerskanten van de *Squallus* en begonnen die te smeulen, terwijl de benzine uit de ontplofte tanks met een wijde, dodelijke radius neerregende, niet alleen op de dekken van de boten, maar ook op de kade waar drie bankjes in brand vlogen.

Op de ontploffing van de benzinetanks van de *Squallus* volgde een ogenblik van verblufte stilte. Toen barstte heel Pellestrina los. Deuren vlogen open en mannen holden de nacht in; sommigen droegen een broek over hun pyjama, anderen alleen een pyjama, sommigen hadden de tijd genomen om zich aan te kleden, twee waren volkomen naakt, hoewel niemand daarop lette omdat de noodzaak om de boten te redden zo groot was. De schippers van de boten die pal naast de *Squallus* afgemeerd lagen, sprongen vrijwel gelijktijdig van de wal op het dek, ook al had één van hen uit het bed van de vrouw van zijn neef moeten komen, die tweemaal zover weg woonde als de ander. Gelijktijdig rukten ze het blusapparaat uit de klem op het dek en begonnen ermee op de vlammen te spuiten die de brandende benzine met zich had meegebracht.

De schippers van de boten die verder verwijderd lagen van de nu lege plek waar de *Squallus* had gelegen, startten de motoren en voeren haastig bij de brandende boten vandaan. Een van hen was zo in paniek dat hij vergat de tros los te gooien zodat een heel stuk uit de reling van zijn boot werd gerukt. Maar ook toen hij omkeek en het versplinterde hout zag drijven op de plek waar hij gemeerd had gelegen, stopte hij niet voor zijn boot honderd meter van het land verwijderd was, buiten het bereik van de vlammen.

Terwijl hij toekeek, begonnen de vlammen op de dekken van de andere boten langzaam te zakken. Twee mannen kwamen aangehold met brandslangen, sprongen op het dek van een van de boten en spoten op de vlammen, die snel bedwongen werden. Tegelijkertijd lukte het de schipper van de andere boot, waarop iets minder van de rondvliegende benzine terecht was gekomen, op eigen kracht de vlammen te doven met het dikke, witte schuim, al bleef hij spuiten, zelfs toen er allang geen vuur meer te bespeuren was, heen en weer, heen en weer, tot al het schuim op was. Toen pas liet hij het lege brandblusapparaat op het dek zakken.

Tegen die tijd stonden er meer dan honderd mensen op de kade. Ze schreeuwden naar de mannen op de boten die erin geslaagd waren uit de haven weg te komen, ze schreeuwden tegen elkaar en tegen de mannen die de vlammen op hun boten de baas waren geworden. Uit alle monden klonken geschrokken en bezorgde opmerkingen, dringende vragen over wat ze gezien hadden en wat de brand had veroorzaakt.

De eerste die de vraag stelde die een diepe stilte tot gevolg had, een stilte die zich langzaam rond haar uitspreidde, als pus uit een ontstoken wond, was Chiara Petulli, de buurvrouw van Giulio Bottin. Ze stond helemaal vooraan, nog geen twee meter van de dikke metalen bolder waaraan de geschroeide kabel hing die de *Squallus* tot dan toe veilig op zijn plek had gehouden. Ze wendde zich tot de vrouw naast haar, de weduwe van een visser die amper een jaar geleden bij een ongeluk om het leven was gekomen en vroeg: 'Waar is Giulio?'

De weduwe keek om zich heen. Ze herhaalde de vraag. Degene

die naast haar stond, hoorde het en gaf het door, en even later was de vraag door de hele menigte herhaald, maar niet beantwoord.

'En Marco?' vroeg Chiara Petulli. Ditmaal hoorde iedereen haar. Giulio's boot was inmiddels in het ondiepe water gezonken. Alleen de geschroeide masten staken nog net boven het water uit. Maar Bottin was nergens te bekennen, net zomin als zijn zoon Marco, die op zijn achttiende al gedeeltelijk eigenaar was van de *Squallus*, die nu geheel uitgebrand op de bodem van de haven van Pellestrina lag op deze opeens kille lenteochtend.

2

NU BEGON HET GEFLUISTER. IEDEREEN PROBEERDE ZICH TE HERinneren wanneer ze Giulio en Marco voor het laatst hadden gezien. Giulio ging na het avondeten meestal naar het café om te kaarten; had iemand hem gisteravond gezien? Marco had een vriendin in San Pietro in Volta, maar de broer van het meisje bevond zich in de menigte en zei dat ze samen met haar zusjes naar een film op het Lido was geweest. Niemand kon zeggen welke vrouw in het gezelschap van Giulio Bottin zou willen verkeren. Iemand kwam op het idee een kijkje te gaan nemen bij hun huis; beide auto's stonden er en in het huis brandde geen licht.

Een eigenaardige tegenzin, een soort tact tegenover wat als een mogelijkheid moest worden beschouwd, weerhield de mensen ervan te speculeren over waar Giulio en Marco zouden kunnen zijn. Renzo Marolo, die al dertig jaar naast hen woonde, vatte voldoende moed om te doen waar niemand anders toe bereid was: hij pakte de reservesleutel van de plek die iedereen in het dorp kende – onder de pot met de roze geranium op de vensterbank rechts van de voordeur – maakte de deur open en ging het kleine huis binnen, roepend dat hij het was. Hij deed het licht in de kleine woonkamer aan, zag niemand en keek in de keuken, hoewel hij niet zou hebben kunnen uitleggen waarom hij dat deed, gezien het feit dat het daar donker was en hij niet eens de moeite nam het licht aan te doen. Terwijl hij de namen van de twee mannen bleef roepen, als een onmuzikale improvisatie, liep hij de smalle trap op naar de bovenverdieping en de gang door naar de grootste van de twee slaapkamers.

'Giulio, ik ben het, Renzo,' riep hij. Hij bleef even staan, ging toen de slaapkamer in en deed het licht aan. Het bed was leeg en onbeslapen. Steeds ongeruster liep hij de gang door en deed het licht in Marco's kamer aan. Ook daar waren het bed en de kamer leeg, al lagen op een stoel een opgevouwen spijkerbroek en een trui.

Marolo liep de trap weer af, ging naar buiten, deed de deur zachtjes achter zich dicht en legde de sleutel terug. Tegen de wachtende mensen zei hij: 'Ze zijn er niet.'

Groepsgewijs, steun zoekend bij het feit dat ze met velen waren, liepen ze terug naar de waterkant. Vrijwel alle bewoners van Pellestrina stonden nu op de kade. Sommige van de boten die zich in het diepere water in veiligheid hadden gebracht, kwamen langzaam teruggevaren en namen hun vaste plek weer in. Toen ze allemaal weer aan de *riva* gemeerd lagen, leek de lege plek die de gezonken *Squallus* had achtergelaten opeens groter dan toen alleen de twee beschadigde boten aan weerskanten hadden gelegen, en in het midden ervan staken de masten van de *Squallus* onder een rare hoek boven het water uit.

Marolo's zoon, de zestienjarige Luciano, kwam naast zijn vader staan. In de verte klonk de roep van een watervogel. 'En, *papà*?' vroeg de jongen.

Renzo had zijn zoon zien opgroeien in de schaduw, of om een nautische metafoor te gebruiken, in het kielzog van Marco Bottin, die op school twee klassen hoger had gezeten en dus bewonderd en geëvenaard moest worden.

Luciano had een afgeknipte spijkerbroek aangeschoten toen hij door de kreten van zijn vader gewekt was, maar had geen tijd gehad om een hemd aan te trekken. Hij liep naar de rand van het water, draaide zich om en wenkte zijn neef Franco, die op de voorste rij van de menigte stond met een grote zaklantaarn in zijn linkerhand. Franco kwam schoorvoetend naar voren, er niet happig op om ten overstaan van de hele bevolking van Pellestrina in het spotlicht te moeten staan.

Luciano schopte zijn sandalen uit en dook links van de gezonken voorsteven van de *Squallus* het water in. Franco ging op de rand van de kade staan en scheen met de zaklantaarn op het water, waarin zijn neef zich met visachtig gemak bewoog. Een vrouw stapte naar voren en toen nog een en nu kwam de hele voorste rij naar de rand van de kade. Iedereen staarde naar het water. Twee mannen met zaklantaarns drongen tussen de mensen door en voegden hun lichtbundels bij die van Franco.

Na iets meer dan een minuut, die een eeuw leek, kwam Luciano's hoofd boven het water uit. Hij slingerde het haar uit zijn ogen en riep naar zijn neef: 'Schijn op de kajuit.' Toen verdween hij als een zeehond weer onder water.

De drie lichtbundels gleden gezamenlijk naar de romp van de *Squallus*. Af en toe zagen ze de witte flits van Luciano's voetzolen, het enige deel van zijn lichaam dat niet donkerbruin was verbrand. Ze raakten hem eventjes kwijt, toen schoten zijn hoofd en schouders boven het water uit, en meteen was hij weer verdwenen. Nog twee keer dook hij op om zijn longen te vullen en naar het wrak te duiken. Daarna kwam hij boven, ging op zijn rug liggen en zoog diepe, hijgende longenvol lucht naar binnen. Toen de mensen die de zaklantaarns vasthielden, dat zagen, lieten ze de lichtbundels van hem wegzwenken, zodat hij slechts verlicht door de nieuwsgierigheid van de toeschouwers en het zwakke ochtendgloren aan de horizon bleef drijven.

Opeens draaide Luciano zich om op zijn buik en begon op z'n hondjes naar de kant te zwemmen, met eigenaardig stuntelige bewegingen voor zo'n ervaren zwemmer. Hij zwom naar de ladder die tegen het beschot van de kade getimmerd zat en hees zich aan de sporten op.

Tegenover de ladder week de menigte uiteen en precies op dat moment kwam de zon op boven het water van de Adriatische Zee. De eerste stralen die boven de zeedijk uitstegen en over het smalle schiereiland gleden, beschenen Luciano toen die op de bovenste sport van de ladder bleef staan en veranderden de vissermanszoon in een goddelijk wezen dat glanzend uit het water was opgestegen. Ieders adem stokte, alsof ze zich in de aanwezigheid van het bovennatuurlijke bevonden.

Water spatte naar alle kanten toen Luciano zijn hoofd schudde. Hij keek naar zijn vader en zei: 'Ze zijn allebei in de kajuit.'

3

De verklaring van de jongen veroorzaakte weinig verbazing onder de mensen die op de kade stonden. Iemand die hier niet geboren was, zou misschien anders gereageerd hebben op de onthulling dat er twee lijken in het water lagen, maar de Pellestrinotti kenden Giulio Bottin al drieënvijftig jaar; veel van hen hadden zijn vader gekend; weer anderen zijn grootvader. De Bottin-mannen waren altijd harde, meedogenloze mannen geweest, wier karakter mogelijk gevormd en zeker beïnvloed was door de wreedheid van de zee. Als Giulio door een gewelddaad was geveld, zou dat zeer weinigen verbazen.

Sommigen hadden in Marco een verschil bespeurd, misschien vanwege het feit dat hij de enige van de Bottins was die het op school langer dan een paar jaar had uitgehouden en uit boeken meer had geleerd dan moeizaam lezen en een hanenpoterige handtekening zetten. En Marco was natuurlijk beïnvloed door zijn moeder, die nu alweer vijf jaar dood was. Zijn moeder kwam oorspronkelijk uit Murano, en was een zachtaardige, liefhebbende vrouw geweest die twintig jaar geleden met Giulio in het huwelijk was getreden, volgens sommigen omdat ze een affaire had gehad met haar neef Maurizio, die haar in de steek had gelaten om naar Argentinië te emigreren, volgens anderen omdat haar vader, die van gokken hield, veel geld van Giulio had geleend en de lening had terugbetaald door hem zijn dochter als vrouw te schenken. De omstandigheden die tot hun huwelijk hadden geleid, waren nooit helemaal duidelijk geworden, of misschien was er gewoon geen verhaal dat de moeite van het vertellen waard was, maar waar iedereen in het dorp wél van op de hoogte was geweest, was het gebrek aan liefde en genegenheid tussen man en vrouw, en misschien waren de verhalen alleen maar een manier om het ontbreken daarvan te verklaren.

Hoe ze ook over haar man mocht hebben gedacht, Bianca had haar zoon aanbeden en in het dorp, waar de roddelpraatjes niet van de lucht waren, hadden ze gezegd dat dát de reden was voor Giulio's houding tegenover hem: kil, hard en meedogenloos, al was die ook geheel in de traditie van alle voorgaande Bottin-mannen tegenover hun zoons. Op dit punt in het verhaal hieven de meeste mensen hun handen op en zeiden dat die twee nooit met elkaar hadden moeten trouwen, maar dan zei iemand anders dat er dan ook geen Marco zou zijn geweest en je weet hoe gelukkig Bianca met hem was en dat je maar naar hem hoefde te kijken om te weten wat een goede jongen hij was.

En nu lag Marco dood op de bodem van de haven in het verkoolde wrak van zijn vaders boot.

Langzaam maar zeker, naarmate het lichter werd, dunde de menigte uit en liepen de mensen stilletjes terug naar hun huizen. Even later waren de meesten verdwenen, maar na korte tijd keerden de mannen weer terug en kon je ze snel het plein zien oversteken naar hun boten. Bottin en zijn zoon waren dood, maar dat was geen reden om een hele werkdag verloren te laten gaan. Het seizoen was al kort genoeg nu hen door de wet werd voorgeschreven wat ze mochten doen en waar en wanneer.

Binnen een halfuur was de enige boot in de haven de *Anna Maria*, die links van de gezonken *Squallus* lag. De benzinetank van de *Squallus* was met zoveel kracht ontploft dat een metalen staaf ongeveer een meter boven de waterlijn de zijkant van de *Anna Maria* had doorboord. De schipper, Ottavio Rusponi, had nog overwogen het risico te nemen en samen met de andere boten uit te varen naar de oesterbedden, maar toen hij de wolken had bestudeerd en zijn linkerhand opgestoken om te voelen hoe de wind stond, had hij besloten het niet te doen, niet nu de wind vanuit het oosten kwam opzetten.

Pas om acht uur die ochtend, toen kapitein Rusponi zijn verzekeringsagent opbelde om gewag te maken van de schade aan zijn boot, bedacht men dat men eigenlijk de politie moest bellen en het was de verzekeringsagent en niet de schipper die dat deed. Het feit dat niemand melding had gemaakt van de dood van de twee Bottin-mannen zou door velen worden beschouwd als een graadmeter van de achting die de rest van de bevolking van Pellestrina voor de Bottins had.

Het duurde vrij lang tot de carabinieri kwamen. Ze arriveerden in een motorboot vanaf hun politiebureau op het Lido, en er was blijkbaar wat verwarring opgetreden omtrent de situatie, want de carabinieri waren in uniform en hadden geen speciale maatregelen getroffen en ook niet iemand meegebracht dic naar het wrak kon duiken, omdat niemand hun had uitgelegd waar de lijken zich bevonden. De discussie die zich ontwikkelde, betrof zowel de juridische aspecten als de bevoegdheden van de politie. Niemand wist met zekerheid te zeggen welke afdeling van het politieapparaat zich bezighield met verdachte sterfgevallen onder water. Uiteindelijk kwamen ze tot de conclusie dat ze de stadspolitie erbij moesten halen en kikvorsmannen van de Vigili del Fuoco. Een van de redenen voor dit besluit – en beslist niet de onbelangrijkste – was dat de twee carabinieri die als duikers dienstdeden, die dag bezig waren met het illegale verzamelen van aardewerk op de onlangs ontdekte onderzeese afvalplaats bij Murano, een plek waar in de zestiende eeuw mislukte en niet goed gebakken aardewerken voorwerpen in zee waren gegooid. Het verstrijken van de eeuwen had afval veranderd in potscherven; via dezelfde alchemie was het waardeloze van onschatbare waarde geworden. De plek was twee maanden geleden ontdekt en er was rapport over uitgebracht aan de Sopraintendenza per i Beni Culturali, die hem op de lijst had gezet van plaatsen met archeologische waarde waar duiken verboden was. 's Nachts moest de plek bewaakt worden, net zo als de andere plaatsen in de *laguna* waar het water overblijfselen uit het verleden bedekte, maar overdag kon je er regelmatig een boot met de kentekenen van een officiële instantie voor anker zien liggen. Wie zou vraagtekens zetten bij de aanwezigheid van de nijvere duikers die duidelijk de indruk wekten daar voor hun werk te zijn?

De carabinieri keerden in hun boot terug naar het Lido. Ruim een uur later tufte een politieboot de haven binnen waar de vloot van Pellestrina inmiddels weer veilig en wel afgemeerd lag, en de schippers weer thuiszaten.

De schipper van de politieboot minderde vaart toen hij een boot naderde met de insignes van de brandweer, die vlak bij de enige lege plek in de lange rij afgemeerde boten het anker had uitgegooid en op het water lag te deinen. Hij zette de motor een ogenblik in z'n achteruit om de boot tot stilstand te brengen. Brigadier Lorenzo Vianello liep naar de zijkant van de boot en keek neer op het water dat de lege plek vulde, maar de zon glinsterde op het water, zodat hij alleen de scheve masten kon zien die boven de oppervlakte uitstaken. 'Is dat de boot?' riep hij naar de in zwarte duikerpakken gestoken kikvorsmannen die op het dek van de brandweerboot stonden.

Een van de duikers riep iets terug dat Vianello niet verstond en trok zijn linkerzwemvlies aan.

Danilo Bonsuan, de schipper van de politieboot, kwam uit de stuurhut en keek neer op de gezonken boot. Hij hief zijn hand op tegen de schittering van de zon en bekeek de plek die Vianello aanwees. 'Dat moet 'r zijn,' zei hij. 'De man die belde zei dat ze in brand was gevlogen en gezonken.' Hij keek naar de boten aan weerskanten van de lege plek en zag dat de flanken en dekken beschadigd waren en zwartgeblakerd door vlammen.

Naast hen drukten de twee kikvorsmannen hun duikbrillen stevig op hun plek en trokken de banden van de zuurstofflessen op hun rug strak. Ze namen het mondstuk in hun mond, haalden een paar keer adem om uit te proberen of alles werkte en liepen naar de zijkant van hun boot. De lange, breedgeschouderde Vianello stond naast zijn kleinere collega en keek nog steeds naar het water.

Hij wees op de twee duikers en vroeg aan Bonsuan: 'Zou jij dit water ingaan?'

De schipper haalde zijn schouders op. 'Het valt hier wel mee. Bovendien zitten ze in die pakken,' zei hij en hij gebaarde met zijn kin naar de in de zwarte duikerpakken gestoken kikvorsmannen.

De eerste duiker klom over de reling, ging met zijn rug naar de boot en zijn hakken op de bovenste sport van de ladder staan en daalde in het water af, gevolgd door zijn collega.

'Moeten ze niet achterover het water in rollen?' vroeg Vianello.

'Dat doen ze alleen bij Jacques Cousteau,' zei Bonsuan. Hij liep de kajuit in en kwam even later terug met een sigaret in zijn holle hand. 'Wat hebben ze je verteld?' vroeg hij aan de brigadier.

'We hebben een telefoontje gekregen van de carabinieri op het Lido,' begon Vianello, waarop Bonsuan hem prompt onderbrak met een antifonaal 'klerelijers', maar de brigadier deed net alsof hij het niet hoorde. 'Ze zeiden dat er twee lijken in een gezonken boot lagen en dat we kikvorsmannen moesten sturen om een kijkje te nemen.'

'Verder niets?' vroeg Bonsuan.

Vianello haalde zijn schouders op, een gebaar waarmee hij wilde zeggen: wat kun je van carabinieri nog meer verwachten?

In stilte keken ze naar de luchtbelletjes die vlak voor hun boot naar de oppervlakte stegen. Ze merkten dat hun boot door het getij langzaam naar achteren werd getrokken. Bonsuan liet haar een paar minuten drijven, liep toen de stuurhut in, startte de motor en bracht haar terug naar het gapende gat in de rij vissersboten. Hij zette de motor weer af en keerde terug naar het dek, waar hij zich bukte en een meertouw pakte. Moeiteloos gooide hij de tros in de richting van de brandweerboot, precies om een kikker, en bond hun boot aan de andere vast. Onder hen zagen ze dingen bewegen, maar het waren alleen maar flitsen waar ze geen wijs uit werden. Bonsuan nam een laatste trek van zijn sigaret en gooide de peuk in het water; zoals het gros van de Venetianen kon het hem niets schelen wat hij in het water mikte. De twee mannen zagen het filter op de opborrelende luchtbellen dansen tot het zich ervan losmaakte en wegdreef.

Na ongeveer vijf minuten kwamen de kikvorsmannen boven en duwden hun duikbrillen op hun voorhoofd. Graziano, de oudste van de twee, riep naar de mannen op de politieboot: 'Het zijn er twee.'

'Wat is er gebeurd?' vroeg Vianello.

Graziano schudde zijn hoofd. 'Geen idee. Zo te zien zijn ze verdronken toen de boot is gezonken.'

'Het zijn vissers,' zei Bonsuan ongelovig. 'Die zouden nooit opgesloten raken in een zinkende boot.'

Het was Graziano's taak te duiken, niet om te speculeren over wat hij onder water aantrof, dus zei hij niets. Toen Bonsuan ook bleef zwijgen, vroeg de man die naast Graziano in het water dreef: 'Moeten we ze eruit halen?'

Vianello en Bonsuan keken elkaar aan. Ze hadden geen idee hoe de twee mannen met hun boot waren gezonken en wilden geen van beiden een dergelijke beslissing nemen en daarmee het risico lopen mogelijk bewijsmateriaal te vernietigen.

Toen zei Graziano: 'De krabben zijn er al bij.'

'Haal ze er dan maar uit,' zei Vianello.

Graziano en zijn collega zetten hun maskers weer op, hapten in de mondstukken, kantelden als eidereenden en verdwenen. De schipper daalde het trapje van de kajuit af, klapte een van de banken aan de zijwand open en haalde er een ingewikkeld tuig uit met dubbele draagriemen van canvas. Hij liep het trapje weer op en ging naast Vianello staan. Hij hief het tuig op, zwaaide het over de reling en liet het in het water zakken.

Een minuut later plopten Graziano en zijn collega boven het water uit met het slappe lichaam van een derde man tussen hen in. Met bewegingen die zo geroutineerd waren dat Vianello er een onaangenaam gevoel van kreeg, staken ze de armen van de dode man in de draagriemen van het tuig dat Bonsuan had laten zakken; een van hen dook weer onder om een touw tussen de benen van de man door te halen en vast te maken aan een haak aan het uiteinde van het tuig.

Hij stak zijn hand op naar Bonsuan, waarop de schipper en Vianello de dode man begonnen op te hijsen, verbaasd over hoe zwaar hij was. In Vianello kwam onwillekeurig de gedachte op dat ze het daarom misschien een dood gewicht noemden, maar hij dwong zichzelf beschaamd zulke dingen niet te denken. Langzaam kwam het lijk het water uit en de twee mannen bogen zich over de rand van de boot om te proberen te voorkomen dat het tegen de zijkant zou botsen. Ze slaagden daar niet helemaal in, maar uiteindelijk kregen ze de man over de reling en legden hem op het dek neer, waar hij met nietsziende ogen naar de lucht staarde.

Voordat ze hem nader konden bekijken, hoorden ze gespetter. Ze maakten snel het tuig los en gooiden het nogmaals overboord. Nog voorzichtiger ditmaal, om te voorkomen dat ook het tweede lijk tegen de wand van de boot zou botsen, hesen ze de andere man aan dek en legden hem naast de eerste neer.

In het haar van de eerste man zaten twee krabben. Vianello was daar zo door geshockeerd dat hij er alleen maar naar kon staren. Bonsuan bukte zich, haalde ze eruit en gooide ze nonchalant over de reling het water in.

De duikers klommen het trapje aan de zijkant van de politieboot op en stapten over de reling. Ze haakten hun zuurstofflessen los, zetten ze behoedzaam neer, namen hun maskers af en trokken de zwarte rubberen capuchons van hun hoofd.

Op het dek van de politieboot keken de vier mannen naar de lijken aan hun voeten. Vianello liep de kajuit in. Toen hij weer tevoorschijn kwam had hij twee wollen dekens bij zich. Hij propte er een onder zijn arm, gaf Bonsuan een teken en schudde de andere deken uit. De schipper greep twee punten en samen bedekten ze het lichaam van de oudere man. Vianello pakte de tweede deken en samen herhaalden ze het proces met de zoon.

En toen pas, toen de lijken bedekt en aan het oog onttrokken waren, zei Graziano's collega, de jongste levende persoon aan boord: 'Nou, ik weet wel dat zijn gezicht niet zo is toegetakeld door krabben.'

4

VIANELLO HAD DE VERBRIJZELDE BOTFRAGMENTEN IN DE BLOEDloze wond aan het hoofd van de oudere man gezien, maar zijn vluchtige blik had geen tekenen van geweldpleging waargenomen op het lichaam van de zoon. Met een bevestigend knikje als antwoord op de opmerking van de duiker, haalde hij zijn *telefonino* tevoorschijn, belde de Questura en verzocht doorverbonden te worden met zijn meerdere, commissario Guido Brunetti. Terwijl hij wachtte, stapten de twee kikvorsmannen over op hun eigen boot. Toen Brunetti even later aan de lijn kwam, zei de brigadier: 'Ik ben op Pellestrina, meneer. Zo te zien is een van de twee gedood.' En om iedere dubbelzinnigheid te voorkomen, gezien het feit dat het er eerst naar uit had gezien dat de mannen door een ongeluk om het leven waren gekomen, liet hij daarop volgen. 'Ik bedoel vermoord.'

'Hoe?' vroeg Brunetti.

'De oudere man heeft een klap op zijn hoofd gekregen, hard genoeg om veel schade aan te richten. Over de andere, de zoon, weet ik nog niets.'

'Weet je zeker dat zij het zijn?' vroeg zijn meerdere.

Vianello had die vraag verwacht. 'Nee, meneer. Dat wil zeggen, niemand heeft hen geïdentificeerd, maar de man die de carabinieri heeft gebeld, zei dat het om de eigenaars van de boot ging, Giulio Bottin en zijn zoon, dus gaan we ervan uit dat zij het zijn.'

'Probeer iemand te vinden die dat kan bevestigen.'

'Goed, meneer. Verder nog iets?'

'Doe maar wat we altijd doen. Neus wat rond, luister naar de mensen, naar wat ze uit zichzelf over hen kwijt willen.' Voordat Vianello ernaar kon vragen, zei Brunetti er nog bij: 'Laat niet merken dat het geen ongeluk was. Zeg ook even tegen de kikvorsmannen dat ze daar niets over mogen zeggen.'

'Hoe lang denkt u dat ze dat vol zullen houden?' vroeg Vianello met een blik op het dek van de andere boot, waar de twee kikvorsmannen hun duikerspakken hadden afgestroopt en hun uniformen aantrokken.

'Tien minuten,' zei Brunetti met een zachte explosie van adem die onder andere omstandigheden een lach had kunnen zijn.

'Ik zal ze terugsturen naar het Lido,' zei Vianello. 'Dat houdt nog wat op.' Voordat Brunetti daar iets op kon zeggen, vroeg de brigadier: 'Hoe wilt u dit aanpakken, meneer?'

'Ik wil zolang mogelijk stilhouden dat ze zijn vermoord. Begin met vragen te stellen, maar zonder druk uit te oefenen. Ik kom naar je toe. Als er een boot beschikbaar is, kan ik er over een uur zijn, misschien zelfs eerder.'

Vianello was opgelucht. 'Goed, meneer. Moet Bonsuan de lijken naar het ziekenhuis brengen?'

'Ja, zodra ze geïdentificeerd zijn. Ik zal ze bellen dat hij eraan komt.' Opeens viel er niets meer te zeggen of te instrueren. Brunetti zei nogmaals dat hij zo snel mogelijk zou komen en hing op.

Brunetti keek op zijn horloge en zag dat het over elven was. Zijn baas, vice-questore Giuseppe Patta zou inmiddels wel op kantoor zijn. Hij liep de trap af zonder de moeite te nemen hem eerst te bellen en liep het kleine voorkantoor in dat toegang gaf tot het veel grotere kantoor van de vice-questore.

Patta's secretaresse, signorina Elettra Zorzi, zat achter haar bureau met een open boek voor zich. Het verbaasde hem een beetje haar op haar werk een boek te zien lezen, gewend als hij was haar met een tijdschrift of een krant te zien. Ze had haar ellebogen op haar bureau gezet, liet haar kin op haar handpalmen rusten en had haar vingers in haar oren, zodat hij pas toen ze zijn aanwezigheid aanvoelde en rechtop ging zitten, zag dat ze naar de kapper was geweest. Haar haar was korter dan anders en als haar ronde gezicht en rode lippen haar vrouwelijkheid niet zo sterk hadden benadrukt, zou hij het kapsel te streng hebben gevonden, bijna mannelijk.

Hij had geen idee of hij moest laten merken dat hij had gezien dat ze naar de kapper was geweest en omdat hij, net als iedereen in een stad waar het al drie maanden niet had geregend, het beu was te vragen of ze dacht dat het zou gaan regenen, vroeg hij met een knikje naar het boek: 'Iets serieuzere lectuur dan anders?'

'Veblen,' antwoordde ze. '*The Theory of the Leisure Class.*' Hij voelde zich gevleid dat ze niet vroeg of hij het kende.

'Is dat niet wat zware kost?'

Ze knikte instemmend en zei: 'Tot nu toe ben ik er nooit aan toegekomen om hier iets goeds te lezen, omdat ik steeds gestoord werd.' Ze tuitte haar lippen en liet haar blik door het kantoor dwalen in een boog die de telefoon, de computer en de deur naar Patta's kantoor omvatte. 'Maar nu gaat het stukken beter en kan ik mijn tijd op een nuttige manier besteden.'

'Ik ben blij dat te horen,' zei Brunetti. Hij keek naar het boek en voegde eraan toe: 'Ik vond zijn redenering over gazons fascinerend.'

Ze glimlachte hem toe. 'Ja, en sport.'

Hij kon het niet laten. 'En wanneer u dit uit hebt?'

'Dat weet ik nog niet.' Een glimlach bloeide op. 'Misschien moet ik de vice-questore om advies vragen.'

'Doet u dat vooral,' antwoordde Brunetti. 'Ik was juist naar hem komen vragen. Is hij er?'

'Nee, nog niet. Hij heeft een uur geleden gebeld om te zeggen dat hij in vergadering is en waarschijnlijk pas na de lunch zal komen.'

'Oh,' zei Brunetti, niet verbaasd over het bericht maar wel over het feit dat Patta de moeite had genomen op te bellen om het door te geven. 'Wanneer hij komt, wilt u dan tegen hem zeggen dat ik naar Pellestrina ben?'

'Naar Vianello?' vroeg ze met haar gebruikelijke, moeiteloze alwetendheid.

Hij knikte. 'Het ziet ernaar uit dat een van de mannen in de boot is vermoord.' Hij stopte en vroeg zich af of ze ook dat al wist.

'Pellestrina...' zei ze.

'Ja, waar we meer last dan gemak van hebben.'

'Al zijn de Chioggotti nog erger,' zei ze met een zichtbare huivering die niet kunstmatig was.

Chioggia, een stad op het vasteland die in de reisgidsen steevast 'de trouwe dochter van Venetië' werd genoemd, was Venetië gedurende de heerschappij van La Serenissima inderdaad trouw gebleven. De vijandschap had pas de laatste tijd de kop opgestoken, op een gewelddadige en constante manier, omdat de vissers van de twee steden met elkaar moesten concurreren om de voortdurend slinkende hoeveelheid vis in water waarvoor steeds meer voorschriften van de Magistrato alle Acque golden, en het in steeds grotere delen van de *laguna* verboden werd te vissen.

Brunetti had dan ook meteen gedacht, zoals veel Venetianen zouden doen, dat de moorden wel eens iets te maken konden hebben met deze competitie. In het verleden waren er gevechten geweest en in woede schoten gelost, maar zoiets als dit hadden ze nog niet meegemaakt. Boten waren gestolen en verbrand, mannen omgekomen bij aanvaringen op zee, maar er was nog nooit iemand in koelen bloede vermoord.

'*Una brutta razza*,' zei signorina Elettra met de minachting die de leden van de families die al sinds de tijd van de kruisvaarders in Venetië woonden, bewaarden voor niet-Venetianen, ongeacht hun herkomst.

Brunetti nam discretie en beleefdheid in acht door zijn instemming daarmee niet te tonen en liet haar weer alleen met Veblens analyse van de problemen en onontkoombare corruptie van de rijken. In de agentenkamer zag hij maar één schipper, Rocca, dus zei hij tegen hem dat hij naar Pellestrina moest. Het gezicht van de schipper lichtte op toen hij dat hoorde, want het was een lange tocht en het was een prachtige dag met een lekker briesje uit het westen.

Brunetti bleef de hele tocht op het dek staan en keek naar de eilanden die ze passeerden: Santa Maria della Grazia, San Clemente, Santo Spirito en het minuscule Poveglia en toen zag hij aan zijn linkerhand de huizen van Malamocco. Hoewel Brunetti een groot deel van zijn jeugd op boten en in de *laguna* had doorgebracht, was hij de kunst van het navigeren nooit helemaal meester geworden en had hij daarom ook nooit een plattegrond in zijn geheugen geprent van de kortste routes tussen verschillende punten in de *laguna*. Hij wist dat Pellestrina recht vooruit lag, in het midden van de lange landengte, en hij wist ook dat de boot tussen de rijen schuinstaande houten palen moest blijven, maar als ze naar het open water rechts van hen waren afgedreven, zou hij er beschamend veel moeite mee gehad hebben hen veilig en wel terug te krijgen naar Venetië.

Rocca's jonge gezicht straalde van puur genot dat hij op zo'n prachtige dag buiten kon zijn en in actie kon komen. Hij riep over zijn schouder naar zijn meerdere: 'Waar moeten we zijn, meneer?'

'In de haven. Vianello en Bonsuan zijn er al. Die zullen we daar vanzelf wel zien.'

Links zag hij nu bomen en af en toe een rijdende auto. Een eindje verderop doemden de silhouetten van boten op, een lange rij, afgemeerd aan een betonnen kade. Hij liet zijn blik langs de stompe achterstevens glijden, maar zag de politieboot nergens. Toen ze bij een lege plek in de rij kwamen, zag hij Vianello op de kade staan met zijn hand boven zijn ogen tegen de zon.

Brunetti zwaaide. Vianello liep naar rechts, naar het eind van de rij afgemeerde boten, en wenkte dat ze hem moesten volgen. Toen ze het eind van de rij hadden bereikt, bracht Rocca de boot tot stilstand en sprong Brunetti op de *riva*, een moment verrast over hoe hard die aanvoelde onder zijn voeten.

'Is Bonsuan teruggegaan?' vroeg hij.

'Een van de buren is aan boord gekomen en heeft hen geïdentificeerd. Het zijn inderdaad Giulio Bottin en zijn zoon Marco. Ik heb Bonsuan met de lijken naar het ziekenhuis gestuurd.' Vianello knikte naar Rocca, die met een meertouw bezig was om de boot aan een van de metalen bolders vast te leggen. 'Ik kan immers met u mee terug.'

'Wat nog meer?' vroeg Brunetti.

'Ik heb met twee of drie mensen gesproken en die hebben me allemaal min of meer hetzelfde verhaal verteld. Ze zijn rond drie uur vannacht opgeschrikt door de explosie van de benzinetank. Tegen de tijd dat ze bij de kade aankwamen, brandde de boot als een fakkel en voordat ze iets konden doen, was ze gezonken.'

Vianello begon terug te lopen naar de rij lage huizen die het dorp Pellestrina vormden. Brunetti liep met gelijke pas mee. 'Daarop volgden de gebruikelijke warrige toestanden,' vertelde Vianello. 'Niemand heeft de carabinieri gebeld, omdat iedereen dacht dat iemand anders dat wel zou doen. Dus zijn die vanochtend pas gewaarschuwd.' Vianello bleef staan en keek naar de huizen alsof hij nauwelijks kon geloven dat die echt bewoond waren. 'Niet te geloven: twee mannen komen om bij een explosie en niemand belt de politie.'

Hij liep weer door. 'Uiteindelijk zijn de carabinieri gekomen en die hebben ons toen gebeld en de zaak aan ons overgedaan. Ze zeiden dat het tot onze jurisdictie behoorde of zoiets.' Hij wees naar de ruimte tussen de boten. 'Kikvorsmannen hebben ze uit het water gehaald.'

'Je zei dat de vader een hoofdwond had?'

'Ja. Een heel zware wond. Zijn schedel was ingeslagen.'

'En de zoon?'

'Een messteek,' zei Vianello. 'In zijn buik. Volgens mij is hij doodgebloed.' Voordat Brunetti iets kon vragen, ging hij door.

'Hij was min of meer opengereten. Het mes is laag in zijn buik gestoken en toen omhooggetrokken. Toen we het lijk uit het water hesen, was de wond bedekt door zijn hemd, maar toen we hem hadden neergelegd, zagen we het.' Vianello bleef weer staan en keek naar het kalme water van de *laguna*. 'Hij moet binnen een paar minuten doodgebloed zijn.' Opeens schrok hij van zijn eigen vrijpostigheid en zei: 'Maar dat zal de lijkschouwing natuurlijk moeten uitwijzen.'

'Met wie heb je gesproken?'

Vianello klopte op de jaszak waarin hij zijn notitieboekje bewaarde. 'Ik heb de namen opgeschreven. Hoofdzakelijk buren. Een paar mannen die boten hebben en die samen met hen gingen vissen, of liever gezegd, die samen met hen uitvoeren, want ik heb niet de indruk dat deze mannen het vissen zien als iets dat ze samen moeten delen.'

'Hebben ze dat tegen je gezegd?'

Vianello schudde zijn hoofd. 'Nee, niet met zoveel woorden, maar ik had steeds het gevoel dat ze zich moesten dwingen te praten, alsof ze vonden dat ze dat uit loyaliteit of om hun gemeenschappelijke band als vissers moesten doen, terwijl ze aan de andere kant iemand die probeert op een plek te vissen die ze voor zichzelf hebben uitgekozen of waarvan ze vinden dat ze er recht op hebben, zonder pardon opzij zouden rammen.'

'Opzij zouden rammen?' echode Brunetti.

'Bij wijze van spreken,' antwoordde Vianello. 'Ik weet niet genoeg over hoe alles hier in zijn werk gaat, maar dat is de indruk die ik krijg: ze zijn met te veel en er is te weinig vis over. En voor de meesten van hen is het te laat om nog een ander beroep te leren.'

Brunetti wachtte af of Vianello verder nog iets te zeggen had en toen het ernaar uitzag dat hij klaar was, zei hij: 'Ik kan me een restaurant herinneren, hier ergens rechts.'

Vianello knikte. 'Ik heb daar met een van de vissers koffie gedronken.'

'Het heeft zeker geen zin net te doen alsof ik hiernaartoe ben gekomen voor een onschuldig dagje uit?'

Vianello grijnsde om dat absurde idee. 'Het hele dorp heeft u van de politieboot af zien komen, meneer. En samen met mij hierheen zien lopen. Dat heeft u de das omgedaan, om zo te zeggen.'

'Dan kunnen we dus mooi samen een hapje gaan eten,' zei Brunetti.

Ze liepen door naar het dorp. Bij de eerste rij huizen bleef Vianello staan voor de grote ruiten en houten deur van een restaurant. Hij duwde tegen de deur en hield die open voor Brunetti. Hij deed de deur achter hen weer zorgvuldig dicht.

Een man met een lange schort voor stond achter een tapkast die met zink was bekleed. Hij was een vierkant glas aan het drogen met een doek die groot genoeg was om een kleine tafel mee te bedekken. Hij knikte tegen Vianello en, een moment later, tegen Brunetti.

'Kunnen we hier eten?' vroeg de brigadier.

De man maakte een hoofdbeweging naar een gang aan het uiteinde van de bar. Toen keek hij weer neer op het glas en hervatte zijn nauwgezette gepoets.

De opening naar de gang was er een van het soort dat Brunetti al tientallen jaren niet had gezien. In de smalle doorgang hing een gordijn van lange strippen groen en wit plastic, elk iets meer dan een centimeter breed en aan beide kanten geribbeld. Toen hij zijn rechterhand ertussen stak om de helft ervan opzij te duwen, hoorde hij het zacht klikkende geluid dat hij zich uit zijn jeugd herinnerde. Ooit hadden deze vliegengordijnen in de deuropeningen van alle cafés en trattorie gehangen, maar langzamerhand waren ze allemaal verdwenen; hij kon zich niet eens herinneren wanneer hij er voor het laatst eentje had gezien. Hij hield de nog steeds klikkende stroken opzij tot Vianello erdoorheen was en luisterde ernaar toen ze op hun plaats terugvielen.

De zaal waar ze in uitkwamen, was een verrassing vanwege de afmetingen: er stonden zeker dertig tafels. De ramen waren hoog in de muren geplaatst en lieten veel licht binnen. Onder de ramen waren de muren versierd met visnetten die vol zaten met schelpen, stukjes opgedroogd zeewier en dingen die eruitzagen als versteende stukjes vis, krab en kreeft. De ene zijde van de zaal werd in beslag genomen door een lange serveertafel. Achterin gaf een glazen deur, die nu gesloten was, toegang tot een met kiezelsteentjes bedekt parkeerterrein.

Toen Brunetti zag dat er maar één andere tafel bezet was, keek hij op zijn horloge en zag hij tot zijn verbazing dat het pas halftwee was. Er zat een kern van waarheid in het gezegde dat zeelucht de eetlust opwekt.

Ze liepen de zaal door, trokken de stoelen bij een van de tafels halverwege de eerste rij vandaan en gingen tegenover elkaar zitten. Een klein vaasje met verse veldbloemen stond links van de flesjes olijfolie en azijn met daarnaast een rieten mandje met wat pakketjes *grissini*. Brunetti pakte er een, scheurde het cellofaan open en begon aan een broodstok te knabbelen.

De plastic stroken weken uiteen en een jongeman in een zwart jasje en zwarte broek kwam achteruitlopend de zaal in. Toen hij zich omdraaide, zag Brunetti dat hij in iedere hand een bord had met iets dat eruitzag als *antipasto di pesce*. De kelner knikte tegen de twee nieuwkomers en liep naar de tafel in de verste hoek, waar hij de borden neerzette voor een wat oudere man en vrouw.

Nu kwam de kelner naar hun tafel. Brunetti en Vianello hadden al begrepen dat dit geen restaurant was waar je een menu hoefde te verwachten, in ieder geval niet zo vroeg in het seizoen, dus glimlachte Brunetti en zei, zoals het hoort in een restaurant waar je nog nooit bent geweest: 'Er is me verteld dat je hier lekker kunt eten.' Hij sprak met opzet in Veneziano.

'Laten we het hopen,' zei de kelner met een glimlach. Hij liet niet merken of hij de aanwezigheid van een politieman in uniform vreemd vond.

'Wat kunt u vandaag aanbevelen?' vroeg Brunetti.

'De *antipasto di mare* is lekker. Of u kunt in plaats daarvan gebakken inktvis of sardientjes nemen.'

'Wat nog meer?' vroeg Vianello.

'Er was vanochtend op de markt nog wat asperge, dus hebben we een salade van asperge met garnalen.'

Brunetti knikte daarbij. Vianello zei dat hij geen voorgerecht wilde, dus ging de kelner over op de *primi piatti*.

'*Spaghetti alle vongole*, *spaghetti alle cozze*, en *penne alla matriciana*,' antwoordde hij en zweeg toen.

'Is dat alles?' vroeg Vianello.

De kelner hief een hand op, met de palm naar boven. 'We hebben vanavond vijftig man voor een zoveeljarig huwelijk. Daarom staat er vandaag niet zoveel op het menu.'

Brunetti bestelde de *vongole* en Vianello de *matriciana*.

De keus uit de hoofdgerechten was beperkt tot gebraden kalkoen en gemengde gegrilde vis. Vianello koos voor het eerste, Brunetti het tweede. Ze bestelden er een halve liter witte wijn bij en een liter mineraalwater. De kelner bracht hun een mandje *bussolai*, de dikke, ovalen zoute koekjes waar Brunetti dol op was.

Toen hij weg was, pakte Brunetti er een, brak het in tweeën en beet erin. Het verbaasde hem steeds weer hoe ze in dit vochtige klimaat zo vers bleven. De kelner bracht de wijn en het water, zette beide op de tafel en liep snel naar de tafel van het oudere echtpaar om hun borden weg te halen.

'We zitten op Pellestrina en jij eet geen vis,' zei Brunetti, meer als vaststelling van een feit dan als een vraag, hoewel het dat wel was.

Vianello schonk wijn in beide glazen, pakte het zijne en proefde. 'Lekker,' zei hij. 'Net de wijn die mijn oom altijd op zijn boot mee terugbracht uit Istria.'

'Geen vis?' vroeg Brunetti. Hij gaf het niet zo snel op.

'Ik eet geen vis meer,' zei Vianello. 'Tenzij ik weet dat hij uit de Atlantische Oceaan komt.'

Waanzin had vele vormen, wist Brunetti, en de meeste daarvan moest je in een vroeg stadium proberen te herkennen. 'Waarom?' vroeg hij.

'Ik ben lid geworden van Greenpeace, meneer,' zei Vianello bij wijze van antwoord.

'En van Greenpeace mag je geen vis eten?' vroeg Brunetti in een poging er een grapje van te maken.

Vianello maakte aanstalten om iets te zeggen, stopte, nam nog een slokje wijn en zei: 'Nee meneer, daar gaat het niet om.'

Lange tijd zeiden ze geen van beiden iets en toen kwam de kelner met Brunetti's voorgerecht: een bergje piepkleine roze garnalen op een bed van in de lengte gesneden rauwe asperges. Brunetti nam een vorkvol: ze waren besprenkeld met balsamico-azijn. De combinatie van zoet, zuur en zout was verrukkelijk. Hij negeerde Vianello een poosje terwijl hij de salade langzaam opat, ervan genietend, bij iedere hap opnieuw verrukt over het contrast in de smaken en de ingrediënten.

Hij legde zijn vork op het bord en nam een slokje wijn. 'Ben je bang dat je mijn maaltijd zult verpesten als je me zou vertellen welke milieuvervuilende verschrikkingen in de garnalen op me liggen te wachten?' vroeg hij met een glimlach.

'Oesters zijn erger,' zei Vianello met een glimlach terug, maar zonder verdere uitleg te geven.

Voordat Brunetti hem kon vragen op te sommen welke dodelijke giffen er allemaal in zijn garnalen en oesters huisden, nam de kelner zijn bord weg en kwam snel terug met de twee borden pasta.

De rest van de maaltijd verliep genoeglijk. Ze praatten over mensen van wie ze wisten dat ze in de wateren rond Pellestrina hadden gevist en over een beroemde voetballer uit Chioggia die geen van beiden ooit had zien spelen. Toen de hoofdgerechten werden opgediend, kon Vianello zich toch niet inhouden: hij wierp een argwanende blik op Brunetti's bord, ondanks het feit dat hij de gelegenheid om over de oesters uit te weiden, had laten varen. En Brunetti liet op zijn beurt zwijgend merken hoe hoog hij zijn brigadier aansloeg door hem niets te vertellen over het artikel dat hij een maand geleden had gelezen over de vetmestingsmethoden die werden toegepast in commerciële kalkoenfokkerijen en hem ook geen opsomming te geven van alle besmettelijke ziekten waarvoor dat pluimvee gevoelig is.

5

Toen ze hun koffie op hadden, vroeg Brunetti om de rekening. De kelner bleef staan, als in de ban van een gewoonte die zo was ingebakken dat hij er niets tegen kon doen, en Brunetti vervolgde: 'Ik hoef geen bon.' De ogen van de kelner werden groot toen deze nieuwe werkelijkheid tot hem doordrong: een man die duidelijk van de politie was, was bereid de eigenaar van het restaurant te helpen met het ontduiken van de belasting die moest worden afgedragen voor iedere bon die werd uitgeschreven. Brunetti begreep wat een dilemma zijn opmerking had veroorzaakt, maar de kelner loste het zelf op door te zeggen: 'Ik zal het aan mijn baas vragen.'

Een paar minuten later kwam hij terug met in iedere hand een glaasje grappa. Hij zette die op de tafel en zei: 'Tweeenvijftigduizend.' Brunetti pakte zijn portefeuille. Het was een derde van wat de maaltijd in Venetië gekost zou hebben en de vis was vers geweest, de garnalen perfect.

Hij haalde zestigduizend lire uit zijn portefeuille en toen de kelner wisselgeld uit zijn zak wilde pakken, wuifde Brunetti het gebaar opzij met een gemompeld '*Grazie*'. Hij pakte zijn grappa en nam een teugje. 'Heel lekker,' zei hij. 'Wilt u onze dank aan uw baas overbrengen?'

De kelner knikte en pakte het geld.

'Woont u hier op het eiland?' vroeg Brunetti zonder moeite te doen het als een nonchalante vraag te laten klinken.

'Ja.'

'We zijn hier vanwege het ongeluk,' zei Brunetti met een gebaar in de richting van het water, en hij voegde er met een glimlach aan toe: 'Maar dat zal geen grote verrassing zijn.'

'Niet voor de mensen hier, nee,' zei de kelner.

'Hebt u hen gekend?' vroeg Brunetti. Hij trok een stoel naar achteren en nodigde de kelner met een gebaar uit te gaan zitten. Het echtpaar in de hoek was allang vertrokken en de tafels waren gedekt voor het feest, dus had de man weinig meer te doen. Hij ging zitten en draaide zijn stoel iets zodat hij recht tegenover Brunetti kwam te zitten.

'Ik heb Marco gekend,' zei hij. 'Hij zat bij me op school. Weliswaar een paar klassen lager, maar we kenden elkaar omdat we altijd dezelfde bus namen vanaf het Lido.'

'Wat was hij voor jongen?' vroeg Brunetti.

'Intelligent,' zei de kelner op ernstige toon. 'Erg intelligent en erg aardig. Heel anders dan zijn vader. Giulio sprak nooit met iemand als het niet hoefde, maar Marco was tegen iedereen even aardig. Hij hielp me wel eens met wiskunde, ook al was hij jonger dan ik.' De kelner legde de bankbiljetten die hij in zijn hand had, op de tafel en rangschikte het briefje van vijftig naast dat van tien. 'Het enige wat ik ooit heb geleerd, is hoe je deze bij elkaar moet optellen.' En met een plotselinge glimlach die kalkachtige, grijze tanden onthulde, zei hij: 'En dan kom ik nóg uit op vijftig. Of zeventig.' Hij stopte het geld in zijn zak en keek om naar de keuken waar het gesis van bakkend voedsel klonk en het gekletter van een pan die op een kookplaat werd gezet. 'Maar hier hoef je niet te kunnen rekenen, behalve optellen en dat doet de baas.'

'Zat Marco nog op school?'

'Nee, hij is vorig jaar van school gekomen.'

'En toen?'

'Toen is hij voor zijn vader gaan werken,' zei de kelner, alsof dat de enige keuzemogelijkheid was voor Marco of de enige keuzemogelijkheid die een Pellestrinotto zich kon voorstellen. 'Het zijn altijd vissers geweest, de Bottins.'

'Wilde Marco visser worden?'

De kelner keek Brunetti verbaasd aan. 'Wat zou hij anders moeten? Zijn vader had de boot en Marco wist alles van vissen.'

'Natuurlijk,' zei Brunetti instemmend. 'U zei dat Bottin nooit met iemand praatte. Was daar een bepaalde reden voor?' En, omdat hij de kelner geen kans wilde geven zich van den domme te houden, verduidelijkte hij zijn vraag: 'Had hij hier veel vijanden?'

De kelner haalde zijn schouders op, met het gebaar uitdrukking gevend aan zijn onwil, maar voordat hij iets kon zeggen, mengde Vianello zich in het gesprek. Met geoefende vrijpostigheid zei hij tegen Brunetti: 'Meneer, hij kan toch geen antwoord geven op een dergelijke vraag?' De brigadier keek beschermend naar de kelner. 'Dit is een klein dorp; als hij ons iets vertelt, komt iedereen dat meteen te weten.' Brunetti had meteen door waar hij op aanstuurde en zei: 'Maar je zei dat je al wat namen had gekregen.' Hij voelde de belangstelling van de kelner groeien, zag het aan de manier waarop hij zijn voeten onder zijn stoel trok en zich met moeite ervan weerhield naar voren te leunen. 'Het enige wat hij zou doen, is bevestigen wat anderen je al verteld hebben.'

Vianello negeerde de kelner en bleef naar Brunetti kijken. 'Als hij niet wil praten, dan niet, meneer. We hebben al namen.'

'Welke namen?' vroeg de kelner nu.

Vianello liet zijn blik naar de kelner glijden en schudde bijna onmerkbaar zijn hoofd, alsof hij het gebaar voor Brunetti probeerde te verbergen.

'Welke namen?' vroeg de kelner op luidere toon. Toen geen van de politiemannen hem antwoord gaf, vroeg hij: 'Die van mij?'

'U hebt ons niet verteld hoe u heet,' merkte Brunetti op.

'Lorenzo Scarpa,' zei hij. Vianello zette grote ogen op en keek de kelner aan met slecht verhulde schrik.

Toen de kelner Vianello's reactie zag, zei hij op verbeten toon: 'Het was niets. Giulio was op een avond hier in de bar. Hij had gedronken. Mijn broer heeft helemaal niets tegen hem gezegd. Bottin had gewoon zin om te vechten, en heeft toen zomaar wat verzonnen. Hij zei dat Sandro zijn glas had omgegooid.' Zijn blik ging heen en weer tussen de begripvolle gezichten van de twee politiemannen. 'Echt, er is niets gebeurd en er is ook nooit melding van gemaakt. De anderen hebben hen tegengehouden voordat er iets kon gebeuren. Ik was achter, want ik moest werken, ik kwam er pas bij toen het allemaal al voorbij was, maar er is niemand gewond geraakt.'

'Dat geloof ik graag,' zei Vianello met een glimlach die hij er zo vriendschappelijk mogelijk uit liet zien. 'Maar dat is niet wat men zegt dat er is gebeurd.'

'O nee? Wat zeggen ze dan? Wie heeft met u gepraat?'

Vianello schudde met duidelijke tegenzin zijn hoofd, alsof hij de kelner duidelijk wilde maken dat hij hem best wilde vertellen wie de verklikker was, maar dat hij, omdat zijn baas bij hen aan het tafeltje zat, zijn vriend de kelner onmogelijk kon helpen, hoe graag hij dat ook wilde.

'Was het die rotzak van een Giacomini? Dat wil ik alleen maar weten. Was hij het?'

Vianello had wederom moeite zijn verbazing te verbergen bij het horen van die naam. Hij keek de kelner indringend aan, alsof hij hem waarschuwde niet door te gaan. Maar de kelner liet nu alle voorzichtigheid varen en zei: 'Giacomini was er niet eens bij. Hij wilde Sandro alleen maar in moeilijkheden brengen, de schoft. Hij wist dat ze met elkaar overhoop lagen vanwege die keer bij Chioggia. Maar hij liegt; hij is een aartsleugenaar.' De kelner zette zijn handen op de tafel en stond op, alsof hij zichzelf ervan probeerde te weerhouden nog meer te zeggen. Opeens weer formeel, alle gedachten aan zijn broer vergeten, vroeg hij: 'Wilt u nog een grappa?'

Brunetti schudde zijn hoofd en stond op. De brigadier volgde snel zijn voorbeeld. 'Dank u,' zei Brunetti, het in het midden latend of hij de bediening bedoelde of de informatie. Hij bleef nog even staan, duidelijk makend dat Vianello geen andere keus had dan voor zijn baas uit het vertrek te verlaten.

Buiten liep Brunetti een paar minuten tot ze bij de rand van het water stonden, op veilige afstand van het restaurant en alle huizen. Terwijl hij in de richting van het onzichtbare Venetië keek, zette hij een voet op het muurtje en bukte zich om een steentje uit zijn schoenzool te peuteren.

'En?' zei hij.

'Ik hoorde dit allemaal voor het eerst,' zei Vianello met een vage glimlach. 'Ze hebben geen van allen een mond opengedaan.'

'Dat dacht ik al,' zei Brunetti en hij voegde eraan toe, omdat hij wist dat het Vianello genoegen zou doen: 'Je hebt het heel goed aangepakt.'

'Het was ook niet erg moeilijk,' antwoordde de brigadier.

'Ik zou wel eens willen weten hoe hevig dat gevecht is geweest, vooral omdat hij ons er zo graag van wilde overtuigen dat het niets te betekenen had.' Brunetti bleef in de richting van de onzichtbare stad kijken, maar het was duidelijk dat zijn opmerkingen bestemd waren voor Vianello.

'Ja, hij was nogal volhardend.'

Dat had Brunetti op het moment zelf ook gedacht, maar nu begon hij zich af te vragen of de kelner soms slimmer was geweest dan hij had gedacht en Giacomini's naam en het verhaal over de vechtpartij met Bottin had genoemd om hen af te leiden van iets anders. 'Denk je dat hij ons om de tuin probeerde te leiden, brigadier?'

'Nee, volgens mij was hij echt bang,' antwoordde Vianello, alsof hij diezelfde mogelijkheid al had overwogen en verworpen. Toen, met een minachting die eigen was aan degenen die op het grootste van de Venetiaanse eilanden waren geboren, voegde hij eraan toe: 'En Pellestrinotti zijn niet slim genoeg om zoiets te verzinnen.'

'Zulke dingen mogen we tegenwoordig niet meer hardop zeggen, brigadier,' zei Brunetti gemoedelijk.

'Ongeacht of ze waar zijn?' vroeg de brigadier.

'Omdát ze waar zijn,' antwoordde Brunetti.

Vianello dacht daar even over na en vroeg toen: 'Wat nu, meneer?'

'Laten we eens zien of we meer te weten kunnen komen over het gevecht tussen Sandro Scarpa en Giulio Bottin.' Brunetti keerde de *laguna* de rug toe en begon naar de rijen lage huizen te lopen.

Vianello liep in gelijke pas met hem mee en zei: 'Er is een soort kruidenierswinkel achter het restaurant. Op het bord staat dat ze om drie uur opengaan en iemand heeft me verteld dat signora Follini erg stipt is.' Hij wees de weg; ze liepen links van het restaurant naar een zanderige binnenplaats met aan twee kanten deuren, terwijl de open zijde uitzicht bood op de zeedijk en de daarachter gelegen Adriatische Zee. Vanwege de hoogte van de dijk konden ze het water aan die kant van het eiland niet zien, maar er hing een zilte geur in de lucht en de vochtigheid verraadde de nabijheid van de zee.

Het was jaren geleden dat Brunetti hier voor het laatst was geweest, misschien wel tien jaar; de kinderen waren nog klein geweest toen hij en Paola op zondagmiddagen samen met zijn broer Sergio en diens gezin er in Sergio's boot opuit gingen, zogenaamd om de eilanden te verkennen, al wisten ze allemaal dat ze alleen maar op zoek waren naar goede restaurants en verse vis. Hij herinnerde zich roodverbrande, hangerige kinderen, slapend op de bodem van de boot, suffig van al die zon en de eentonigheid van de gesprekken van de volwassenen. Hij herinnerde zich hoe Sergio een keer uit het water was geschoten en met één zwaai de boot in gedoken, zijn benen rood gestriemd door een gigantische kwal die hem in het heldere water te pakken had genomen. En hij herinnerde zich, met een opwelling van hernieuwd geluksgevoel, hoe hij op een middag in augustus, toen Sergio met alle kinderen op een van de kleinere eilanden bramen was gaan plukken, op de bodem van de boot met Paola de liefde had bedreven.

Een belletje klingelde toen Vianello de deur van de kleine winkel opendeed. Ze gingen naar binnen, Vianello in zijn uniform voorop om de reden van hun bezoek duidelijk te maken.

Vanuit een achterkamer riep een vrouwenstem: '*Un momento*,' gevolgd door het geluid van een deur die dichtging en toen een scherper, korter geluid van iets dat met een klap ergens op werd neergezet. Daarna stilte. Brunetti keek om zich heen en zag stoffige pakken rijst, dubbele pakketten vliegenpapier, een voorwerp dat eruitzag als een paraplubak gevuld met bezems en zwabbers, en een rekje met vier exemplaren van *Il Gazzettino* van gisteren. Alles rook vaag naar oud papier en gedroogde groenten.

Na het beloofde momentje duwde een vrouw het witte katoenen gordijn opzij dat de winkel scheidde van de kamers erachter. Ze droeg een korte, groene jurk met een boothals en schoenen met hakken die onaangenaam hoog leken voor iemand die de hele dag achter de toonbank moest staan. '*Buon giorno*,' zei ze in hun richting en bleef voor het gordijn staan. Ze stond er een moment volkomen stil bij en Brunetti zag dat het een vrouw was in de laatste bloei van haar jeugd, een bloei die al diverse malen was opgewekt, ongetwijfeld met steeds kortere tussenpozen.

Haar haar was boterbloemgeel, hoewel het lichter leek vanwege het diepe zonnebruin van haar huid. Brunetti had ooit een drie dagen durend congres bijgewoond over de allernieuwste methoden voor het identificeren van verdachten, waarvan twee uur gewijd waren geweest aan de methoden die misdadigers gebruiken om hun uiterlijk te veranderen. Hij was, misschien omdat hij zo'n groot deel van zijn leven besteedde aan het observeren van vrouwen, oprecht gefascineerd geweest door de verschillende vormen van plastische chirurgie waarmee een gezicht veranderd en een identiteit verdoezeld kon worden. Nu zag hij een deel van die technieken in de praktijk en dacht onwillekeurig dat de politie het gezicht van deze vrouw goed als voorbeeld had kunnen gebruiken, omdat de resultaten van het verrichte werk zo duidelijk zichtbaar waren.

Haar ogen hadden een wat oosters trekje en ze was gedoemd voor altijd door het leven te gaan met een lichte glimlach die haar lippen uiteen deed wijken in voortdurende blije verwachting. Een slager had zijn messen kunnen slijpen op de scherpe hoek van haar kaaklijn. Haar wipneus zou voor het gezicht van een dertig jaar jongere vrouw wonderen hebben gedaan, maar op het hare viel hij jammerlijk uit de toon boven de brede mond met de volle lippen. Brunetti schatte dat ze een paar jaar ouder was dan hijzelf.

'Kan ik u ergens mee van dienst zijn?' vroeg ze terwijl ze achter de lage toonbank ging staan.

'Ja, signora Follini,' antwoordde Brunetti en hij liep naar voren. 'Ik ben commissario Guido Brunetti. Ik ben hier om een onderzoek in te stellen naar het ongeluk dat vanochtend is gebeurd.' Hij wilde zijn portefeuille pakken om haar zijn penning te laten zien, maar ze wuifde dat ongeduldig weg.

Ze wierp een korte blik op Vianello en keek toen weer naar Brunetti.

'Ongeluk?' vroeg ze neutraal.

Brunetti haalde zijn schouders op. 'Tot we reden hebben om aan te nemen dat het om iets anders gaat, wordt het als zodanig behandeld,' antwoordde hij.

Ze knikte maar zei niets.

'Hebt u hen gekend, signora?'

'Bottin en Marco?' vroeg ze overbodig.

'Ja.'

'Ze kwamen naar de winkel,' zei ze alsof dat voldoende was.

'Als klanten, bedoelt u?' vroeg hij, hoewel in een dorp zo klein als Pellestrina welhaast iedereen bij haar moest kopen.

'Ja.'

'En daarbuiten? Was u met hen bevriend?'

Ze zweeg en dacht na. 'Je zou kunnen zeggen dat ik met Marco bevriend was.' Ze legde nadruk op het woord 'bevriend' alsof ze hun aandacht op de interessante mogelijkheid wilde vestigen dat er tussen hen meer had bestaan dan dat en voegde eraan toe: 'Maar beslist niet met zijn vader.'

'Waarom niet?' vroeg Brunetti.

Nu was zij degene die haar schouders ophaalde. 'We konden niet met elkaar overweg.'

'Was daar een bepaalde reden voor?'

'Alle redenen die je maar kunt bedenken,' zei ze, zelf glimlachend om de snelheid van haar antwoord. Haar glimlach, die perfecte tanden liet zien en slechts twee rimpeltjes rond haar mondhoeken toestond, gaf Brunetti een idee van wat ze had kunnen zijn als ze niet had besloten op middelbare leeftijd al haar energie te besteden aan het terugkrijgen van haar jongere jaren.

'Waarom?' vroeg hij.

'Mijn vader en de zijne hebben ruzie gehad toen ze jongemannen waren, ongeveer vijftig jaar geleden,' zei ze met een zo uitgestreken gezicht dat Brunetti geen idee had of ze het meende of dat ze de draak stak met hoe over de handel en wandel in kleine dorpen werd gedacht.

'Het lijkt me te betwijfelen dat u of Giulio daar erg door kan zijn beïnvloed,' zei hij en hij voegde eraan toe: 'Ik neem aan dat u toen nog niet eens was geboren.'

Hij sprak met de overdreven oprechtheid van vleierij. Ditmaal creëerde haar glimlach dubbele rimpeltjes, al waren het erg kleine. Paola had vorig jaar een cursus gegeven in sonnetten en Brunetti herinnerde zich daar één van – in het Engels, meende hij – die iets zei over het verdrukken van de leeftijd, een vorm van bedrog die Brunetti altijd erg meelijwekkend had gevonden.

'Maar u kon de oudere Bottin moeilijk ontwijken, neem ik aan,' zei Brunetti. 'In een dorp als dit kom je elkaar iedere dag tegen.'

Ze legde warempel de rug van haar hand tegen haar voorhoofd toen ze antwoord gaf. 'O, hou erover op. Ik weet het, ik weet het. Ik weet precies hoe de mensen in kleine dorpen zijn. Bij het minste of geringste beginnen ze over iedereen leugens te verzinnen.' De bestudeerde manier waarop ze deze klacht ten beste gaf, wekte in Brunetti een nieuwsgierigheid op naar signor Follini, áls er een signor Follini was. Ze wierp een blik op Vianello en deed haar mond open om door te gaan, maar Brunetti sneed haar met een vraag de pas af. 'En signor Bottin? Verzonnen ze ook over hem leugens?'

Ze leek niet in haar wiek geschoten omdat Brunetti haar in de rede viel, maar zei een tikje bitter: 'De waarheid zou voldoende zijn geweest.'

'De waarheid waarover?'

Haar gezicht drukte uit hoe graag ze hem dat wilde vertellen, maar hij zag ook het precieze moment waarop de discretie die je je in een klein dorp vanzelf eigen maakt, weer de overhand kreeg.

'O, de gebruikelijke dingen,' zei ze met een luchtig gebaar en Brunetti wist dat het geen zin had te proberen verder nog iets van haar los te krijgen.

Toch vroeg hij: 'Wat voor dingen?'

Na een lange stilte die ze duidelijk gebruikte om de meest betekenisloze voorbeelden te zoeken, zei ze: 'Dat hij lelijk deed tegen zijn vrouw en streng was voor zijn zoon.'

'Die dingen kunnen volgens mij van de meeste mannen gezegd worden.'

'Ik denk niet dat die van u gezegd kunnen worden, commissaris,' zei ze en ze leunde suggestief op de toonbank.

Vianello koos dit moment om zich in het gesprek te mengen.

'De schipper zei dat we op tijd terug moesten zijn, meneer,' zei hij op zachte toon, maar wel zo luid dat ze het kon horen.

'Ja, natuurlijk, brigadier,' antwoordde Brunetti op zijn meest officiële toon. Hij wendde zich weer tot signora Follini, glimlachte vluchtig en zei: 'Ik vrees dat we het hierbij moeten laten, signora. Als we nog meer vragen hebben, zal iemand nogmaals bij u komen.'

'Niet u?' vroeg ze en ze probeerde het teleurgesteld te laten klinken.

'Misschien,' antwoordde Brunetti. 'Als het nodig mocht zijn.'

Hij bedankte haar voor haar tijd en met Vianello voorop verlieten ze de winkel. Vianello sloeg eerst linksaf en toen rechtsaf, nu al thuis in de weinige straten die het centrum van Pellestrina vormden.

'Geen moment te vroeg, brigadier,' zei Brunetti met een lach.

'Het leek me het beste te proberen door middel van een list te ontsnappen, meneer.'

'En als dat niet was gelukt?'

'Dan had ik mijn pistool nog,' zei Vianello met een klopje op zijn holster.

Voor hen rees de zeedijk op en gehoor gevend aan een impuls stak Brunetti de smalle weg over die naar het einde van het schiereiland voerde en liep de trap op die in de zijkant van de dijk was uitgespaard. Boven stapte hij opzij om ruimte te maken voor Vianello op het smalle, cementen pad dat naar weerskanten over de dijk liep.

Voor hen strekte zich het zachtjes deinende water van de Adriatische Zee zich uit, met een eind uit de kust wat tankers en vrachtschepen, en daarachter de open wond van het voormalige Joegoslavië.

'Vindt u het ook niet vreemd, meneer, dat dit soort vrouwen er belachelijk uitziet wanneer ze "*un lifting*" laten doen, maar vrouwen die rijk of beroemd zijn niet?'

Brunetti dacht aan twee vriendinnen van zijn vrouw die bekendstonden om hun vele uitstapjes naar Rome en hun daaruit voortvloeiende transformaties. Omdat ze rijk waren, werd het werk beter uitgevoerd dan op het gezicht van signora Follini, dus waren de resultaten minder in het oog vallend en dus geslaagder. In zijn ogen echter was het verlangen dat hen ertoe aanzette, hetzelfde als dat van signora Follini, en niet minder pathetisch.

Hij bromde iets onbestemds en vroeg: 'Wat hebben de mensen

met wie je hebt gesproken, je verteld? Iets over haar?'

'Nee. U weet net hoe het gaat in dorpen als dit: niemand is bereid iets te zeggen dat doorverteld kan worden aan de persoon over wie het is gezegd.'

'Daar staan we dan met ons politiegeheim,' zei Brunetti met een wrang hoofdschudden.

'Maar u snapt toch wel waarom, meneer? Als het ooit tot een rechtszaak mocht komen, moeten we vertellen hoe we aan bepaalde namen zijn gekomen of waarom we zijn begonnen een onderzoek in te stellen naar een bepaalde persoon. De rechtszaak wordt gehouden, met welk resultaat dan ook, maar deze mensen moeten hier blijven wonen, tussen degenen die hen als verklikkers beschouwen.'

Brunetti was zo verstandig nu niet met zijn bekende preek aan te komen over burgerplicht en de verantwoordelijkheid van iedere burger om de autoriteiten te helpen bij onderzoeken naar misdaden. Dat het om een moord ging, een dubbele moord nog wel, zou voor de mensen die hier woonden helemaal niets uitmaken: hier waren ze het op de eerste plaats aan zichzelf verplicht in rust en vree te leven en niet door de overheid lastiggevallen te worden. Je kon veel beter op je familie en je buren vertrouwen. Buiten die kring van veiligheid lagen de gevaren van de bureaucratie en de officiële instanties, en de onvermijdelijke consequenties wanneer je met één daarvan overhoop kwam te liggen.

Brunetti liet Vianello aan zijn eigen gedachten over en keek nog een poosje uit over de zee. De schepen waren alweer iets opgeschoten in hun reis naar hun plaats van bestemming. Maar daarin waren ze de enigen, leek hem.

6

Brunetti wist dat zijn aversie tegen alles wat Vianello hem zojuist had verteld, niets zou veranderen aan het feit dat het waar was, en kwam tot de conclusie dat het weinig zin had nog langer in Pellestrina te blijven, dus stelde hij Vianello voor terug te keren naar Venetië. Vianello toonde zich daarover niet verbaasd. Ze daalden het trapje af, staken de weg over en liepen het smalle dorp door tot ze weer aan de veilige kant, die van Venetië, stonden, waar de politieboot op hen lag te wachten. Tijdens de tocht over de *laguna* gaf Vianello hem de namen van de mensen die hij had ondervraagd en een beknopt verslag van de algemeenheden die ze hem hadden verteld. Bottins broer woonde op Murano en werkte daar in een glasfabriek; de rest van Bottins verwanten – om precies te zijn, de familieleden van wijlen zijn vrouw – woonde eveneens op Murano, maar niemand had Vianello kunnen vertellen wat ze daar voor werk deden.

Het was niet zo dat de mensen met wie Vianello had gesproken, hem hadden tegengewerkt: ze hadden netjes antwoord gegeven op zijn vragen, maar niemand was uit zichzelf met informatie gekomen die verderging dan algemeenheden. Geen pikante details, geen spoor van de stortvloed van roddelpraat waar alle sociale kringen op gedijen. De dorpsbewoners waren bovendien zo slim geweest Vianello's vragen niet met éénlettergrepige antwoorden af te doen, maar juist de indruk te wekken dat ze hun uiterste best deden zich alles te herinneren wat voor de politie van belang kon zijn. En al die tijd had Vianello geweten waar ze mee bezig waren en hadden zij ongetwijfeld geweten dat hij het wist.

Vianello was net klaar met zijn verslag toen de boot linksaf het hoofdkanaal naar San Marco in draaide. Vóór hen openbaarde zich het stadsbeeld dat sinds de gouden eeuwen van La Serenissima ieders oog had gestreeld. Klokkentorens en koepels toonden zich in al hun glorie aan de passagiers en bemanning van de boten die langskwamen; het leek bijna alsof ze elkaar opzij probeerden te duwen, als kinderen die om de aandacht van bezoekers vochten. De enige verschillen tussen wat de twee politiemannen zagen en wat degenen die vijfhonderd jaar geleden over dit kanaal hadden gevaren, hadden gezien, waren de hijskranen die boven de stad uitstaken en de televisieantennes in alle vormen en maten op de daken.

Toen Brunetti naar de skeletachtige hijskranen keek, bedacht hij opeens dat hij die maar zelden in beweging zag. Twee ervan staken nog steeds boven het holle omhulsel van het operagebouw uit, even bewegingloos als de pogingen dat opnieuw op te bouwen. Hij dacht terug aan de trotse krantenkop die op de dag na de brand de voorpagina van *Il Gazzettino* had gesierd: dat het gebouw binnen twee jaar op precies dezelfde plek en in precies dezelfde stijl herbouwd zou worden. Hij wist niet of hij daarom moest lachen of huilen, en daar had hij nu al ruim twee jaar over kunnen nadenken. De meeste mensen geloofden, en geloof was verwisselbaar met de waarheid, dat een werkloze hijskraan de stad tien miljoen lire per dag kostte en men deed allang geen moeite meer uit te rekenen hoeveel de restauratie in totaal zou kosten. Jaren verstreken, het geld sijpelde weg en nog steeds stonden de hijskranen er roerloos bij, zwijgend uitstekend boven het eindeloze gemekker en juridische gebekvecht over wie de reconstructie moest uitvoeren.

Brunetti en Vianello vervielen in stilzwijgen terwijl ze naar de naderende stad keken. Geen enkele stad heeft zoveel met zichzelf op als Venetië: goedkope zelfportretten staan op alle stoepen uitgestald; in bijna iedere kiosk worden weerzinwekkende plastic gondels verkocht; amateurschilders die alpinopetjes opzetten om eruit te zien als echte kunstenaars verkopen op iedere straathoek wanstaltige pentekeningen. De stad leurde als een hoer met haar gunsten. En daarbij kwamen nu ook nog eens de schrikbarende gevolgen van de al weken durende droogte: smalle *calli* die naar urine stonken, niet alleen van honden maar ook van mensen; een laagje stof dat overal steeds voelbaar was, ongeacht hoe vaak de straten werden geveegd. En toch bleef ondanks dat alles de schoonheid van de stad onbezoedeld en ongeëvenaard.

De schipper zwenkte naar rechts en stopte voor de Questura.

Brunetti wuifde kort en sprong op de oever, meteen gevolgd door Vianello.

'En nu?' zei de brigadier toen ze via de hoge, glazen deuren naar binnen gingen.

'Bel het ziekenhuis om te vragen wanneer ze de lijkschouwingen gaan doen. Ik zal signorina Elettra opdracht geven de Bottins onder de loep te nemen.' Voordat Vianello ernaar kon vragen, ging hij door: 'En Sandro Scarpa en als ze toch bezig is, signora Follini.'

Boven aan de eerste trap sloeg Brunetti af naar Patta's kantoor, terwijl Vianello naar de kamer liep waar de agenten zaten.

'Nog steeds verdiept in Veblen?' vroeg Brunetti toen hij signorina Elettra's kantoortje binnen ging.

Ze pakte een envelop om als boekenlegger te gebruiken en legde het boek opzij. 'Het is geen gemakkelijk leesvoer, maar ik kon er geen vertaling van vinden.'

'Ik had u de mijne kunnen lenen,' bood Brunetti aan.

'Dank u wel, *dottore*. Als ik had geweten dat u er een had...' begon ze, maar ze maakte de zin niet af. Ze zou haar meerdere nooit gevraagd hebben haar een boek te lenen om op haar werk te lezen.

'Is de vice-questore er al?'

'Hij is na de lunch een halfuurtje geweest, maar zei toen dat hij naar een vergadering moest.'

Een van de dingen die Brunetti in signorina Elettra zo aanstonden, was de meedogenloze nauwkeurigheid van haar woordgebruik. Niet 'hij moest naar een vergadering', maar het preciezere 'zei dat hij naar een vergadering moest'.

'Bent u dan vrij?'

'Zo vrij als een vogel,' zei ze, waarbij ze als een ijverige scholiere haar handen op haar bureau vouwde en haar rug rechtte.

'De mannen die zijn vermoord waren Giulio Bottin en zijn zoon Marco. Twee vissers uit Pellestrina. Ik had graag dat u zoveel mogelijk informatie over hen opzocht.'

'Overal, meneer?'

Hij nam aan dat ze daarmee alle bronnen bedoelde waartoe ze via haar computer en haar netwerk van vrienden en connecties toegang had. Hij knikte. 'Verder wil ik inlichtingen over ene Sandro Scarpa, die eveneens woonachtig is te Pellestrina en waarschijnlijk ook visser is. Let u er vooral op of de naam Giacomini in verband met hen opduikt; een voornaam heb ik niet. En tot slot ene signora Follini die eigenaresse is van de dorpswinkel.'

Bij het horen van die naam trok signorina Elettra haar wenkbrauwen op als een openlijk blijk van belangstelling.

'Kent u haar?' vroeg Brunetti.

'Niet erg goed. Op het niveau van gedagzeggen.'

Brunetti wachtte of ze er nog iets aan zou toevoegen en toen dat niet gebeurde, zei hij: 'Ik weet niet of Follini haar meisjesnaam is of de achternaam van haar man.' Signorina Elettra schudde haar hoofd op een manier die zei dat ze daar niets mee opschoot. 'Ik schat haar op een jaar of vijftig,' ging Brunetti door en hij voegde er geniepig aan toe: 'Hoewel je waarschijnlijk bamboestokjes onder haar nagels zou moeten steken om haar dat te laten bekennen.'

Ze keek onthutst op en zei: 'Het is niet erg aardig om zoiets te zeggen.'

'Is het minder onaardig als het waar is?' vroeg hij.

Ze dacht daar even over na en antwoordde toen: 'Nee, eerder nog onaardiger.'

Om zijn opmerking te rechtvaardigen zei hij: 'Ze heeft met mij geflirt,' waarbij hij ironische nadruk op 'mij' legde om aan te geven hoe belachelijk het gedrag van de vrouw was geweest.

Signorina Elettra keek vluchtig naar hem op. 'Ah,' was het enige dat ze zichzelf toestond te zeggen en vroeg toen: 'Verder nog iemand, meneer?'

'Nee, maar probeert u uit te zoeken of de boot hun eigendom was.' Hij dacht na, mogelijkheden aanborend. 'En of er ooit een schadeclaim over is ingediend.'

Ze knikte bij ieder verzoek maar nam niet de moeite iets op te schrijven.

'Kent u daar iemand?' vroeg hij opeens.

'Ik heb een tante die in het dorp woont,' antwoordde ze bescheiden, zonder te laten merken hoeveel genoegen het haar deed dat hij haar eindelijk deze vraag stelde.

'In Pellestrina?' vroeg hij belangstellend.

'Het is eigenlijk een nicht van mijn vader. Ze heeft jaren geleden de hele familie geshockeerd door met een visser te trouwen en daar te gaan wonen. Haar oudste dochter is ook met een visser getrouwd.'

'Gaat u wel eens bij hen op bezoek?'

'Iedere zomer,' zei ze. 'Ik blijf dan meestal een week, soms twee.'

'En sinds wanneer doet u dat al?' vroeg hij terwijl zijn gedachten ver voor zijn vraag uit holden.

Ze stond zichzelf een glimlach toe. 'Sinds mijn prille jeugd. Ik ben zelfs een keer gaan vissen op de boot van haar schoonzoon.'

'U? Vissen?' vroeg Brunetti. Hij had niet verbaasder kunnen zijn als ze hem had verteld dat ze een cursus sumo-worstelen volgde.

'Ik was toen jonger, meneer,' zei ze en na een duik in het diepe water van het geheugen liet ze daarop volgen: 'Ik denk dat het in het seizoen was dat Armani marineblauw heeft uitgeprobeerd.'

Hij stelde zich haar voor in een broek met wijde pijpen, ongetwijfeld een combinatie van zijde en kasjmier, laag op de heupen, als die van matrozen. Maar geen wit matrozenpetje, nee, een kapiteinspet, met een gouden tres boven de klep. Hij liet het beeld varen, keerde terug naar haar kantoor en vroeg: 'Gaat u er nog steeds naartoe?'

'Ik had voor deze zomer nog geen plannen gemaakt, maar als u het zo vraagt, zou ik dat best kunnen doen.'

Brunetti was helemaal niet van plan geweest haar te vragen ernaartoe te gaan en had er alleen maar uit nieuwsgierigheid naar geïnformeerd, omdat hij zich afvroeg of ze iemand kende die bereid zou zijn openhartig met hen te praten. 'Nee, dat bedoel ik niet, Signorina,' zei hij. 'Ik verbaasde me alleen over het toeval.' Maar onder het spreken dacht hij na over wat ze hem zojuist had verteld: een tante in Pellestrina, een tante die was getrouwd met een visser.

Ze onderbrak zijn gedachtegang. 'Ik had nog geen plannen gemaakt voor de vakantie en ik vind het daar altijd heerlijk.'

'Signorina,' zei hij, zichzelf dwingend overtuigd en naar hij hoopte ook overtuigend te klinken. 'Dat is iets wat we onmogelijk van u kunnen vragen.'

'Niemand vraagt iets, meneer. Ik zit er alleen maar over te denken waar ik het eerste deel van mijn vakantie zal doorbrengen.'

'Ik dacht dat u nog niet zo lang geleden was teruggekomen uit...' begon hij, maar ze bracht hem met een blik tot zwijgen.

'Ik heb nog maar zo weinig dagen kunnen opnemen,' zei ze bescheiden en bij die woorden wiste hij uit zijn geheugen alle ansichtkaarten die op de Questura waren gearriveerd uit Egypte, Kreta, Peru en Nieuw-Zeeland.

Voordat ze een voorstel kon doen, zei hij: 'Ik vind dit echt niet zoals het hoort, Signorina.'

Ze keek hem aan met een blik waarin ontzetting en gekwetstheid hand in hand gingen. 'Volgens mij gaat het niemand iets aan waar ik mijn vakantie doorbreng, meneer.'

'Signorina,' begon hij weer, maar ze sneed zijn woorden af met haar efficiëntste stem.

'We kunnen hier een andere keer nog wel over praten, *dottore*. Ik zal eerst eens kijken wat ik over deze mensen te weten kan komen.' Ze hield haar hoofd schuin, alsof ze een geluid waarnam dat Brunetti niet kon horen. 'Ik meen me iets over de Bottins te herinneren, van een paar jaar geleden, maar ik moet er even over nadenken.' Ze schonk hem een gulle glimlach. 'Ik kan het aan mijn tante vragen.'

'Natuurlijk,' zei Brunetti instemmend, helemaal niet blij met de manier waarop ze hem klem had gezet. Voorzichtigheid dwong hem te vragen: 'Weten ze daar dat u hier werkt?'

'Dat betwijfel ik,' antwoordde ze. 'De meeste mensen zijn niet echt geïnteresseerd in andere mensen of in wat die doen, tenzij ze last van iemand hebben of op de een of andere manier door iemand benadeeld worden.' Brunetti was na jarenlange ervaring tot dezelfde conclusie gekomen. Hij vroeg zich af of haar opvatting theoretisch was of uit de praktijk stamde; ze leek zo jong en zo onbuigzaam.

Ze keek naar hem op en zei: 'Mijn vader was het er niet mee eens dat ik bij de bank wegging, dus denk ik niet dat hij aan iemand heeft verteld waar ik nu werk. Vermoedelijk denkt het grootste deel van mijn familie nog steeds dat ik op de bank werk. *Als* ze daar al ooit over denken.'

Brunetti begon in te zien tot welke plannen zijn enthousiasme haar had aangezet en begon weer tegen te sputteren. 'Signorina, dit is echt geen goed idee. Die twee mannen zijn vermóórd.' Haar blik was koel, ongeïnteresseerd. 'En ook al werkt u voor de politie, u bent geen politieagente.' Zoals hij actrices in talloze films had zien doen, hief ze haar hand met de palm naar boven op, boog haar vingers en bekeek haar nagels alsof die de interessantste voorwerpen waren die er in de hele kamer te vinden waren. Met haar duimnagel krabde ze een onzichtbaar vlekje van een andere nagel en keek toen naar hem op om te zien of hij verder nog iets wilde zeggen.

'Zoals ik al zei, meneer, denk ik dat ik volgende week mijn vakantie opneem. De vice-questore is er dan ook niet, dus zal hij er geen last van hebben dat ik weg ben.'

'Signorina,' zei Brunetti, nu weer op een kalme en officiële toon, 'het kan gevaarlijk zijn.' Ze gaf geen antwoord. 'U hebt hier de vaardigheden niet voor,' zei hij.

'Stuurt u liever Alvise en Riverre?' vroeg ze droog. Alvise en Riverre waren de onbenulligste agenten van het hele korps. En toen zei ze: 'Vaardigheden?'

Hij wilde iets zeggen, maar ze was hem voor. 'Wat voor vaardigheden vindt u dat ik moet hebben, commissario? Moet ik een pistool kunnen afvuren of een verdachte in bedwang kunnen houden of uit een raam op de derde verdieping durven springen?

Hij besloot daar geen antwoord op te geven, om haar niet nog meer op stang te jagen. Bovendien wilde hij liever niet erkennen dat hij zelf min of meer de aanzet had gegeven voor haar onbezonnen besluit.

'Wat voor soort vaardigheden denkt u dat ik heb gebruikt sinds ik hier ben aangenomen? Ik ga niet op pad om mensen te arresteren, maar dirigeer u naar de mensen die u moet arresteren en geef u het bewijsmateriaal dat nodig is om ze te laten veroordelen. En dat doe ik, meneer, door vragen te stellen, na te denken over de antwoorden en die dan te gebruiken om andere mensen andere vragen te stellen.' Ze zweeg, maar hij zei niets; hij knikte alleen om aan te geven dat hij luisterde naar wat ze zei.

'En of ik dat nu hiermee doe...' Ze streek met een roodgenagelde hand over het toetsenbord van haar computer, 'of dat ik in Pellestrina ga logeren bij mensen die ik al jaren ken, maakt echt niet veel verschil.'

Toen hij zag dat ze was uitgesproken, zei hij: 'Ik maak me zorgen om uw veiligheid, Signorina.'

'Wat galant,' zei ze, op een toon die hem volkomen van zijn stuk bracht.

'Ik heb niet eens de bevoegdheid u daarheen te sturen. Het zou helemaal tegen de regels indruisen.' Hij besefte tot zijn verbazing dat hij ook geen bevoegdheid had haar tegen te houden.

'Maar ik heb de bevoegdheid mezelf een week vakantie te geven. Dat druist tegen geen enkele regel in.'

'Ik wil het niet hebben,' hield hij vol.

'Onze eerste ruzie,' zei ze met een quasi-bedroefd gezicht en hij moest onwillekeurig lachen.

'Ik wil het echt liever niet, Elettra,' zei hij.

'En de eerste keer dat u me bij mijn voornaam noemt.'

'En ik had graag dat het niet de laatste keer zou zijn,' beet hij terug.

'Is dat een dreigement voor ontslag of een waarschuwing dat iemand op dat eiland me wel eens zou kunnen vermoorden?'

Hij dacht lange tijd over zijn antwoord na. 'Als u belooft daar niet naartoe te gaan, beloof ik u nooit te ontslaan.'

'Commissario,' zei ze, terugkerend naar haar gebruikelijke formele houding, 'hoe verleidelijk dat aanbod ook moge zijn, u weet heel goed dat vice-questore Patta u nooit toestemming zal geven me te ontslaan, zelfs niet als zou blijken dat ik degene was die die twee mannen heeft vermoord. Daarvoor maak ik zijn leventje veel te makkelijk.' Brunetti was gedwongen toe te geven, in ieder geval in zijn hart, dat dat waar was.

'En als ik u officieel zou beschuldigen van ongehoorzaamheid?' vroeg hij, hoewel ze beiden wisten dat hij dat nooit zou doen.

Alsof hij niet had gesproken, zei ze: 'Ik moet een manier verzinnen om contact met u te houden.'

'We kunnen u een *telefonino* geven,' zei hij, overstag.

'Dan kan ik beter mijn eigen gebruiken,' zei ze. 'Maar ik wil wel iemand op het eiland hebben, voor het geval wat u zegt waar is en er gevaar dreigt.'

'We gaan er een paar mensen naartoe sturen om het onderzoek voort te zetten. We kunnen tegen hen zeggen dat u er bent.'

Daarop reageerde ze prompt met: 'Nee, want als u tegen hen zegt dat ze me moeten negeren, heb je kans dat ze heel opvallend niet met me zullen praten als ze me tegenkomen en dat zou juist de aandacht op mij vestigen. Niemand mag weten wat ik aan het doen ben. Als het even kan, had ik liever dat niemand weet dat ik daar zit. Behalve u en brigadier Vianello.'

Kwam haar weerstand voort, vroeg hij zich af, uit informatie over de mensen die op de Questura werkten die hij niet had, of was haar scepticisme tegenover de menselijke natuur nog groter dan het zijne? 'Als ik het onderzoek op me neem, zal ikzelf degene zijn die daar met de mensen gaat praten, samen met Vianello.'

'Dat zou het beste zijn.'

'Hoe lang denkt u daar te blijven?'

'Het lijkt me verstandig dat ik net zolang blijf als anders: een week of iets langer. De dorpelingen zullen immers niet meteen naar me toe komen om me te vertellen wie het gedaan heeft, wanneer ze me uit de oranje bus zien stappen. Ik ga gewoon bij mijn tante logeren, kijken hoe ze het maakt, luisteren naar waar de mensen over praten. Daar hoeft niemand iets achter te zoeken.'

Daarna viel er weinig meer te zeggen. 'Klinkt het erg melodramatisch als ik u zou vragen of u een pistool mee zou willen nemen?' vroeg hij.

'Ik denk dat het veel melodramatischer zou zijn als ik op dat voorstel in zou gaan, meneer,' zei ze en ze wendde zich af, net als hij blij dat het gesprek voorbij was. 'En laat ik nu maar eens kijken wat ik over de Bottins te weten kan komen,' zei ze en ze draaide het scherm van haar computer naar zich toe.

7

'JE GAAT HAAR *WAT* LATEN DOEN?' PROTESTEERDE PAOLA DIE avond na het eten, toen hij zijn verhaal had gedaan over zijn tocht naar Pellestrina en het daaruit voortgevloeide gesprek – hij had het eigenlijk een confrontatie willen noemen maar vond dat toch wat overdreven – met signorina Elettra. 'Je laat haar naar Pellestrina gaan om detectivetje te spelen? In haar eentje? Ongewapend? Terwijl daar een moordenaar rondloopt? Ben je helemaal gek geworden, Guido?'

Ze zaten nog aan tafel. De kinderen waren verdwenen om te gaan doen wat brave, gehoorzame kinderen na het eten doen om aan hun aandeel in de huishoudelijke karweitjes te ontsnappen. Ze zette haar glas, nog halfvol calvados, op de tafel neer en staarde hem aan. 'Ik herhaal: ben je gek geworden?'

'Ik kon haar op geen enkele manier van het plan afbrengen,' sputterde Brunetti tegen, al hoorde hijzelf hoe zouteloos hij door zijn eigen woorden uit de bus kwam. In zijn relaas van het incident had hij verzuimd te vermelden dat het idee eigenlijk van hem afkomstig was geweest; hij had Paola een aangepaste versie gegeven waarin signorina Elettra op eigen initiatief had gezegd dat ze een actiever aandeel in het onderzoek wilde hebben. Brunetti hoorde zichzelf uit zijn verhaal naar voren komen als de onnozele baas die zich door zijn secretaresse in de luren had laten leggen en die te goedhartig was om haar carrière op het spel te zetten door haar de noodzakelijke straf op te leggen.

Ruime ervaring met de uitvluchten van mannen in machtsposities wekte in Paola het vermoeden op dat wat ze hoorde enigszins afweek van de waarheid. Ze vond echter dat het weinig zin had zijn verslag van het incident in twijfel te trekken, aangezien ze alleen geïnteresseerd was in de resultaten ervan.

'Dus je vindt het goed?' herhaalde ze.

'Zoals ik al zei, Paola,' begon hij, en hij besloot dat het misschien beter was te wachten met nog een calvados voor zichzelf in te schenken, tot ze over deze barrière heen waren, 'is het geen kwestie van goedvinden. Ik kan haar niet tegenhouden. Als ik er niet mee had ingestemd, zou ze gewoon een week vakantie hebben genomen en er op haar eigen houtje naartoe zijn gegaan om vragen te stellen.'

'Dan is zij dus degene die gek is geworden?' informeerde Paola.

Hoewel er vele vragen over signorina Elettra waren waar Brunetti graag het antwoord op zou willen weten, hoorde deze daar niet bij. Maar dat zei hij uiteraard niet. Wel zwichtte hij voor zijn zwakte en schonk nog een drupje calvados in zijn glas.

'Wat hoopt ze daar te bereiken?' vroeg Paola.

Hij zette zijn glas neer zonder gedronken te hebben. 'Zoals ze aan mij heeft uitgelegd, wil ze dezelfde tactieken en technieken gebruiken als met haar computer: vragen stellen, naar de antwoorden luisteren en dan nieuwe vragen stellen.'

'En als iemand, terwijl ze een van die vragen stelt, besluit een mes in haar ribben te steken, zoals met die visserszoon is gebeurd?' vroeg Paola.

'Dat heb ik haar ook gevraagd,' zei Brunetti. Niet dat hij dat met zoveel woorden had gedaan, maar het was in ieder geval wel zijn bedoeling geweest.

'En?'

'Ze is ervan overtuigd dat het feit dat ze daar al jarenlang iedere zomer naartoe gaat, voldoende is.'

'Voldoende waarvoor? Om haar in een mantel van onzichtbaarheid te hullen?' Paola liet haar ogen rollen en schudde verbijsterd haar hoofd.

'Ze is niet dom, Paola,' zei Brunetti ter verdediging van de signorina.

'Dat weet ik, maar ze is maar een vrouw.'

Hij was naar voren geleund om zijn glas te pakken toen ze dat zei, en bleef roerloos zitten toen hij die woorden hoorde. 'En dat zegt de Rosa Luxemburg van het feminisme?' zei hij. 'Ze is *maar* een vrouw?'

'Niet flauw doen, Guido,' zei Paola, nu echt kwaad. 'Je weet best wat ik bedoel. Ze zal daar rondlopen met een *telefonino* en haar vernuft, maar iemand anders loopt er rond met een mes en die persoon heeft al twee mensen vermoord. Dat is geen situatie waar ik iemand om wie ik geef, middenin zou willen zetten.'

Hij registreerde die laatste opmerking maar reageerde er niet op. 'Misschien was het beter geweest als niet ik maar jij met haar was gaan praten.'

'Nee,' zei Paola, zijn sarcasme negerend. 'Ik denk niet dat dat veel uitgehaald zou hebben.' Paola had signorina Elettra maar twee keer ontmoet, beide keren tijdens een officieel diner dat Patta had gegeven voor het hogere personeel van de Questura. Beide keren waren ze aan elkaar voorgesteld en hadden ze eventjes gepraat, maar waren ze vervolgens aan verschillende tafels geplaatst. Brunetti had dat altijd beschouwd als een bewuste beslissing van Patta's kant om te voorkomen dat de twee vrouwen over hem zouden praten.

Paola, praktisch als altijd, sprong over theorie en wederzijdse beschuldigingen heen en begon na te denken over hoe ze het hier en nu moesten aanpakken. 'Kun je er iemand naartoe sturen die een oogje in het zeil kan houden?'

'Ik weet niet of dat op dit moment wel nodig is.'

'Als en wanneer het nodig zal zijn, zal het te laat zijn om nog iets te doen,' zei Paola. Hij was het daarmee eens, maar zei dat niet hardop.

'Nou?' drong ze aan.

'Ik heb Vianello verzocht na te gaan of een van onze mensen toevallig op Pellestrina woont.' Hij schudde zijn hoofd om aan te geven wat het antwoord was geweest. 'Bovendien mag van haar niemand weten waar ze is en wat ze aan het doen is, afgezien van Vianello en mij.' Voordat Paola iets kon vragen, lichtte hij dat toe. 'Volgens haar weet niemand in haar familie waar ze werkt, hoewel ik dat moeilijk te geloven vind. Ik geef toe dat het niet waarschijnlijk is dat haar familieleden op Pellestrina het weten, vooral als ze die maar één keer per jaar ziet, maar er zijn vast andere leden in haar familie die in de gaten houden wat ze doet.'

'En als ze het wél weten of als iemand haar ernaar vraagt of er op een andere manier achter komt dat ze op de Questura werkt?' vroeg Paola.

'Och,' zei hij, 'dan zal ze vast wel een goed antwoord weten te verzinnen. Ze kan erg goed liegen; ik ben daar nu al jaren getuige van.'

'Maar stel dat ze in gevaar komt te verkeren?' vroeg Paola, wat hem weer met beide benen terugbracht op de grond.

'Laten we hopen dat dat niet gebeurt.'

'Dat is geen antwoord, Guido, en het is niet genoeg.'
'We kunnen niets doen. Ze heeft een besluit genomen en volgens mij kan niemand haar daarvan afbrengen.'
'Je klinkt erg nonchalant, moet ik zeggen.'
Brunetti was er niet zeker van hoe zijn vrouw zou reageren op een ontboezeming over zijn gevoelens voor een andere vrouw, dus deed hij geen poging zich te verdedigen.
'Het zou afschuwelijk zijn als haar iets zou overkomen,' zei Paola.
Brunetti slikte de opmerking in dat het zijn hart zou breken, leunde naar voren en pakte zijn calvados.
De volgende ochtend kwam hij pas over negenen op de Questura aan omdat hij was opgehouden door telefoontjes met drie verklikkers. Die telefoontjes pleegde hij altijd vanuit telefooncellen en altijd alleen naar hun *telefonini*. Hoewel ze alledrie over de misdaad hadden gelezen, kon geen van hen hem enige informatie verschaffen over de Bottins of de moord. Ze beloofden allemaal hem te bellen zodra ze iets hoorden, maar waren niet erg optimistisch omdat de misdaad zo ver weg was gepleegd: voor zijn Venetiaanse contactpersonen had het net zo goed in Milaan gebeurd kunnen zijn.
Het onderwerp van zijn gesprek met Paola was niet op haar kantoor toen hij aankwam, dus liep hij door naar zijn eigen kantoor waar hij snel de kranten doornam. De landelijke bladen hadden geen gewag gemaakt van de Bottins, en dat was ook wel begrijpelijk, maar *Il Gazzettino* had de helft van de voorpagina van het tweede katern aan hen gewijd. In de amechtige stijl die het stadsblad reserveerde voor gewelddadige misdaden, begon het artikel met de vraag of de Bottins een voorgevoel hadden gehad of dat ze, toen ze op de ochtend van de dag van de moord wakker waren geworden, hadden geweten dat het de laatste dag van hun leven zou zijn. Aangezien het blad al haar verslagen over gewelddaden met dergelijke kleurrijke uitdrukkingen begon, mompelde Brunetti: 'Dat zit er niet in.'
Het artikel bevatte de feiten die Brunetti al kende: de vader was gestorven aan een klap op zijn hoofd, de zoon aan een meswond. Beiden waren al dood geweest toen de boot in brand was gestoken en gezonken. Het artikel vertelde hem niets nieuws, behalve de fototjes van de twee slachtoffers. Bottin had de ruige kop van een man die te veel tijd in de openlucht doorbrengt. Zijn gezicht drukte de norse weerzin uit die je op pasfoto's vaak zag. Marco, daar-

entegen, glimlachte met twee kuiltjes bij de hoeken van zijn mond. De vader was donker met een korte, dikke nek, maar Marco leek gemaakt te zijn van een eleganter, lichter materiaal. Na twintig jaar op zee zou er van zijn verfijndere gelaatstrekken niet veel zijn overgebleven, besefte Brunetti, maar de soepele, elegante manier waarop Marco zijn hoofd een tikje schuin hield maakte Brunetti nieuwsgierig naar diens moeder en naar de omstandigheden die er de oorzaak van waren dat hij het wrede lot van zijn vader had moeten delen.

8

Signorina Elettra kwam meer dan twee uur nadat hij was gearriveerd pas zijn kantoor in. Toen hij haar zag, was hij niet in staat de impuls te bedwingen naar haar toe te gaan. Hij stond op, maar de fatsoensnormen hielden hem tegen. 'Goedemorgen,' zei hij luchtig, in de hoop dat die volkomen normale begroeting hen terug zou voeren naar simpeler tijden, naar de tijd voordat ze op het idee was gekomen – nee, hij moest eerlijk zijn – voordat hij haar op het idee had gebracht naar Pellestrina te gaan.

'Goedemorgen, meneer,' zei ze op een volkomen normale toon. Hij zag dat ze wat vellen papier in haar hand had.

'De Bottins?' vroeg hij.

Ze hief ze op. 'Ja, maar het is erg weinig,' zei ze verontschuldigend. 'En met de anderen ben ik nog bezig.'

'Laat eens kijken,' zei hij, terwijl hij weer ging zitten en erg zijn best deed zo normaal mogelijk te doen.

Ze legde de vellen papier op zijn bureau, draaide zich om en liep naar de deur. Brunetti keek haar na. Haar smalle rug leek nog smaller door de lichtblauwe trui met de witte, verticale streepjes. Hij herinnerde zich opeens dat hij haar een aantal jaren geleden had gevraagd wat haar plannen voor het nieuwe millennium waren en wat ze hoopte te bereiken. Haar plannen, had ze geantwoord, waren om te zien of babyblauw, dat de kleur van het nieuwe decennium zou worden, haar zou staan en haar enige hoop was dat dat het geval zou zijn. Toen hij had aangedrongen, had ze toegegeven dat er nog een paar andere dingetjes waren waar ze op hoopte, maar ze had het niet nodig gevonden daarop in te gaan en daarmee was de zaak afgedaan. Nou, het stond haar, dat babyblauw, en Brunetti wenste opeens dat alles waar ze verder op had gehoopt, was uitgekomen.

Vader en zoon Bottin, zag hij toen hij de informatie doorlas, waren vrij onopvallende mannen geweest: ze waren gezamenlijk eigenaar van het huis op Pellestrina en van de *Squallus*, hoewel ze ieder hun eigen bankrekening hadden. Ze hadden allebei een auto, en Marco was bovendien de eigenaar van een huis op Murano, dat hem was nagelaten door zijn moeder.

De financiële aspecten even daargelaten, was Giulio de opvallendste van de twee: hij stond bekend bij de carabinieri op het Lido en was het onderwerp van een aantal *denuncie*, waarvan er drie betrekking hadden op gevechten in cafés en één op een incident dat had plaatsgevonden tussen twee boten op de *laguna*, hoewel de andere boot niet die van Scarpa was geweest. Bottin leek echter steeds geluk gehad te hebben, want ondanks dat hij bij de politie een beruchte figuur was, was er nooit een officiële aanklacht tegen hem ingediend, al kon dat zowel wijzen op gebrek aan bewijsmateriaal als op onwil van de betrokkenen om te getuigen. Marco was nooit met de politie in aanraking geweest.

Brunetti zocht naar een verslag over wat er tussen de boten op de *laguna* was voorgevallen, maar dat zat er niet bij. Met opzet belde hij signorina Elettra niet om haar te vragen wie deze informatie zou kunnen verschaffen, in de hoop dat ze misschien alsnog zou vergeten te gaan.

In plaats daarvan belde hij de agentenkamer en verzocht Bonsuan bij hem te komen.

De schipper klopte een paar minuten later op zijn deur, kwam binnen zonder de moeite te nemen te salueren en ging zitten op de stoel die Brunetti aanwees. Hij zat met zijn voeten plat op de vloer en zijn handen rond de armleuningen van zijn stoel geklemd, alsof hij vanwege de langdurige blootstelling aan de zee steeds op zijn hoede was voor een plotselinge verandering van het tij of de stromingen. Brunetti zag het stompje van Bonsuans pink, waarvan hij de eerste twee kootjes was kwijtgeraakt bij een allang vergeten ongeluk op het water.

'Bonsuan,' begon Brunetti, 'heb jij vrienden die visser zijn?'

Bonsuan gaf geen blijk van nieuwsgierigheid. 'Vissers, ja. *Vongolari*, nee.' De verbeten manier waarop hij het zei, verraste Brunetti, evenals het onderscheid dat hij maakte.

'Wat is er niet goed aan de *vongolari*?' vroeg hij.

'Het zijn *figli di puttane*, stuk voor stuk.'

Brunetti had soortgelijke meningen gehoord over de oestervissers, onder andere van Vianello, maar ze nog nooit met zoveel walging horen uiten.

'Waarom?'

'Omdat het hyena's zijn,' antwoordde Bonsuan. 'Aasgieren. Ze zuigen alles op met hun verdomde stofzuigerbakken, rijten de kweekbedden aan flarden, vernietigen hele kolonies.' Bonsuan zweeg, schoof wat naar voren op zijn stoel en ging door: 'Ze denken niet aan de toekomst. De oesterbedden hebben ons eeuwenlang gevoed en zouden ons tot in de eeuwigheid kunnen voeden, als zij niet als wildemannen zouden graven en graven, en alles vernietigen.'

Brunetti dacht terug aan zijn lunch op Pellestrina. 'Vianello eet ze niet meer. Oesters.'

'Och, Vianello,' zei Bonsuan, alsof Vianello er niet toe deed. 'Die doet dat om gezondheidsredenen.' Uit Bonsuans mond klonk dat als een obsceniteit.

Er niet zeker van hoe hij daarop geacht werd te reageren, vroeg Brunetti: 'Dus je kunt ze nog wel met een gerust hart eten?'

Bonsuan haalde zijn schouders op. 'Op mijn leeftijd kun je alles eten.' Hij zweeg even en ging toen door. 'Nee, je kunt ze niet met een gerust hart eten. De schoften halen ze vlak voor Porto Marghera uit het water en de hemel mag weten wat daar allemaal geloosd wordt. Ik heb ze gezien, het schorem, ze liggen er 's nachts voor anker, zonder licht, en scheppen hun bakken vol, nog geen vijftig meter van het bord waarop staat dat het water vergiftigd is en dat je er daarom niet mag vissen.'

'Maar wie zou die eten?' vroeg Brunetti en hij dacht weer aan de oesters die hij op Pellestrina had genuttigd.

'Niet mensen die het weten,' antwoordde de schipper. 'Maar wie weet het? Wie weet wat er tegenwoordig op de markt komt? Een krat oesters is een krat oesters.' Bonsuan keek naar hem op, glimlachte en zei: 'Geen paspoorten, geen gezondheidspasjes.'

'Maar wordt er geen controle uitgeoefend? Houdt iemand dat niet in de gaten?'

Bonsuan glimlachte om zoveel naïveteit van iemand die toch niet zo jong meer was, maar verwaardigde zich niet daarop antwoord te geven.

'Nee, vertel het me, Bonsuan,' drong Brunetti aan. 'Zijn er geen inspecteurs die daar een onderzoek naar instellen?' Op het moment dat hij het zei, besefte Brunetti hoe weinig hij over dit onderwerp wist. Hij had van jongs af in de *laguna* gevist, maar wist niets over de commerciële visvangst.

'Er zijn allerlei soorten inspecteurs, *dottore*,' antwoordde Bonsuan. Hij stak zijn rechterhand op en telde op zijn vingers af. 'Er zijn inspecteurs die steekproeven moeten doen op de vis die op de markt komt, om te zien of die echt vers is als hij wordt aangeboden als verse vis. Er zijn inspecteurs die moeten nagaan of er gevaarlijke stoffen in de vis zitten: zware metalen, gif of chemicaliën – allemaal dingen die door fabrieken in de *laguna* worden geloosd. Verder heb je de inspecteurs van de Magistrato alle Acque, die erop moeten toezien dat de vissers alleen daar vissen waar het hun is toegestaan.' Hij sloot zijn hand tot een vuist en zei: 'Dit zijn de inspecteurs die ik ken, maar als u goed zoekt, zult u er vast nog veel meer vinden. Dat wil echter nog niet zeggen dat er iets geïnspecteerd wordt en zo ja, dat er rapport wordt uitgebracht over de bevindingen.'

'Waarom niet?' vroeg Brunetti.

Bonsuans glimlach drukte een diep medeleven uit en in plaats van antwoord te geven, beperkte hij zich ertoe zijn duim en wijsvinger over elkaar te wrijven.

'Maar wie betaalt?' vroeg Brunetti.

'Een béétje verbeeldingskracht, *dottore*. Iedereen die iets doet wat anderen niet mogen weten of wat hun bedrijf kan schaden als men erachter zou komen: iemand die een boot heeft of een visstalletje op de Rialto of een firma waarvan de besmette schepen naar Japan of een ander naar vis smachtend land uitwijken.'

'Weet je dit zeker, Bonsuan?'

'Bedoelt u of ik zeker weet dat dit gebeurt of dat ik de namen weet van de mensen die het doen?'

'Allebei.'

Bonsuan keek lange tijd peinzend naar zijn meerdere voordat hij antwoord gaf. 'Als ik er goed over zou nadenken, zou ik waarschijnlijk wel wat namen weten van mensen, vrienden van me die in de *laguna* werken, die misschien aan iemand geld hebben gegeven om ervoor te zorgen dat iemand iets niet zag. En als ik wat vragen zou stellen, zou ik misschien achter de namen kunnen komen van de mensen aan wie ze dat geld hebben gegeven.' Hij stopte.

'Maar?'

'Maar twee van mijn neven zijn vissers, hebben hun eigen boot. En ik ga over twee jaar met pensioen.'

Toen Brunetti besefte dat dit het enige antwoord was dat Bonsuan bereid was te geven, vroeg hij: 'Wat wil dat zeggen?'

'Dat wil zeggen dat mijn leven zich op de *laguna* afspeelt, niet hier op de Questura; althans, over twee jaar zal dat zo zijn.'

Brunetti vond dat een heel redelijk argument, maar hij drong evengoed aan. 'Maar als vis op de een of andere manier besmet is, is het dan niet gevaarlijk als mensen ze eten?'

'Wilt u daarmee zeggen wat ik denk dat u daarmee wilt zeggen?' vroeg Bonsuan kalmpjes.

'Wat dan?'

'Dat u een beroep doet op mijn burgerplicht u te helpen een publiek gevaar uit de weg te ruimen? Het klinkt alsof u wilt dat ik me ga gedragen alsof ik Greenpeace ben en u ga vertellen wie die boosdoeners zijn zodat u ze kunt dwingen te stoppen iets te doen dat gevaarlijk is voor mens en milieu.'

Hoewel er geen spoor van sarcasme te bespeuren was in de manier waarop hij sprak, kreeg Brunetti sterk de indruk dat Bonsuan hem met zijn opmerking voor schut zette. 'Zoiets ja,' gaf hij met tegenzin toe.

Bonsuan ging verzitten, rechtte zijn rug en legde zijn handen plat op zijn knieën, hoewel zijn voeten nog steeds schrap stonden om een plotselinge golf te kunnen opvangen. 'Ik heb niet veel school gehad, meneer,' begon hij, 'en weet dat mijn denkwijze hierover niet erg duidelijk is, maar ik zie niet wat voor verschil het maakt.' Brunetti verkoos hem niet te onderbreken. De schipper ging door. 'Kunt u zich al die heisa nog herinneren toen de chemische fabrieken gesloten moesten worden vanwege de milieuvervuiling die ze veroorzaakten?' Hij keek Brunetti aan en wachtte op antwoord.

'Ja.' Natuurlijk kon hij zich dat nog herinneren. Onderzoekers hadden een paar jaar geleden ontdekt dat allerlei giftige stoffen van chemische en petrochemische fabrieken op het vasteland in de *laguna* sijpelden, vloeiden, stroomden. Er had in de kranten zelfs een lijst gestaan met de namen van de werknemers die de afgelopen tien jaar aan kanker waren gestorven, en hun aantal was zo groot geweest dat de curve uit alle grafieken van waarschijnlijkheid was gebarsten. Een rechter had opdracht gegeven de fabrieken te sluiten, omdat ze een gevaar vormden voor de mensen die er werkten, zonder aan de orde te stellen hoe het zat met de schade die ze hadden veroorzaakt aan de mensen die erbij in de buurt woonden. Binnen vierentwintig uur was er een grote protestdemonstratie met het dreigement van harde actie op gang gebracht door de arbeiders zelf, de mensen die dagelijks omgingen met de giftige stoffen waarvan men zei dat ze hun dood zouden worden, met andere woorden, de mensen die ze inademden en ermee in aanraking kwamen. Ze eisten dat de fabrieken zouden blijven draaien en dat ze hun werk mochten blijven doen, en beweerden dat de kans dat ze ooit ziek zouden worden, te verwaarlozen was tegenover het onmiddellijke gevaar van werkloosheid. Dus waren de fabrieken blijven draaien, de arbeiders blijven werken, en was er verder erg weinig gezegd of geschreven over het andere getij dat in de *laguna* vloeide.

Bonsuan was in zwijgen vervallen, maar Brunetti porde hem op. 'Wat is daar dan mee?'

'Clara heeft een patiënt,' begon Bonsuan. Clara was zijn dochter die arts was en een praktijk had in Castello. 'Hij heeft een zeldzame vorm van longkanker. Heeft nooit gerookt. Zijn vrouw ook niet. Hij wees met zijn rechterhand in de richting van het vasteland. 'Maar hij heeft twintig jaar lang daarginds gewerkt.'

Hij stopte weer. Brunetti vroeg: 'En?'

'Alhoewel Clara statistieken heeft die aantonen dat deze vorm van kanker alleen wordt aangetroffen bij mensen die langdurig zijn blootgesteld aan een van de chemicaliën die ze daar gebruiken, weigert hij te geloven dat hij zijn ziekte opgelopen kan hebben in de fabriek waar hij werkt. Zijn vrouw zegt dat het de wil van God is en hij zegt dat het gewoon pech is. Clara is erover opgehouden toen ze zag dat het hun niets uitmaakt waar hij aan dood zal gaan. Ze zegt dat ze hij domweg weigert te geloven dat zijn werk er iets mee te maken heeft.'

Ditmaal wachtte Bonsuan niet tot Brunetti om verdere uitleg vroeg. 'Daarom maakt het volgens mij niets uit of iemand de mensen waarschuwt dat oesters of vis of garnalen gevaarlijk zijn. Ze zeggen dan toch dat hun ouders ze hun hele leven hebben gegeten en negentig zijn geworden, of dat je je niet overal zorgen om kunt maken. Of ze worden kwaad omdat je probeert ze hun werk af te pakken. Het enige wat je er niet mee zult bereiken, is ze laten ophouden met wat ze doen, of het nu het eten van vis is die in het donker gloeit, of het geven van steekpenningen zodat mensen kunnen doorgaan met die vis te vangen en te verkopen.'

Brunetti besefte opeens dat dit de langste redevoering was die hij in al die jaren dat hij Bonsuan nu kende, van hem had gehoord. Omdat de schipper aan het begin ervan iets over zijn neven en zijn op handen zijnde pensioen had gezegd, weigerde Brunetti echter te geloven dat zijn uitleg geheel waarheidsgetrouw was.

'Ga je na je pensioen met je neven werken?' vroeg hij.

'Ik heb een schippersbrevet,' was Bonsuans antwoord. 'Ik heb geen geld om een taxi te kopen en ik denk dat ik dat ook niet wil. Dat zijn ook al van die inhalige schoften.'

'En je kent de *laguna*,' zei Brunetti.

'En ik ken de *laguna*.'

Brunetti berustte erin. 'Is er iets dat je me wilt vertellen?'

Bonsuan, wist hij, was niet zo hard als hij eruitzag. Door de jaren heen had Brunetti hem van tijd tot tijd het pantser dat hij droeg, zien afleggen, de vermomming van de stoere zeeman die zich niet van zijn stuk liet brengen door de wandaden van de mens. 'We zouden ermee geholpen kunnen zijn,' ging Brunetti door. Hij deed zijn best het als een suggestie en niet als een smeekbede te laten klinken.

Bonsuan kwam overeind. Voordat hij zich omdraaide om de kamer uit te lopen, zei hij: 'Het is geen kwestie van welke vissers dit doen, meneer; het is eerder een kwestie van welke het niet doen.' Hij hief zijn rechterhand op in de richting van zijn voorhoofd, wat Brunetti opvatte als een saluut, en zei nog: 'Het is te groot voor u en het is te groot voor ons.' Daarop wenste hij hem een goedemorgen en verliet het kantoor.

Brunetti was nu niet veel wijzer dan voordat hij de schipper had gevraagd boven te komen. Hij besefte hoe dom het van hem was geweest te hopen dat een beroep op trouw aan het politiekorps en het algemeen belang enig effect kon hebben wanneer het moest concurreren met groeperingen of, erger nog, familie. Het zou wel een stapje op de ladder van de beschaving zijn, dat vermogen aan groeperingen of familie te denken in plaats van aan jezelf, maar het leek zo'n minuscuul stapje. Zoals altijd, wanneer hij zichzelf erop betrapte in dergelijke brede generalisaties over het menselijke gedrag te vervallen, wat meestal gebeurde wanneer hij zocht naar een rechtvaardiging voor of juist kritiek op het gedrag van iemand die hij kende, begon hij zich af te vragen of hij zich onder dezelfde omstandigheden anders zou hebben gedragen. Meestal kwam hij tot de conclusie dat dat niet zo was, wat een eind maakte aan zijn overpeinzingen en hem met een onaangenaam gevoel liet zitten over zijn kritische karakter. Er was immers weinig bewijs dat de openbare instellingen en de regering ook maar een greintje belangstelling hadden voor het algemeen belang.

Hij bleef zitten peinzen over zijn korte gesprek met Bonsuan. Door de jaren heen had hij talloze rapporten gelezen over de geweldplegingen in die wateren: boten die aan de grond liepen of in aanvaring kwamen; mannen die overboord vielen of overboord werden geduwd en dan gered werden of verdronken; schoten die werden gelost vanaf onzichtbare boten door mannen die nooit achterhaald werden. Toch werd de *laguna* over het algemeen door de mensen die er hun hele leven doorbrachten, velen die hun leven en bestaan eraan te danken hadden, beschouwd als veilig viswater.

Vanwege zijn groeiende nieuwsgierigheid stapte hij van het bijgelovige idee af dat hij alsnog invloed kon uitoefenen op signorina Elettra's besluit en belde haar op om te vragen of ze even wilde kijken wat er in het archief van *Il Gazzettino* van de afgelopen drie jaar te vinden was over de *laguna*, de vissers en de *vongolari*, in het bijzonder dingen die te maken hadden met geweldplegingen tussen de vissers onderling en tussen hen en de politie. Hij wist dat hij daar meerdere artikelen over had gelezen, maar omdat meldingen over gewelddaden op het water meestal bij de havenpolitie of de carabinieri terechtkwamen, had hij er weinig aandacht aan besteed.

Als kind van haar wateren idealiseerde Brunetti de *laguna* nog steeds als een vredig oord. Dachten de mensen in India, vroeg hij zich af, net zo over Moeder Ganges: als de vloeibare bron van alle leven, die hun voedsel en vrede schonk? Hij had onlangs in een van Paola's Engelse tijdschriften een artikel gelezen over de verontreiniging van de Ganges, die nu op vele plaatsen onherstelbaar vervuild was zodat de mensen die erin baadden en het water ervan dronken, ziek werden en er zelfs aan doodgingen, terwijl de lakse regering zich beperkte tot loze gebaren en lege woorden. Hij dacht daar even over na, maar voordat hij kon beginnen zich te koesteren in een gevoel van Europese superioriteit, dacht hij weer aan Vianello's weigering weekdieren te eten en aan Bonsuans uitleg over de machten die ervoor zorgden dat ze van de bodem van de *laguna* losgescheurd konden worden.

Hij pakte het telefoonboek uit zijn onderste la, al voelde hij zich vrij belachelijk toen hij het bij de 'P' opsloeg en naar 'Politie' bladerde. De tussenkopjes voor San Polo – Spoorweg en Grens – waren niet veelbelovend. Noch dacht hij dat er veel te halen viel bij de Verkeerspolitie. Hij deed het telefoonboek weer dicht, belde de centrale en zei dat hij wilde weten naar wie meldingen over problemen in de *laguna* werden doorverwezen. De dienstdoende agent legde uit dat het ervan afhing om wat voor soort probleem het ging: ongelukken werden doorgegeven aan de Capitaneria di Porto; misdaden werden behandeld door de carabinieri of, en op dit punt werd de stem van de agent een beetje gespannen, henzelf.

'Ik begrijp het,' zei Brunetti. 'Maar wie gaat eropuit om een onderzoek in te stellen?'

'Ook dat hangt ervan af, meneer,' zei de agent uiterst discreet. 'Als we geen boot beschikbaar hebben, geven we het door aan de carabinieri en gaan die.'

Brunetti wist heel goed waarom de kikvorsmannen van de carabinieri niet beschikbaar waren geweest om het wrak van de *Squallus* te bekijken, dus maakte hij hier een aantekening van, maar het leek hem verstandiger geen commentaar te leveren.

'En de afgelopen paar jaar...' begon Brunetti, maar stopte toen en zei: 'Laat maar zitten. Ik wacht wel op signorina Elettra.'

Vlak voordat hij ophing, meende hij de stem van de agent, onbelichaamd vanwege de afstand, te horen zeggen: 'Wie niet?' maar hij wist dat niet zeker.

Zoals alle Italianen was Brunetti opgegroeid met mopjes over carabinieri: waarom sturen ze altijd twee carabinieri om iets te onderzoeken? Omdat de ene kan lezen en de andere schrijven. Hij wist dat de Amerikanen hetzelfde mopje vertelden over Polen en de Engelsen over de Ieren. Gedurende zijn carrière had Brunetti veel dingen meegemaakt die bewezen hoeveel waarheid deze volkswijsheid bevatte, maar pas in recente jaren waren er dingen gebeurd die een andere overtuiging hadden doen wankelen: dat de carabinieri, hoe dom en hoe onnozel ze ook mochten zijn, wél altijd zo eerlijk als goud waren geweest.

Nu hij weer wat bedaard was, wist hij niets meer te verzinnen om zichzelf bezig te houden, dus trok hij een stapel achterstallige paperassen en rapporten naar zich toe en begon die door te werken, waarbij hij zijn ogen vluchtig en zonder er echt aandacht aan te besteden over de tekst liet glijden tot hij de plek onderaan zag waar hij zijn initialen moest zetten alvorens het document door te sturen naar de volgende lezer. Toen de kinderen nog klein waren, was hem verteld dat al hun huiswerk door hun school verzameld werd en dat het tien jaar in een archief bewaard moest worden. Hij kon zich nu niet herinneren wie hem dat had verteld, maar wist nog wel dat hij onmiddellijk een enorm archief voor zich had gezien, zo groot als de stad zelf, waar alle officiële paperassen werden bewaard. De Romeinse geschiedschrijvers van wie hij zoveel hield, hadden vaak een Italiaans schiereiland beschreven dat zo dichtbebost was dat hele gebieden bijna ondoordringbaar waren: eiken, beuken, kastanjes, nu allemaal verdwenen, omgehakt om boten te bouwen, of om land te ontginnen voor akkerbouw. Of, dacht hij triest, om er papier van te maken dat toegevoegd kon worden aan de reeds opgeslagen documenten die, als niemand er iets aan deed, misschien ooit het hele schiereiland opnieuw zouden bedekken. En hijzelf had een aardige bijdrage geleverd aan dat archief, dacht hij, terwijl hij zijn initialen op het zoveelste vel papier zette en het opzijlegde. Hij keek op zijn horloge en omdat hij niet beschouwd wilde worden als iemand die signorina Elettra voortdurend aan het hoofd zeurde, besloot hij naar huis te gaan om te eten.

9

PAOLA ZAT AAN DE KEUKENTAFEL TOEN HIJ THUISKWAM, HAAR hoofd gebogen over een *Panorama* of *Espresso*, de twee weekbladen waar ze op geabonneerd was. Ze had de gewoonte de bladen zo'n zes maanden te laten liggen en dan pas te lezen. Zo verstreek er volgens haar voldoende tijd om alles in het juiste perspectief te krijgen: de huidige popster de gelegenheid te geven aan een overdosis te sterven of in welverdiende vergetelheid weg te zinken, Gina Lollobrigida in staat te stellen aan de zoveelste carrière te beginnen en die weer te laten varen, praatjes over plannen voor de huidige politieke *riforma* van de lei te poetsen en te vervangen door spiksplinternieuwe.

Hij keek naar de opengeslagen pagina en zag een foto van twee mannen in de bekende witte jasjes van chefkoks, rode mutsen met een witte rand op hun hoofd. Op de pagina links van hen stond een volgeladen tafel: de hulst en rode kaarsen vertelden hem dat Paola haar leesachterstand had weggewerkt tot het einde van het afgelopen jaar.

'Ha, fijn,' zei hij toen hij zich bukte en een zoen op haar kruintje drukte. 'Wil dit zeggen dat er vandaag gans op het menu staat?' Toen ze hem negeerde, ging hij door: 'Al is het daar eigenlijk te warm voor. Wat het ook is, het ruikt heerlijk.'

Ze keek op en glimlachte. 'Beter dan de gans in dit kerstmenu,' zei ze en ze tikte met een afkeurende wijsvinger op een van de pagina's. 'Wat denken die mensen wel.'

Aangezien dit vaak haar reactie was op artikelen uit deze tijdschriften, verlegde Brunetti zijn aandacht naar een fles Pinot Grigio die hij uit de koelkast pakte. Hij haalde twee glazen uit het kastje achter hem en vulde ze ieder voor de helft. Toen hij Paola's glas voor haar neerzette, maakte hij een vragend geluid.

Ze besloot dat op te vatten als een teken van belangstelling en antwoordde: 'Ze zeggen hier dat we al onze nieuwerwetse ideeën over eten moeten laten varen en terugkeren naar de manier waarop onze ouders en grootouders aten.' Brunetti, die zijn buik allang vol had van de *nouvelle cuisine*, was het daar hartgrondig mee eens. Maar omdat hij wist dat Paola wat de cuisine betrof een avontuurlijker inslag had dan hij, hield hij zijn mening voor zich.

'Moet je horen wat volgens hen het eerste gerecht van het kerstdiner in de stijl van onze grootouders moet zijn.' Ze pakte het tijdschrift op en schudde het nijdig, alsof ze het daarmee wat gezond verstand wilde bijbrengen. 'Ganzenlever met perenpasteitjes *al Taurasi* – wat of wie dat ook mag zijn – met in limoncello gedrenkte ananas.' Ze keek op naar Brunetti, die zo snugger was zijn hoofd te schudden op een naar zijn idee laatdunkende manier.

Bemoedigd ging ze door. 'En moet je dit horen. *Sartù* – wat dát ook moge zijn – van rijst met plakjes aubergine, eieren en gehaktballetjes *di annecchia* overgoten met een saus van San-Marsanotomaten.' Vol walging over die overdaad gooide ze het tijdschrift op de tafel, waar het dichtsloeg en Brunetti zicht bood op de weelderige vrouwenborsten die voor beide weekbladen een verplicht logo voor de omslag schenen te zijn. 'Wat denken ze wel? Dat onze grootouders aan het hof van Louis Quatorze woonden?' vroeg ze.

Brunetti, die wist dat minstens één van Paola's overgrootouders had gediend aan het hof van de eerste koning van Italië, koos wederom voor zwijgen als antwoord.

Ze duwde het blad van zich af en vroeg: 'Waarom kunnen die mensen niet onthouden wat een arm land Italië nog niet eens zo langgeleden was?'

Aangezien dit klonk als een niet geheel retorische vraag, gaf Brunetti antwoord: 'Ik denk dat iedereen zich liever goede tijden wil herinneren, of eigenlijk betere tijden, en dat men, als dat niet lukt, zijn herinneringen bijschaaft om die tijden beter te maken.'

'Oude mensen doen dat in ieder geval,' zei Paola. 'Als je naar die oude besjes op de Rialto luistert, hoor je alleen maar dat vroeger alles beter was en dat ze een veel fijner leven hadden, zelfs met minder geld.'

'Het kan ook komen omdat de meeste journalisten jong zijn en zich dus niet kunnen herinneren hoe het was.'

Ze knikte. 'En we hebben ook absoluut geen historisch geheugen, als maatschappij, bedoel ik. Ik heb vorige week Chiara's geschiedenisboek ingekeken en werd er bang van. In de hoofdstukken over deze eeuw surfen ze zo'n beetje langs de Tweede Wereldoorlog heen. Mussolini komt in de jaren twintig uit de coulissen, wordt misleid door de gemene Duitsers en opeens is het allemaal voorbij en is Rome weer een vrije stad. Maar natuurlijk niet voordat onze dappere soldaten als leeuwen hebben gevochten en als helden zijn gestorven.'

'Voorzover ik me kan herinneren, hebben *wij* op school helemaal niets over de Tweede Wereldoorlog geleerd,' zei Brunetti en hij schonk zijn glas nogmaals halfvol.

'Toen wij op school zaten,' zei Paola nadat ze een slokje uit haar glas had genomen, 'was rechts aan de macht en was een eerlijke discussie over het fascisme niet wenselijk. En toen rechts een verbond had gesloten met links, schikte het niet om over het communisme te praten.' Nog een slokje. 'En aangezien we halverwege de oorlog van partner hebben gewisseld, moesten ze natuurlijk goed oppassen wie ze als de slechteriken en wie als de helden afschilderden.'

'Wie bedoel je met "ze"?' vroeg Brunetti.

'De mensen die de geschiedenisboeken schrijven. Of liever gezegd, de politici die bepalen wie de geschiedenisboeken mogen schrijven; in ieder geval de geschiedenisboeken die op de scholen worden gebruikt.'

'En het concept van eenvoudige historische waarheid?' vroeg Brunetti.

'Jij besteedt het grootste deel van je vrije tijd aan het lezen van geschiedenisboeken, Guido; dat zou genoeg moeten zijn om te weten dat zoiets niet bestaat.'

Hij hoefde alleen maar aan de verschillen tussen de protestantse en de katholieke geschiedschrijvingen over het pausdom te denken om te weten dat ze volkomen gelijk had. Maar dat was religie, een gebied waarover iedereen loog. Ze hadden het nu over levende herinneringen: mensen die nog leefden hadden deelgenomen aan de gebeurtenissen waar ze over spraken; de vaders van de meeste van zijn vrienden hadden in de oorlog gevochten.

'Misschien is het moeilijker om de waarheid toe te geven wanneer je die uit eigen ervaring kent,' zei hij en toen ze hem vragend aankeek, voegde hij eraan toe: 'Als het om verslagen gaat over mensen die je niet hebt gekend, die honderden jaren geleden hebben geleefd, kun je eerlijk zijn of heb je eerder de neiging eerlijk te zijn.'

'Zoals hoe de Kerk de Inquisitie afschildert?' informeerde ze.

Hij erkende grinnikend zijn nederlaag en vroeg: 'Als we geen gans eten, wat staat er dan op het menu?'

Ze was een hoffelijke winnares. 'Ik vond dat we wel eens het voedsel van onze voorvaderen konden eten.'

'En dat wil zeggen?'

'Die *involtini* waar je zo dol op bent, met prosciutto en artisjokhartjes in het midden.'

'Ik denk niet dat een van mijn voorouders dat ooit heeft gegeten,' bekende hij.

'Ik doe er polenta bij. Om de historische waarheid levend te houden.'

Beide kinderen waren thuis voor de lunch, maar ze waren erg stil, gebukt als ze gingen onder de laatste schoolweken en de eindexamens. Raffi, die in de herfst op de universiteit hoopte te komen, was de afgelopen maanden een soort geestverschijning geworden die alleen zijn kamer uitkwam om te eten en zijn moeder om hulp te vragen bij een moeilijke vertaling uit het Grieks. Zijn romance met Sara Paganuzzi leek alleen nog in stand te worden gehouden met telefoontjes op de late avond en af en toe een wandeling over het Campo San Bartolo voor het avondeten. Chiara, bij wie met het verstrijken van de maanden steeds duidelijker werd dat ze haar moeders schoonheid had geërfd, ging nog steeds zo op in de geheimen van de wiskunde en navigatie op de sterren, dat ze geen besef had van de macht die haar schoonheid haar zou geven.

Na de lunch liep Paola met haar koffie naar het balkon en troonde haar echtgenoot met zich mee. De zon was al zo warm dat Brunetti zijn das afdeed, het eerste duidelijke teken dat de zomer in aantocht was.

Ze zaten er zwijgend bij. Stemmen dreven naar hen toe van een balkon links van hen; af en toe klapperde een van de lakens die aan de waslijn voor het raam van de flat onder hen hingen, in de opstekende wind, die helaas weer geen regen met zich meebracht.

'Ik zal waarschijnlijk vrij veel tijd moeten doorbrengen op Pellestrina,' zei Brunetti.

'Wanneer?'

'Ik ga deze week nog beginnen, misschien morgen al.'

'Om een oogje op haar te houden?' vroeg Paola, zonder opnieuw in te gaan op haar bezwaren over signorina Elettra's besluit naar Pellestrina te gaan.

'Dat ook. Al weet ik niet precies wanneer ze ernaartoe gaat.'

'Wat nog meer?'

'Om met de mensen te praten en te horen wat ze zeggen.'

'Zullen ze wel met je praten als ze weten dat je van de politie bent?'

'Ze kunnen moeilijk weigeren met me te praten, al kunnen ze weigeren me de waarheid te vertellen of zeggen dat ze zich niets over de Bottins kunnen herinneren. Dat is de gebruikelijke techniek.'

'Waarom ga je dan met ze praten?' vroeg Paola.

'Om wat ze me níét vertellen of waarover ze tegen me liegen.' Hij deed zijn ogen dicht, zakte onderuit en liet de zon voor het eerst dat jaar op zijn gezicht branden. Na een lange stilte zei hij: 'Ik geloof dat ik daardoor net als die geschiedschrijvers zal zijn, of gedwongen zal worden me net zo te gedragen als zij.' Hij wachtte tot Paola om opheldering zou vragen en toen ze dat niet deed, keek hij opzij om te zien of ze in slaap was gevallen. Maar dat was niet zo. Ze zat naast hem, oplettend, wachtend op wat er nog komen zou.

'Ik moet naar alle verhalen luisteren, bewijsmateriaal afwegen, mijn reacties aanpassen aan degenen die van de verschillende versies profiteren.'

'Met in je achterhoofd steeds de gedachte dat iedereen tegen je zit te liegen?'

'Of daar de neiging toe zal hebben,' zei hij instemmend.

'En dan?'

'Dan wacht ik af wat men signorina Elettra vertelt.'

'En dan?' herhaalde ze.

'Ik heb geen idee.'

'En je komt 's avonds wel thuis?'

'Dat neem ik aan. Hoezo?'

Ze bekeek hem aandachtig, verrast door zijn vraag. 'Voor het geval ik besluit er toch maar met de postbode vandoor te gaan. Dan weet ik tenminste dat jij er bent om de kinderen te eten te geven.'

Tegen het eind van die middag belde signorina Elettra hem om te zeggen dat vice-questore Patta hem wilde spreken. Brunetti was zelden blij met een dergelijke oproep, maar het lezen en ondertekenen van rapporten verveelde hem zo dat hij zelfs deze kans om daaraan te ontsnappen met beide handen aangreep. Hij liep snel de trap af naar het kantoortje van signorina Elettra.

Ze begroette hem met een glimlach. 'Hij wil u vertellen wie de leiding krijgt tijdens zijn afwezigheid.'

'Hopelijk ben ik dat niet,' zei Brunetti, want dat zou zijn plannen om tijd op Pellestrina door te brengen, lelijk in de war sturen.

'Nee, hij heeft al met Marotta gesproken,' zei ze. Marotta was een commissario uit Turijn die eerder dat jaar aan de Questura van Venetië was toegevoegd.

'Moet ik me nu beledigd voelen?' vroeg Brunetti. Marotta was veel jonger dan hij en geen Venetiaan, dus kon zijn aanstelling als niets anders worden opgevat dan een opzettelijke belediging.

'Eigenlijk wel. Dat wil hij in ieder geval graag.'

'Dan zal ik mijn best doen er beledigd uit te zien,' zei Brunetti. 'Ik wil hem niet teleurstellen zo vlak voordat hij op vakantie gaat.'

'Het is geen vakantie,' zei ze op een zeer verwijtende toon. 'Het is een congres over nieuwe methoden van misdaadpreventie,' verklaarde ze, zonder verder iets over de details op de uitnodiging te zeggen.

'In Londen,' vulde Brunetti aan.

'In Londen,' bevestigde ze.

'In het Engels,' zei Brunetti.

'Yes,' zei ze.

'Dat de vice-questore net zo goed beheerst als Fins.'

'Waarschijnlijk beter dan Fins. Hij kan "Bond Street", "Oxford Street" en "The Dorchester" zeggen.'

'En "The Ritz",' merkte Brunetti op. 'Vergeet u dat vooral niet.'

'Hebt u het hier met hem over gehad?' vroeg ze.

'Over het congres of over zijn Engels?'

'Het congres en wie erheen moet.'

'Ik wilde daar geen tijd aan verkwisten. Hij heeft me een week of twee geleden verteld dat hij ging en voordat ik over taalproblemen kon beginnen, zei hij dat zijn vrouw erin had toegestemd mee te gaan als tolk.'

'Dat heeft hij mij niet verteld,' zei signorina Elettra. Ze had moeite haar verbazing en, meende hij, ergernis te verbergen. 'Spreekt zij Engels?'

'Net zo goed als hij,' zei Brunetti en hij draaide zich om en klopte op Patta's deur.

Zoals altijd wanneer de vice-questore Brunetti onheus bejegende – de uitnodiging voor Londen was aan Brunetti geadresseerd geweest – speelde hij de rol van de gekwetste partij. Om het juiste decor daarvoor te creëren bleef hij achter zijn bureau zitten, waardoor hij zichzelf lager stelde dan Brunetti.

'Waar heb jij de afgelopen paar dagen gezeten?' vroeg hij zodra hij Brunetti zag, en Brunetti herkende meteen de techniek van de preventieve aanval. Patta, die vandaag een grijs pak droeg dat Brunetti nog niet eerder had gezien, zag eruit alsof hijzelf de afgelopen dagen druk was geweest met voorbereidingen op zijn uitstapje naar Londen. Hij was naar de kapper geweest en zijn gezicht had het vroege-zomerbruin dat wordt verkregen via nauwkeurige doseringen hoogtezon. Zoals altijd werd Brunetti getroffen door de gedachte dat Patta er perfect uitzag voor de baan van een hoge politiefunctionaris; of voor de baan van welke hoge functionaris dan ook.

'We hadden een telefoontje gekregen uit Pellestrina, meneer. Twee mannen zijn op hun boot vermoord.' Brunetti deed zijn best ongeïnteresseerd te klinken. 'De melding was bij ons binnengekomen, dus moest ik er wel naartoe om een kijkje te nemen.'

'Dat ligt buiten onze jurisdictie,' zei Patta, hoewel ze allebei wisten dat dat niet waar was.

'Ze hadden ook de carabinieri gebeld,' zei Brunetti met een flauwe glimlach waarmee hij zowel opluchting over als instemming met Patta's tegenwerping wilde uitdrukken. 'Dus is het heel goed mogelijk dat zij de zaak toegewezen krijgen.'

Iets in de manier waarop Brunetti sprak, maakte Patta achterdochtig, als een hond die een onbekende intonatie in een bekende stem hoort. 'Lijkt het je een eenvoudige zaak?'

'Ik heb geen idee, meneer. Dergelijke moordzaken blijken meestal het resultaat te zijn van jaloezie of hebzucht.'

'Als dat het geval is, is het misschien een zaak die snel afgewikkeld kan worden. Misschien kunnen we haar dan beter houden.'

'Ik twijfel er geen moment aan dat het een eenvoudige zaak zal zijn, meneer. Een paar van de mensen daarginds hebben ons zelfs al de naam gegeven van een man die overhoop lag met een van de slachtoffers.'

'En?' vroeg Patta, gretig nu het zo simpel klonk. De snelle ontknoping van een moord zou een mooie slag zijn voor de Questura van Venetië. Brunetti kon hem bijna de krantenkop zien schrijven: 'Moord opgelost door snel werk van vice-questore.'

'Aangezien u er volgende week niet bent, dacht ik dat het misschien beter was als de carabinieri zich erover ontfermden.' Brunetti zweeg en wachtte af of Patta op die opmerking zou inhaken om de gewijzigde hiërarchie tijdens zijn afwezigheid uiteen te zetten.

'En hen met de eer laten strijken?' riep Patta uit, zonder zijn verontwaardiging onder stoelen of banken te steken en zonder enige verwijzing naar de volgende week. 'Als dit zo simpel is als jij beweert,' begon hij en hij stak zijn hand op om Brunetti's tegenwerpingen te weren, 'dan is het beslist iets dat we zelf moeten doen. De carabinieri zouden er maar een puinhoop van maken.'

'Maar,' protesteerde Brunetti zwakjes, 'ik weet niet of we wel iemand kunnen missen om naar Pellestrina te gaan.' Een van Brunetti's favoriete helden was altijd Iago geweest, wiens listigheid hij al heel lang bewonderde en vaak probeerde te imiteren. Met het beeld van Iago als het ware tegen zijn boezem gedrukt ging hij door: 'Misschien kan Marotta zich erover ontfermen. Het zou goed zijn iemand te sturen die geen enkele band heeft met de mensen daar. Komt hij niet uit Turijn?' Toen Patta knikte, ging Brunetti door. 'Dan bestaat er geen enkel gevaar dat hij op Pellestrina iemand kent of daar familie heeft.'

Patta had er genoeg van. 'Allemachtig, gebruik je hersens toch eens, Brunetti. Als we er *un torinese* naartoe sturen, zal niemand een mond opendoen. Het moet iemand van hier zijn.' En alsof hij het zich nu pas herinnerde: 'Bovendien zal Marotta tijdens mijn afwezigheid mijn plaats innemen, dus kan hij niet helemaal naar de andere kant van de *laguna* gaan om mensen te ondervragen die alleen maar hun eigen dialect spreken.' Als die mensen hadden geloofd dat de aarde niet alleen een platte schijf was maar ook het centrum van het universum, had Patta's minachting voor hen niet duidelijker kunnen zijn.

Brunetti negeerde Patta's opmerking en vroeg, al was hij er helemaal niet zeker van dat hij het risico wel mocht nemen: 'Maar wie dan, meneer?'

'Soms ben je werkelijk ziende blind, commissario.' Patta sprak zo minachtend dat Brunetti niets dan bewondering had voor de zelfbeheersing die zijn meerdere aan de dag had gelegd door niet 'zo stom als het achterend van een varken' te zeggen. 'Jij bent een Venetiaan. Bovendien ben je er al geweest.'

Met een even grote mate aan zelfbeheersing weerhield Brunetti zich ervan zijn handen op te heffen in een gebaar dat schrik en verbijstering uitdrukte. Dat had hij vaak in stomme films uit de jaren twintig gezien en altijd een keertje willen doen. In plaats daarvan zei hij op volkomen ernstige toon: 'Tja, ik weet het niet, meneer.' Een kleine prikkeling, wist hij, had op Patta vaak veel meer effect dan een sterke stimulans.

'Nou, ik wel. Het is een eenvoudige zaak en we kunnen positieve publiciteit goed gebruiken, zeker nu die dwazen van de *magistratura* alle *mafiosi* uit de gevangenis hebben losgelaten.' De kranten hadden daar de afgelopen dagen mee vol gestaan. Vijftien mafialeiders, allen veroordeeld tot levenslang, waren vrijgelaten toen een vormfout was ontdekt in de verwerking van hun hoger beroep. Een van hen, meldden de kranten in ieder artikel opnieuw, had de moord op negenenvijftig mensen bekend. En nu waren ze allen op vrije voeten gesteld. Brunetti moest denken aan signorina Elettra's woorden: 'Zo vrij als een vogel.'

'Ik geloof niet dat die dingen iets met elkaar te maken hebben, meneer,' bracht Brunetti ertegenin.

'Natuurlijk hebben ze met elkaar te maken,' zei Patta, nijdig zijn stem verheffend. 'Iedere vorm van negatieve publiciteit heeft zijn weerslag op ons allemaal.'

Ging het Patta alleen daarom? vroeg Brunetti zich af. Om negatieve publiciteit? Deze monsters waren grijnzend op vrije voeten gesteld zodat ze zich weer aan de lijken van hun vijanden te goed konden gaan doen, en het enige waar Patta zich druk om maakte was negatieve publiciteit?

Voordat Brunetti's principes hem konden dwingen zijn mond open te doen, ging Patta door. 'Ik wil dat jij ernaartoe gaat om de zaak op te lossen. Je hebt al een naam, ga dus maar gauw uitzoeken wat je over die persoon te weten kunt komen. Zorg dat deze zaak snel wordt opgelost.' Patta pakte een dossier van zijn bureau, sloeg het open, haalde zijn Mont Blanc uit zijn borstzak en begon te lezen. Gezond verstand weerhield Brunetti ervan iets te zeggen over Patta's hautaine bevel of de onbeschofte manier waarop hij Brunetti duidelijk maakte dat hij kon gaan. Hij had gekregen waar hij voor was gekomen: de zaak was van hem. Maar het was niet de eerste keer dat hij het gevoel had zichzelf verlaagd te hebben door de ander zo moeiteloos te manipuleren, door wederom de narrenkap opgezet te hebben om datgene te bereiken waarvan hij wist dat hij er recht op had. Ze hadden het niet eens over Marotta's tijdelijke aanstelling gehad, wat inhield dat Patta een gelegenheid om zich te verkneukelen over wat hij als een zege zou beschouwen, was misgelopen. In ieder geval was het Brunetti bespaard gebleven zogenaamd beledigd te moeten doen over het besluit. Het laatste wat hij wilde, was de leiding over de Questura op zich nemen, maar dat was iets wat hij nooit, in woord noch daad, aan zijn meerdere zou laten merken. Het lag niet in Brunetti's aard, noch had hij ooit het verlangen ertoe gewoeld, om de geniepige godin Succes te aanbidden. Hij had bescheidener wensen. Hij was een man met een kortetermijnvisie, geïnteresseerd in het hier, het nu, het concrete. Hij liet de hogere doelen en wensen over aan anderen en beperkte zich tot de eenvoudige: zijn gezin, een ordentelijk leven, pogingen om zijn werk zo goed mogelijk te doen. Hij vond dat hij daarmee niet al te veel van het leven eiste en hoopte alleen maar dat die dingen hem gegund zouden blijven.

10

De volgende ochtend vertrokken Brunetti en Vianello om even over negenen naar Pellestrina. Hoewel ze allebei wisten dat ze bezig waren met een onderzoek naar twee brute moorden, was het alweer zo'n prachtige dag dat ze met een licht hart op weg gingen, als schooljongens die zich op een dag vol avontuur en pret verheugden. Geen vier kantoormuren om zich heen, geen Patta die riep om snelle resultaten en geen vaste tijdstippen waarop ze ergens moesten zijn; zelfs Bonsuan, die aan het roer bromde dat ze niet erg opschoten vanwege de stromingen, deed niets aan hun juichstemming af. En de ochtend stelde hen niet teleur. De bomen in de Giardini zaten vol nieuwe blaadjes die opwaaiden in het briesje zodat de onderkanten twinkelden in het licht dat door het water werd weerspiegeld.

Toen ze het eiland San Servolo naderden, stuurde Bonsuan de boot in een wijde bocht naar rechts, langs Santa Maria delle Grazie en San Clemente. Zelfs de wetenschap dat deze eilanden eeuwenlang gebruikt waren om degenen die ziek van geest en lichaam waren te scheiden van de rest van de bevolking van Venetië, kon geen domper zetten op Brunetti's stemming.

Hij keek verrast op toen Vianello opeens zei: 'Straks kunnen we hier geen bramen meer plukken.'

Brunetti leunde verwonderd naar hem toe; misschien had hij hem vanwege de wind niet goed verstaan. 'Wat?' zei hij.

'Daar,' zei Vianello en hij wees naar rechts, naar het grotere eiland dat iets verderop lag. 'Sacca Sèssola. Toen we klein waren gingen we daar altijd heen om bramen te plukken. Er woonde toen ook niemand, dus hadden de braamstruiken vrij spel. We plukten kilo's tegelijk, aten ze tot we er misselijk van werden.' Vianello hief zijn hand op om zijn ogen tegen de zon te beschutten. 'Maar iemand heeft me verteld dat het verkocht is, geveild aan een universiteit of een bedrijf en dat ze het nu in een congrescentrum gaan veranderen of iets dergelijks.' Brunetti hoorde hem een zucht slaken. 'Geen bramen meer.'

'Maar meer toeristen, neem ik aan,' zei Brunetti, refererend aan de godheid die momenteel aanbeden werd door degenen die over de stad heersten.

'Ik heb liever bramen.'

Daarna spraken ze geen van beiden tot ze de eenzame klokkentoren van Poveglia aan hun rechterhand zagen. Toen vroeg Vianello: 'Hoe gaan we dit aanpakken?'

'Ik geloof dat we moeten proberen meer te weten te komen over het verhaal van de kelner over zijn broer en alles wat uit die ruzie is voortgevloeid. Als jij nu eens probeert die broer te vinden en te horen wat hij te zeggen heeft, ga ik nog een keer met signora Follini praten.'

'U bent een dappere man, commissario,' zei Vianello bloedernstig.

'Mijn vrouw heeft beloofd dat ze de politie zal bellen als ik niet op tijd terug ben voor het avondeten.'

'Ik waag te betwijfelen of zelfs wij iets kunnen uitrichten tegen signora Follini.'

'Daar kun je best eens gelijk in hebben, brigadier, maar een man moet nu eenmaal zijn plicht doen.'

'Zoals John Wayne.'

'Precies. En daarna ga ik het café proberen, dat ik schuin tegenover het restaurant heb gezien.'

Vianello knikte. Hij had het café ook gezien, maar het was dicht geweest op de dag dat zij op het eiland waren geweest. 'Lunch?' vroeg hij.

'Zelfde plek,' antwoordde Brunetti. 'Als je het niet erg vindt om de oesters en de vis weer te moeten laten staan.'

'Nee hoor, helemaal niet.'

'Maar dat zijn de dingen waar we mee grootgebracht zijn,' zei Brunetti opeens, verbaasd over zichzelf. 'Vind je het niet erg dat je die niet meer kunt eten?'

'Zoals ik al zei, meneer,' antwoordde Vianello en hij draaide zich naar Brunetti om terwijl hij zijn pet steviger op zijn hoofd drukte vanwege een plotseling windvlaag, 'alles wat ik heb gelezen maakt me duidelijk dat ik ervan af moet blijven.'

'Maar je mist ze wel? Je wilt ze eigenlijk wel eten?'

'Natuurlijk mis ik ze. Ik zou niet menselijk zijn als dat niet zo was. Mensen die stoppen met roken, blijven hun sigaretten altijd missen. Maar ik geloof dat ze mijn dood zouden worden, echt waar.' Voordat Brunetti daarop in kon gaan, hem belachelijk kon maken, vervolgde hij: 'Nee, niet één portie en ook geen vijftig porties. Maar ze zitten stampvol chemicaliën en zware metalen. De hemel mag weten hoe ze zichzelf in leven houden. Ik wil ze gewoon niet eten; ik word misselijk bij de gedachte.'

'Hoe kun je ze dan missen?'

'Omdat ik een Venetiaan ben en ze mijn hele leven heb gegeten, zoals u al zelf zei. Maar toen waren ze niet vergiftigd. Ik ben er dol op en heb ze altijd graag gegeten, ik hield van mijn moeders spaghetti met oestersaus, en haar vissoep. Maar nu ik weet wat erin zit, kan ik ze niet meer door mijn keel krijgen.' Zich ervan bewust dat hij Brunetti's nieuwsgierigheid nog niet had bevredigd, zei hij: 'Misschien denken Indiërs net zo over het eten van koeien.' Hij dacht daar even over na en nam dat toen terug. 'Nee, die hebben nooit koeien gegeten, dus zijn ze er ook niet mee opgehouden.' Hij dacht daar nog even over door, maar gaf het toen op. 'Ik kan het niet uitleggen. Misschien zou ik ze wel kunnen eten als ik dat zou willen, maar ik wil het niet.'

Brunetti wilde iets zeggen, maar Vianello vroeg: 'Waarom vindt u dat zo gek? U reageert toch ook niet zo wanneer iemand ophoudt met roken?'

Brunetti dacht daar even over na. 'Nee.' Hij lachte. 'Het komt waarschijnlijk omdat het over eten gaat en ik het moeilijk te geloven vind dat iemand kan afzien van zoiets lekkers als oesters, ongeacht de consequenties.'

Daarmee scheen de zaak beslecht te zijn, in ieder geval voorlopig. Bonsuan gaf vol gas en het lawaai van de motor maakte een gesprek verder onmogelijk. Af en toe passeerden ze rechts of links een bootje dat voor anker lag, met een man erin die met een vishengel in z'n hand zo'n beetje voor zich uit zat te staren. Wanneer ze de snelheid van de naderende boot hoorden, keken de meesten van hen op, maar zodra ze zagen dat het een politieboot was, richtten ze hun blik weer op het water.

Al snel, te snel naar Brunetti's zin, zagen ze de lange kade van Pellestrina. Een smalle open plek gaf aan waar de *Squallus* op de bodem lag, de masten nog steeds schuin boven het water uit. Bonsuan voer door naar het eind van de rij, zette de motor in z'n vrij en gleed door tot ze de *riva* op een meter waren genaderd. Toen schakelde hij de motor een paar seconden in z'n achteruit en zette hem meteen daarna af. Zachtjes dobberde de boot naar de kade. Vianello gooide een meertouw rond een metalen bolder en trok de boot naar de kant. Met rappe precisie legde hij een knoop in het touw en liet het uiteinde op het dek vallen.

Bonsuan leunde uit de kajuit en zei: 'Ik blijf hier wel op u wachten.'

'Dat hoeft niet, Bonsuan,' zei Brunetti. 'Ik heb geen idee hoe lang we hier blijven; we kunnen de bus naar het Lido nemen en daar op de boot stappen.'

'Ik blijf hier wachten,' herhaalde Bonsuan, alsof Brunetti helemaal niet gesproken had, of hij niet had gehoord wat zijn meerdere had gezegd.

Aangezien de werkzaamheden van Bonsuan zich beperkten tot die van schipper, kon Brunetti moeilijk van hem verlangen zich onder de bevolking van Pellestrina te mengen en informatie te vergaren over de moord op de Bottins. Maar hij wilde hem eigenlijk ook niet terugsturen naar de Questura, hoewel men de boot daar misschien nodig zou hebben. Hij besloot de gulden middenweg te bewandelen door te vragen: 'Wat ga je dan de hele dag doen?'

Bonsuan draaide zich om en klapte het deksel van de bank aan zijn linkerhand omhoog. Hij bukte zich en haalde drie vishengels en een gesloten emmertje uit de bank. 'Ik ga daar zitten,' zei hij en hij wees naar het water rechts van hen. Toen keek hij Brunetti recht in de ogen en zei: 'Als u wilt, kan ik in het café wel een kop koffie gaan drinken wanneer ik ben uitgevist.'

'Dat is een goed idee,' zei Brunetti en hij stapte op de kade.

Samen met Vianello liep hij naar de dicht opeenstaande huisjes van het dorp. Hij keek op zijn horloge. 'Het is even over elven. We zien elkaar weer in het restaurant.'

Toen ze bij het centrum van Pellestrina, of wat daarvoor moest doorgaan, waren aangekomen, sloeg Brunetti linksaf en liep naar de winkel van signora Follini, terwijl Vianello doorliep naar het restaurant om te zien of de kelner hem kon vertellen waar hij zijn broer kon vinden.

Signora Follini stond achter de toonbank; ze was in gesprek met een oude vrouw. Ze keek op toen hij binnenkwam en begon te glimlachen, maar besefte waarschijnlijk opeens dat de oude vrouw dat zou kunnen zien, want Brunetti zag de glimlach veranderen in het beleefde knikje tegen de vreemdeling die verder nergens recht op had.

'*Buon giorno*,' zei Brunetti.

Signora Follini, die vandaag een oranje jurk met brede stroken ivoorkleurig kant rond de hals en taille droeg, groette hem terug, maar wijdde haar aandacht meteen weer aan de oude vrouw, die zich naar Brunetti had omgedraaid en hem bekeek met ogen waarin de nevelige grauwte van de ouderdom te zien was, maar die niettemin nog oplettend keken. Als ze tanden had, had ze vandaag niet de moeite genomen ze in te doen. Ze was klein, minstens een kop kleiner dan signora Follini, en van top tot teen in het zwart gekleed. In het zwart 'gewikkeld' kon je beter zeggen, dacht Brunetti toen hij naar haar keek, want je kon amper onderscheiden wat ze precies aanhad: een lange rok viel tot halverwege haar kuiten en daarop droeg ze een wollen jas die tot bovenaan dichtgeknoopt was, terwijl haar schouders en hoofd ook nog eens bedekt waren met een gehaakte wollen sjaal waarvan de punten bijna tot haar taille reikten.

Aan haar kleding was net zo duidelijk te zien dat ze een weduwe was, als wanneer dat op een bord had gestaan dat ze met zich meedroeg, of op een kaartje op haar borst. Het Zuiden zat vol vrouwen als zij, in zwart gehuld en voorbestemd om als geesten door de resterende jaren van hun leven te schrijden, de begrenzingen van hun gedrag even scherp afgebakend als die van boerenvrouwen in Bengalen of Peru. Maar dat was het Zuiden en dit was Venetië, waar weduwen vrolijke kleuren droegen, gingen dansen wanneer ze dat wilden en met wie ze wilden, en hertrouwden als ze daar zin in hadden.

Toen ze hem bleef aanstaren, knikte hij en zei: 'Goedemorgen, signora.'

Ze deed alsof ze hem niet gehoord had en draaide zich weer om naar signora Follini. 'En een pakje kaarsen en een pond bloem,' meende Brunetti haar te horen zeggen, hoewel ze in zo'n zwaar dialect sprak dat hij het niet zeker wist. Niet te geloven. Nog geen twintig kilometer bij zijn eigen huis vandaan had hij moeite de inboorlingen te verstaan.

Hij liep verder de winkel in en bekeek de artikelen op de planken. Hij pakte een blikje Cirio-tomaten en draaide het uit nieuwsgierigheid om, om te zien wat de uiterste verkoopdatum was. Die was al twee jaar overschreden. Hij zette het blikje netjes terug in de rand van stof die zich eromheen had gevormd en liep door naar het zeeppoeder.

Hij keek om naar de toonbank, maar de weduwe was er nog

steeds. Hij hoorde haar praten met signora Follini, maar zo zacht dat hij niet kon horen wat ze zei, al was het helemaal niet zeker dat hij haar zou hebben verstaan. Een dun laagje stof bedekte de stapels dozen met waspoeder; van één ervan was de hoek afgeknabbeld en uit het gat was een klein bergje witte en blauwe korreltjes op de plank gestroomd.

Hij zag op zijn horloge dat hij nu al vijf minuten in de winkel was. Signora Follini had niets anders toegevoegd aan de kaarsen en het pakketje bloem die voor de oude vrouw op de toonbank lagen, maar ze stonden nog steeds met elkaar te praten.

Hij liep nog verder de winkel in en bekeek een rij glazen potten met augurken en olijven die op borsthoogte stonden. Een pot met iets dat eruitzag als paddestoelen trok zijn aandacht vanwege het dunne laagje witte schimmel dat zich vlak onder het deksel had gevormd en zich langzaam naar beneden uitspreidde. Ernaast stond een blikje zonder etiket. Het stond daar, eenzaam en nutteloos, en een tikje dreigend.

Brunetti hoorde de bel klingelen en draaide zich om naar de toonbank. De oude vrouw was verdwenen, en samen met haar de kaarsen en de bloem. Hij liep naar de voorkant van de winkel en zei nogmaals: '*Buon giorno.*'

Als antwoord glimlachte ze, maar in de glimlach lag weinig warmte; misschien had de oude vrouw een deel daarvan meegenomen of een kille waarschuwing achtergelaten over hoe vrouwen met niet-zichtbare echtgenoten zich dienden te gedragen tegenover onbekende mannen.

'Hoe maakt u het, signora?'

'Goed, dank u,' antwoordde ze nogal formeel. 'Waar kan ik u mee van dienst zijn?' Bij zijn vorige bezoek had ze dat gevraagd met de duidelijke zinspeling dat wat ze bereid was te leveren, minstens de belofte van sensualiteit inhield. Ditmaal ging de lijst die haar stem suggereerde, niet verder dan gedroogde erwten, zout en een pot ansjovis.

Brunetti glimlachte zo innemend mogelijk. 'Ik wilde nog even met u praten, signora,' begon hij, afwachtend of ze daarop zou reageren. Toen ze dat niet deed, ging hij door. 'Ik wilde u vragen of u over de Bottins nog iets te binnen is geschoten dat voor ons van belang kan zijn.' Ze bleef uitdrukkingloos kijken. 'De vorige keer dat ik u heb gesproken, hebt u laten merken dat u in ieder geval de zoon goed hebt gekend en ik vroeg me af of u me nog iets kunt vertellen dat belangrijk kan zijn.'

Ze schudde haar hoofd, maar zei nog steeds niets.

'Ik neem aan dat het inmiddels bekend is dat ze zijn vermoord?' begon hij en toen wachtte hij weer.

'Ja, dat weet ik,' zei ze.

'Maar wat de mensen hier niet weten, is dat het een erg wrede misdaad was, vooral wat ze Marco hebben aangedaan.'

Ze knikte, misschien alleen om aan te geven dat ze hem had gehoord, misschien om hem te vertellen dat de bevolking van Pellestrina ook al van dat detail op de hoogte was.

'Dus moeten we zoveel mogelijk over hen te weten zien te komen, zodat we er een idee van kunnen krijgen wie zoiets gedaan kan hebben.' Toen ze daarop niet reageerde, vroeg hij: 'Begrijpt u dat, signora?'

Nu keek ze hem aan. Haar mond bleef bevroren in de glimlach die de chirurgen haar hadden gegeven, maar de droefenis in haar ogen was onmiskenbaar. 'Niemand zou Marco kwaad willen doen. Hij was een goede jongen.'

Ze zweeg weer en keek van hem weg, naar de lege achterkant van de winkel.

'En zijn vader?' vroeg Brunetti.

'Ik kan u niets vertellen,' zei ze met een vlakke stem. 'Niets.'

Iets in Brunetti reageerde op de nervositeit in haar stem. 'Niets van wat u me vertelt, zal herhaald worden, signora.'

Vanwege de onbeweeglijkheid van haar gelaatstrekken was de uitdrukking op haar gezicht moeilijk te doorgronden, maar hij meende dat ze zich iets ontspande.

'Het kan niet hun bedoeling zijn geweest Marco te vermoorden,' zei ze.

'*Hun* bedoeling?' vroeg hij.

De nervositeit keerde terug. 'Wie het ook was,' zei ze.

'Wat voor soort man was Giulio?' vroeg Brunetti.

Haar gebeeldhouwde kin schoof heen en weer als teken dat ze absoluut weigerde hem verdere informatie te verschaffen.

'Signora...' begon Brunetti, maar hij werd gestoord door het klingelen van de bel. Hij zag haar ogen in de richting van de deur schieten. Ze deed een stapje achteruit en zei: 'Nee, meneer, lucifers verkoop ik niet. Daarvoor moet u bij de sigarenboer zijn.'

'Neemt u me niet kwalijk, signora. Toen ik zag dat u kaarsen verkocht aan die oude mevrouw, dacht ik dat u ook wel lucifers zou hebben,' antwoordde hij naadloos, zonder acht te slaan op de voetstappen achter hem.

Hij draaide zich om en liep naar de deur. Zoals de gewoonte is in kleine dorpen, knikte hij tegen de twee mannen die daar stonden en zonder er blijk van te geven, registreerde hij ieder detail van hun uiterlijk. Toen hij vlak bij de deur was, stapten ze ieder naar één kant, een beweging die Brunetti een vaag gevoel van bedreiging gaf, hoewel de mannen duidelijk lieten blijken dat ze net zo weinig belangstelling voor hem hadden als hij voor hen.

De bel klingelde toen hij de deur opendeed. Er liep een rilling over zijn rug toen hij weer in de zon stond en de deur zachtjes achter zich dicht hoorde gaan.

Hij sloeg rechtsaf, terwijl hij de gezichten en het postuur van de twee mannen in zijn geheugen opsloeg. Hoewel hij geen van beiden had herkend, kende hij het soort mannen dat ze waren. Ze hadden familie van elkaar kunnen zijn met hun bruinverbrande, ruige gezichten en hun gedrongen, geharde lijven. Maar dat kon net zo goed het resultaat zijn van jaren werken in de buitenlucht. De jongste van de twee had een smal gezicht en donker haar dat achterover was gekamd met vettige gel. De oudere man droeg zijn haar in dezelfde stijl, maar het was veel dunner en zag er daarom uit alsof het op zijn schedel was getekend, hoewel er ook een paar vettige sliertjes over de boord van zijn overhemd hingen. Ze droegen allebei een afgedragen spijkerbroek en de stevige schoenen van mannen die zwaar werk moeten verrichten.

Beide mannen hadden Brunetti bekeken met ogen die te midden van een web van rimpeltjes lagen, de rimpeltjes die je kreeg van jarenlang in de zon werken, en de houding van iemand die op een prooi loert: roerloos, oplettend, klaar om toe te slaan. En het was deze ingehouden agressie die de alarmschellen in Brunetti's lichaam had laten rinkelen, ongeacht het feit dat de signora daar als getuige was, ongeacht het feit dat de mannen waarschijnlijk wisten dat hij van de politie was.

Hij liep de smalle straat door naar de sigarenwinkel. Die was net zo slecht verlicht en net zo groezelig als die van signora Follini, alwéér een plek waar mislukking zich had genesteld.

De man achter de toonbank hief zijn ogen op van het tijdschrift dat hij zat te lezen en keek hem aan vanachter dikke brillenglazen. 'Ja?' vroeg hij.

'Ik wilde graag lucifers,' zei Brunetti, om signora Follini's smoes kracht bij te zetten.

De man trok een la onder de toonbank open en vroeg: 'Een doosje of een mapje?'

'Een doosje, alstublieft,' zei Brunetti en hij zocht in zijn zak naar kleingeld.

De man legde een doosje lucifers voor Brunetti neer en zei dat het tweehonderd lire was. Terwijl Brunetti de muntjes op de toonbank legde, vroeg de man: 'Sigaretten?'

'Nee,' antwoordde Brunetti. 'Ik probeer te stoppen met roken, maar heb graag lucifers in mijn zak voor het geval ik het niet meer kan harden en iemand om een sigaret vraag.'

Daar moest de man om glimlachen. 'Veel mensen proberen te stoppen met roken,' zei hij. 'De meesten willen het niet, niet echt, maar denken dat het beter is, dus proberen ze het.'

'En slagen ze erin?'

'Bff,' was de minachtende reactie van de man. 'Ze houden het een week of twee vol, of een maand, maar op een gegeven moment komen ze toch weer hier om sigaretten te kopen.'

'Dat zegt veel over de wilskracht van de mens, vindt u ook niet?' zei Brunetti.

De man pakte de muntjes en liet ze één voor één in de houten kassala vallen. 'De mensen doen wat ze willen, ongeacht wat je tegen ze zegt en ook al weten ze dat wat ze doen, niet goed voor ze is. Niemand kan hen tegenhouden; geen angst, geen wetten en geen beloften.' Hij zag de uitdrukking op Brunetti's gezicht en zei er nog bij: 'Als je je hele leven sigaretten hebt verkocht, weet je één ding heel zeker. Niets zal ze er ooit van afhouden, niet als ze echt willen roken.'

11

De woorden van de sigarenboer bleven Brunetti bij toen hij naar het restaurant liep. Hij vroeg zich af of ze ooit van toepassing zouden zijn op Vianello en de oesters of dat de brigadier een van die zeldzame mensen zou blijken te zijn die de wilskracht bezitten niet te doen wat ze eigenlijk willen doen. Brunetti wist dat hijzelf niet erg wilskrachtig was en dat hij vaak situaties zodanig manipuleerde dat hij geen beslissing hoefde te nemen om iets te doen dat hij niet wilde doen.

Twee jaar geleden, toen Paola hem eindelijk zover had gekregen een volledig lichamelijk onderzoek te ondergaan, had hij tegen de dokter gezegd dat hij de bloedproeven voor cholesterol en suikerziekte wel kon overslaan. Die had daaruit opgemaakt, geheel volgens Brunetti's bedoeling, dat die dingen bij hem pas waren onderzocht. De waarheid was dat Brunetti de uitslag van de bloedproeven niet wilde weten, omdat hij niet wilde doen wat hij zou moeten doen als zou blijken dat de uitslag niet goed was. Iedere keer dat hij aan dat bedrog en de mogelijke gevolgen voor zijn gezin dacht, hield hij zich vast aan de gedachte dat hij zich zo gezond als een vis voelde en moest ophouden erover te piekeren.

En drie jaar geleden, toen een Albanees was gearresteerd op verdenking dat hij de twee elfjarige hoertjes die hielpen hem te onderhouden, mishandelde, had Brunetti niets gedaan om te voorkomen dat de man werd ondervraagd door een rechercheur die een dochter van dezelfde leeftijd had en een rechercheur wiens vijftienjarige dochter was aangevallen door een andere Albanees.

Voordat hij nog dieper in zijn geweten kon gaan graven, was hij bij het restaurant aangekomen en liep hij naar binnen. De eigenaar begroette hem met een knikje vanachter de tapkast, waar hij koffie aan het inschenken was voor een paar mannen. 'Uw brigadier zit achter,' zei hij. De mannen aan de tapkast draaiden zich meteen allemaal om en Brunetti voelde dezelfde intense blik als waarmee de mannen in de winkel naar hem hadden gekeken. Hij negeerde hen, liep naar de doorgang met het gordijn, duwde de plastic strippen opzij en ging de eetzaal binnen.

Vianello zat aan hetzelfde tafeltje als de vorige keer met een fles mineraalwater en een halve liter witte wijn voor zich. Toen Brunetti de stoel tegenover hem naar achteren trok, leunde Vianello naar voren en schonk eerst water en toen wijn in de glazen die aan Brunetti's kant stonden.

Brunetti dronk het glas water in één keer leeg, verbaasd dat hij zo'n dorst had. Hij vroeg zich af of dat een verlate reactie op de angst was – hij gaf eerlijk toe dat het angst was geweest – die hij had gevoeld toen hij de twee mannen de rug had toegekeerd. Hij keek Vianello aan en zei: 'En?'

'De kelner, Lorenzo Scarpa, is sinds ons vorige bezoek niet meer op zijn werk verschenen. Zijn baas zegt dat hij heeft gebeld dat hij een vriend van hem moet verzorgen, maar hij heeft niet gezegd waar die vriend woont en ook niet hoe lang hij dacht weg te blijven.' Toen Brunetti niets vroeg, ging Vianello door. 'Ik ben naar zijn huis gegaan – de baas had me zijn adres gegeven – maar zijn buren hebben hem al een paar dagen niet gezien en zeiden dat ze geen idee hadden waar hij is.'

'En de broer, Sandro?'

'Vreemd genoeg is die nog steeds hier. Dat wil zeggen, hij is hier geweest. Hij is vanochtend vroeg uitgevaren en nog niet teruggekeerd.'

'Wat kan dat betekenen?'

'Van alles,' zei Vianello. 'Dat hij een goede dag heeft en niet wil stoppen, of dat er een mankement aan zijn motor is. De baas hier houdt het op een goede dag, veel vis.'

Vianello nam een slokje wijn en ging door. 'Signora Bottin is vijf jaar geleden aan kanker gestorven. Haar familie heeft sindsdien geen contact gehad met Giulio of Marco.'

'Waarom niet?' vroeg Brunetti.

'Vanwege het huis op Murano. Ze hebben haar testament aangevochten, maar aangezien ze zelf het huis van haar ouders had geërfd en Bottin het ermee eens was dat het eigendom van de zoon zou worden, hadden ze eigenlijk niets om te betwisten.'

'En sindsdien?'

'Schijnt er geen contact meer tussen hen geweest te zijn.'

'Wie heeft je dit verteld?'

'De eigenaar van het café. Hij moet gedacht hebben dat het niet veel om het lijf had, zodat hij het me wel kon vertellen.'

Brunetti vroeg zich af welke nieuwe twist er nu uit de eigendomsrechten zou voortvloeien, maar vroeg: 'En die Giacomini, over wie de kelner het had?'

Vianello haalde zijn notitieboekje tevoorschijn en klapte het open. 'Paolo Giacomini. Ook al een visser. De eigenaar van het restaurant zegt dat hij in Malamocco woont, maar om de een of andere reden heeft hij zijn boot hier liggen. Hij staat bekend als een oproerkraaier, iemand die graag mensen tegen elkaar ophitst.'

'En de problemen tussen Scarpa en Bottin?'

'Daar wilde niemand me iets over vertellen, behalve dat ze ongeveer een jaar geleden mot hebben gekregen. Ze zijn toen met elkaar in aanvaring gekomen of bijna, en hun netten zijn in elkaar verstrikt geraakt, en sindsdien liggen ze met elkaar overhoop.'

'We kunnen bij de politie in Chioggia navraag doen,' zei Brunetti.

'Dat is waarschijnlijk het beste, als het daar is gebeurd,' zei Vianello. 'Als de *denuncia* daar is ingediend, kunnen ze ons misschien iets vertellen, al heb ik het gevoel dat deze mensen hun problemen op hun eigen manier oplossen. Ze hebben in ieder geval allemaal zwijgplicht wat Bottin aangaat. Niemand kan zich iets over hem herinneren en niemand heeft een kwaad woord over hem te zeggen.'

'Toch heeft signora Follini me verteld dat wat er ook is gebeurd, het vanwege hem gebeurd moet zijn en niet vanwege de zoon.'

'Wat zullen we nu doen?' vroeg Vianello.

'Eerst gaan we eten,' antwoordde Brunetti. 'Daarna gaan we proberen of we die Giacomini kunnen vinden.'

De maaltijd verliep heel prettig, gedeeltelijk omdat Brunetti niets zei over Vianello's keuze en gedeeltelijk omdat hij zich had ingehouden en geen oesters had besteld, hoewel hij wel een groot bord *coda di rospo* at, waarvan de baas van het restaurant hem verzekerde dat ze die ochtend gevangen waren. De baas had geen plaatsvervanger voor Lorenzo Scarpa gevonden en moest daarom zelf bedienen, zodat het nogal lang duurde tot het eten kwam, vooral omdat vlak nadat Brunetti en Vianello hun bestelling hadden gedaan, een hele stroom Japanse toeristen binnenkwam.

De gids van de Japanners liet hen plaatsnemen aan twee lange tafels tegen de muren, waar ze geduldig op hun maaltijd wachtten, terwijl ze glimlachten en niet alleen tegen elkaar bogen, maar ook tegen de gids, Brunetti en Vianello en de baas van het restaurant. Hun gedrag was zo ongelooflijk beheerst en beleefd dat het Brunetti een raadsel was waarom zoveel mensen kritiek op de Japanse toeristen hadden. Toen hij en Vianello klaar waren, betaalden ze hun rekening, wederom in contant geld zonder om een bon te vragen, en stonden op. Brunetti boog automatisch in de richting van de Japanners, wachtte tot Vianello dat ook had gedaan en tot de Japanners tegen hen hadden gebogen, en liep toen voor zijn brigadier uit naar de bar waar ze koffie dronken, maar grappa weigerden.

In de tijd dat ze binnen hadden gezeten, was het nog warmer geworden en ze genoten van het zonnetje. Het deed het gevoel van jongensachtige vrijheid dat ze die ochtend hadden gehad, weer in hen opleven. Terug bij de politieboot zagen ze Bonsuan nergens, hoewel er een bundeltje vis vanaf een van de kikkers op de rand van de boot in het water hing.

Ze vonden het geen van beiden erg om te wachten en namen plaats op een houten bank die uitzicht op het water bood in de richting van Venetië, al konden ze alleen de *laguna* zelf zien met een paar boten en daarboven de plafondloze, oneindige hemel.

'Waar denk je dat hij naartoe is?' vroeg Brunetti.

'Bonsuan of Scarpa?'

'Bonsuan.'

'Die zal wel in een bar zitten waar hij binnen vijf minuten meer te weten komt dan wij in twee dagen.'

'Dat zou me niets verbazen,' zei Brunetti. Hij trok zijn jasje uit en hief zijn gezicht op naar de zon. Vianello kon zijn voorbeeld jammer genoeg niet volgen omdat hij in uniform was.

Na ongeveer tien minuten werd Brunetti uit zijn gedoezel gewekt door de stem van Vianello, die zei: 'Daar komt hij aan.'

Hij deed zijn ogen open, keek naar rechts en zag Bonsuan, nog steeds in zijn donkere uniformbroek en een wit overhemd met een grote, zwarte vlek op zijn schouder, naar hen toe komen. Toen hij bij hen was, schoof Brunetti naar links om tussen hen in ruimte te maken op de bank.

'En?' vroeg hij toen Bonsuan was gaan zitten.

'Ik had besloten dat er een mankement aan de motor was,' antwoordde de schipper.

'Besloten?' vroeg Vianello.

'Dan kon ik iemand om hulp vragen.'

'Wat heb je gedaan?'

'Ik heb een van de kabels van de stroomverdeler met een vijl doorgezaagd en los laten hangen. Toen ik probeerde te starten, lukte dat niet. Ik heb de motor bekeken, gezien wat er mis was en ben het dorp in gegaan om te vragen of iemand een kabeltje voor me had.'

'En?' vroeg Brunetti.

'Ik heb een man gevonden die ik nog uit mijn diensttijd in het leger kende. Zijn zoon heeft hier een boot en mijn vriend onderhoudt de motor voor hem. Hij is met me meegekomen, heeft de kabel bekeken en is toen naar zijn werkplaats gegaan om er eentje voor me te halen. En toen heeft hij me geholpen de kabel te vervangen.'

'Had hij door wat je had gedaan?' vroeg Vianello.

'Dat denk ik wel. Ik had gehoopt iemand te treffen die niet al te veel verstand van motoren had, of in ieder geval niet zoveel als ik, maar Fidele zal wel in de gaten gehad hebben wat ik had gedaan. Maakt niet uit. Ik heb hem meegenomen naar het café om hem te bedanken en hij was bereid me alles over hen te vertellen.'

'Over de Bottins?' vroeg Brunetti.

'Ja.'

'Wat zei hij?'

Brunetti vond het interessant dat Bonsuan volledig afstand nam van de dingen die hij te weten was gekomen. De informatie was iets waar Brunetti om vroeg of waar Vianello om vroeg. Het was waarschijnlijk Bonsuans manier om trouw te blijven aan de vissers, de gemeenschap waarbij hij zich over niet al te lange tijd zou aansluiten.

'Waar u ook naar zoekt, het gaat om de vader,' zei Bonsuan.

'Wie heeft je dat verteld?' vroeg Vianello.

En Brunetti vroeg op hetzelfde moment: 'Wat heeft die dan gedaan?'

Bonsuan beantwoordde beide vragen met een schouderophalen en zei: 'Ze hebben het niet met zoveel woorden gezegd, maar het was duidelijk dat niemand hem mocht. Meestal laten ze dat niet merken, in ieder geval niet tegenover vreemden, en ik ben voor hen ook een vreemde, maar voor Bottin gaat dat niet op. Hij zal wel iets gedaan hebben om dat te hebben verdiend, al is dat alleen maar mijn mening. Ik heb geen idee wat het kan zijn geweest, maar het was alsof ze hem niet meer als één van hen beschouwden.'

'Vanwege de manier waarop hij zijn vrouw behandelde?' vroeg Brunetti.

'Nee,' zei Bonsuan met een plotseling hoofdschudden. 'Zijn vrouw kwam uit Murano, dus die telde niet mee.' Waarmee hij haar mens-zijn even nonchalant van de hand wees als Brunetti's suggestie.

Er viel een stilte. Drie aalscholvers suisden langs hen heen en doken een eind van de kade in het water. Ze zwommen een poosje rond, alsof ze onderling probeerden uit te maken waar de vis zat, en doken toen naar beneden, zo gladjes dat de oppervlakte van het water er amper door werd verstoord en zonder een spoor achter te laten. Automatisch, nieuwsgierig, begon Brunetti zijn adem in te houden toen hij ze onder water zag duiken, maar hij was gedwongen hem uit te laten en drie keer diep adem te halen, voordat de eerste weer boven water floepte, als een kurk, snel gevolgd door de andere twee.

'Laten we naar Malamocco gaan,' zei hij, terwijl hij overeind kwam.

De motor van de boot sloeg zonder mankeren aan. Vianello gooide de tros los. Bonsuan stuurde de boot bij de kade vandaan en voer in een wijde cirkel dezelfde weg terug als ze waren gekomen. Met het smalle schiereiland pal rechts van hem, zette hij koers richting Malamocco. Toen ze het kanaal naderden dat naar de Adriatische Zee voerde, leunde Brunetti naar voren om Bonsuan op zijn schouder te tikken. De schipper keek om. Brunetti wees naar links, waar hij in de verte rookwolken zag opstijgen. 'Wat is dat?' vroeg hij.

Bonsuan bedekte zijn ogen met zijn linkerhand, imiteerde Brunetti's gebaar en zei: 'Marghera.'

Bonsuan zag daar niets dat hem interesseerde, dus bleef hij voor zich uit kijken. Opeens zette hij de motor in z'n vrij en toen razendsnel in z'n achteruit, waardoor de boot tot stilstand kwam. Brunetti, die naar de bron van de zwarte rook had gezocht, draaide zich om toen hij de abrupte verandering in het ritme van de motor voelde.

'*Maria Vergine*,' ontsnapte aan zijn lippen toen hij een gigantisch schip zag dat eindeloos hoog, eindeloos dreigend rechts van hen opdoemde. 'Wat is dat?' vroeg hij aan Bonsuan. Hoewel het schip nog een paar honderd meter bij hen vandaan was, had Brunetti's perspectief een opwaartse hoek en kon hij alleen de zijkant van de romp, de laadlijn en de linkerkant van de glazen stuurhut zien, die hoog boven hen uitstak, zo hoog als een kerktoren.

'Een tanker,' antwoordde Bonsuan. Hij had net zo goed kunnen zeggen 'een verkrachter' of 'een pyromaan', zo venijnig klonk het.

Nu hun eigen motor zweeg, werden ze omhuld door het gebulder dat afkomstig was van de tanker. De wereld werd lawaai, een kracht die even hard op hen inbeukte als de schokgolven van een explosie. Onwillekeurig drukten ze allemaal hun handen tegen hun oren en hielden die daar tot de tanker voorbij was en via het Canale dei Petroli naar de fabrieken op het vasteland voer. Toen bereikten de golven van het kielzog hen en moesten ze zich aan de reling vasthouden om niet om te vallen. De politieboot danste op en neer en heen en weer, en zij drieën dansten op het dek mee als een stelletje waanzinnigen.

Met beide handen om de reling geklemd boog Brunetti zich naar voren en haalde diep adem. Hij keek naar het water vlak naast hun boot en zag kleine vlekjes, ter grootte van knopen, op de oppervlakte. Het waren er maar een paar en hij wist niet zeker of ze er niet al waren geweest voordat hij het schip had gezien.

Bonsuan zette de motor weer aan. Zwijgend voeren ze door naar Malamocco.

12

Het was een vergeefse tocht, want op het adres dat de eigenaar van het restaurant hun had gegeven, was geen spoor van Giacomini te bekennen. Het was te laat op de dag om nog naar Chioggia te gaan, dus besloot Brunetti telefonisch met de politie daar contact op te nemen en verzocht hij Bonsuan hen naar de Questura terug te brengen.

Of het nu door de tanker kwam of de donkere vlekjes die ze op het water hadden gezien, er was een domper gezet op hun stemming en tijdens de terugweg zeiden ze weinig. Het licht bleef de duizend schoonheden van de stad accentueren, vooral voor wie haar, zoals het hoorde, vanuit zee benaderde. Het liep al tegen het eind van de middag, maar de zon brandde nog steeds op hen neer; Vianello merkte op dat ze waren vergeten zonnebrandolie op te doen. Brunetti negeerde dat.

Toen ze bij de Questura stopten, bleek Pucetti bij de ingang op wacht te staan en toen Brunetti de jonge agent zag, kreeg hij een idee. Pucetti salueerde netjes toen ze van de boot stapten. Brunetti verzocht Vianello de politie van Chioggia te bellen om te vragen of ze informatie hadden over het incident tussen Scarpa en Bottin en zei dat hij daarna in zijn kantoor op hem zou wachten, maar dat hij eerst Pucetti even wilde spreken.

'Pucetti,' begon Brunetti, 'hoe lang heb je wachtdienst?'

'Deze hele week, meneer. En volgende week heb ik nachtpatrouille.'

'Zou je het leuk vinden om een speciale opdracht te krijgen?'

Het gezicht van de jongeman lichtte op. 'Ja, meneer.'

Brunetti had er waardering voor dat Pucetti zich niet beklaagde over de wachtdienst, waarbij je de hele dag niets anders te doen had dan hier staan om de deur open te doen en af en toe een ruzietje beslechten tussen de mensen die in lange rijen voor de deuren van de verschillende afdelingen stonden.

'Mooi. Ik zal het rooster even bekijken,' zei Brunetti en hij liep weg, maar na twee stappen draaide hij zich weer om naar Pucetti. 'Heb je toevallig wel eens als kelner gewerkt?'

'Ja, meneer,' antwoordde hij. 'Mijn zwager heeft een pizzeria in Castello en daar heb ik wel eens in het weekend gewerkt.' Het beviel Brunetti ook dat Pucetti geen vragen stelde.

'Mooi. Ik kom zo terug.'

Hij liep rechtstreeks naar het kantoor van signorina Elettra. Ze was bezig een bos forsythia in een blauwe Venini-vaas te zetten. 'Is die van u?' vroeg hij, naar de vaas wijzend.

'Nee, meneer. Van de Questura. De vaas die ik tot nu toe gebruikte, is vorige week gestolen, dus moest ik een nieuwe zoeken.'

'Gestolen?' vroeg hij. 'Uit de Questura?'

'Ja, een van de schoonmakers had hem in de toiletruimte laten staan nadat hij hem had afgewassen en toen is hij verdwenen.'

'Uit de Questura?'

'Ik zal op deze beter passen,' zei ze en ze stak er een gebogen tak in. Brunetti had een vriend die bij Venini werkte en wist daarom hoeveel zo'n vaas kostte: minstens drie miljoen.

'En hoe komt het dat de Questura deze heeft kunnen aanschaffen?' vroeg hij, zijn vraag zorgvuldig inkledend.

'Kantoorbenodigdheden,' antwoordde ze. Ze stak de laatste tak erin en deed een stapje opzij, zodat hij de vaas voor haar kon optillen. Met een loom gebaar duidde ze de vensterbank aan; Brunetti zette de vaas neer op de bedoelde plek.

'Is Pucetti slim genoeg voor u?' vroeg hij.

'Die aardige jongen met dat snorretje?' vroeg ze op een toon die niet zou doen vermoeden dat Pucetti waarschijnlijk nog geen vijf jaar jonger was dan zij. 'Die met het Russische vriendinnetje?' zei ze er nog bij.

'Ja. Is hij slim genoeg voor u?'

'Om wat te doen?' vroeg ze.

'Om naar Pellestrina te gaan.'

'Om wat te doen?'

'In een restaurant te werken en een oogje op u te houden.'

'Mag ik u vragen hoe u dat denkt te kunnen bewerkstelligen?'

'De kelner die ons de eerste inlichtingen over Bottin heeft gegeven, is verdwenen. Hij heeft zijn baas gebeld en een verhaaltje opgehangen dat hij een zieke vriend moet verzorgen; sindsdien is er taal noch teken van hem vernomen. Dus hebben ze daar een kelner nodig.'

'Wat vindt Pucetti daarvan?' vroeg ze terwijl ze achter haar bureau ging zitten.

'Ik heb het hem nog niet gevraagd. Ik wilde het eerst met u overleggen.'

'Dat is erg aardig van u.'

'Ik wil hem ernaartoe sturen om u te beschermen, en ik wil graag weten of u vindt dat hij daartoe in staat is.'

Ze dacht daar even over na en zei toen: 'Ja, hij lijkt me een goede keus.' Ze wierp een blik op de forsythia en keek toen weer naar Brunetti. 'Zal ik het rooster dan maar aanpassen?'

'Graag,' antwoordde Brunetti, en hij kon de verleiding niet weerstaan te vragen: 'Hoe gaat u dat doen?'

'Hij zal ingedeeld worden voor iets dat ik, even denken, "Aanvullende Dienst" zal noemen.'

'Wat wil dat zeggen?'

'Wat ik maar wil.'

'Juist,' zei Brunetti en toen vroeg hij: 'Maar Marotta dan? Heeft die hier volgende week niet de leiding? Moet het niet zijn beslissing zijn?'

'Marotta,' zei ze met amper verhulde minachting, 'komt altijd zonder stropdas op zijn werk.' Zo, dacht Brunetti, Marotta kon een kans op een permanente promotie op de Questura van Venetië wel vergeten.

'Nu u hier toch bent, meneer,' zei ze – ze trok een la open en haalde er wat vellen papier uit – '... kan ik u dit mooi geven. Het is alles wat ik heb kunnen vinden over die mensen. Plus het rapport van de lijkschouwing.'

Hij pakte de paperassen aan en liep ermee naar zijn kantoor. De lijkschouwing, die was verricht door een patholoog wiens naam Brunetti niet herkende, had uitgewezen dat Giulio Bottin was gestorven aan een van de drie klappen op zijn voorhoofd en schedel. De botfragmenten wezen uit dat de wonden waren toegebracht met een cilindervormig voorwerp, zoals een metalen pijp of stang. De zoon was doodgebloed; het mes was zo diep in zijn buik binnengedrongen dat de hoofdslagader was geraakt. De afwezigheid van water in hun longen en het feit dat het enige tijd moest hebben gekost voordat Giulio Bottin was gestorven, maakte het onwaarschijnlijk dat ze kort voor het zinken van de boot waren vermoord.

Brunetti was net klaar met het rapport toen Vianello op de deur klopte en binnenkwam. 'Ik heb Chioggia gebeld, meneer,' meldde de brigadier zonder de moeite te nemen te gaan zitten, 'maar ze hebben daar helemaal niets.'

Brunetti legde het rapport neer. 'Zoals je al zei, zijn het mensen die niet van de politie verwachten hun problemen voor hen op te lossen.'

Hij verwachtte half dat Vianello zou vragen of er nog wel mensen waren die dat wél verwachtten, maar de brigadier zei niets. Brunetti maakte daarvan gebruik om Vianello op de hoogte te stellen van zijn plan om Pucetti naar Pellestrina te sturen.

'Moet hij dan geen referenties hebben?' vroeg Vianello.

'Pucetti zegt dat hij in de pizzeria van zijn zwager heeft gewerkt. Die kan het restaurant in Pellestrina bellen, zeggen dat hij heeft gehoord dat ze daar een kelner nodig hebben, en Pucetti aanbevelen. Dan blijft het in de familie.'

'En als iemand hem herkent?' vroeg Vianello, in een echo van Brunetti's eigen angst.

'Lijkt je dat erg waarschijnlijk?' vroeg Brunetti bij wijze van antwoord, en hij hoorde opeens dat hij precies zo klonk als signorina Elettra.

Vianello begreep dat Brunetti er zelf ook niet helemaal gelukkig mee was en maakte verder geen bezwaar; zonder op nieuwe bevelen te wachten, excuseerde hij zich en ging weer naar beneden.

Brunetti ging verder met de paperassen die signorina Elettra hem had gegeven. Als de Alessandro Scarpa in wie Brunetti geïnteresseerd was, een man van begin dertig was – waarmee hij zich onderscheidde van de andere Alessandro Scarpa die op Pellestrina woonde en die zevenentachtig was – dan was hij drie jaar geleden gearresteerd omdat hij een man met een mes had bedreigd. De man in kwestie had echter de dag na de arrestatie zijn verhaal gewijzigd en de beschuldiging ingetrokken, zodat er in de politiedossiers niets tegen Scarpa stond opgetekend, al had de maresciallo van de carabinieri op het Lido verklaard dat Scarpa erom bekendstond lastig te zijn wanneer hij had gedronken.

Er was geen informatie over iemand met de achternaam Giacomini.

Signora Follini, zag hij, was een vogel van een geheel andere pluimage. Om te beginnen was Follini haar meisjesnaam. Signora Follini had weliswaar vaak genoten van het gezelschap van mannen, maar nooit met de zegen van de kerk. Haar voornaam was

Luisa en ze was tweeënvijftig jaar geleden op Pellestrina geboren.

Haar kennismaking met de politie, of beter gezegd de kennismaking van de politie met haar, was begonnen toen ze negentien jaar oud was en in hechtenis was genomen wegens prostitutie. Omdat het haar eerste overtreding was, had ze alleen een boete gekregen en was ze vrijgelaten, maar in het jaar daarop was ze voor dezelfde overtreding nog driemaal gearresteerd. Daarna volgde een lange tijd niets, wat erop kon wijzen dat Luisa Follini erin was geslaagd een of andere regeling te treffen met de plaatselijke politie of dat ze uit de streek was weggetrokken. Ze was twaalf jaar geleden pas weer op Pellestrina opgedoken, toen ze was gearresteerd op grond van de toen nog strenge wetten over bezit, gebruik en pogingen tot verkoop van heroïne, en wegens prostitutie.

Ze had echter geboft, want ze was geaccepteerd in een afkickcentrum bij Bologna, waar ze drie jaar had gezeten. Daarna was ze teruggekeerd naar Pellestrina, genezen, leek het, van zowel haar verslaving aan heroïne als haar beroep. Haar ouders waren tijdens haar afwezigheid gestorven. Ze waren de eigenaars geweest van de dorpswinkel, die Luisa nu had overgenomen. Sindsdien was ze in het dorp gebleven.

Toen hij het rapport las, herinnerde Brunetti zich dat ze een jurk met lange mouwen had aangehad en hij vroeg zich af waar het geld voor haar operaties vandaan was gekomen en wanneer ze die had laten verrichten. Wie had die betaald? De winkel die hij had gezien kon onmogelijk genoeg opbrengen voor het werk dat aan haar gezicht was gedaan, evenmin als losvaste prostitutie of de verkoop van heroïne op een eiland zo klein als Pellestrina.

Hij dacht terug aan de twee keer dat hij met haar had gesproken. De eerste keer had ze een beetje met hem geflirt en zich wrang en theatraal uitgedrukt over de beperkingen van een leven op een eiland als Pellestrina. Gezien het verleden dat ze met zich meesleepte, wist ze donders goed wat dat inhield, peinsde hij. Ze had echter niets van de nerveuze energie getoond die drugsverslaafden eigen was. Noch had haar nervositeit de tweede keer iets te maken gehad met drugs: het was de nervositeit geweest van de angst, die een hoogtepunt had bereikt op het moment dat de twee mannen waren binnengekomen.

Hij had geen idee tot hoe laat haar winkel open was. Hij pakte het telefoonboek en zocht Pellestrina op. Follini, Louisa stond erin. Hij draaide het nummer. Er werd na drie keer opgenomen. Ze zei haar naam.

'Signora,' begon hij, 'u spreekt met commissario Brunetti. Ik ben vanochtend bij u langs geweest.' Met een zacht klikje werd de verbinding verbroken.

Hij legde het telefoonboek terug in de la, schoof het dossier naar de linkerkant van zijn bureau en liep de trap af om met Pucetti te gaan praten.

13

PUCETTI HAD MOEITE ZIJN OPWINDING OVER DE OPDRACHT TE bedwingen. Toen signorina Elettra's naam viel, glimlachte hij, en toen Brunetti uitlegde dat het zijn voornaamste taak zou zijn haar te beschermen, begon hij bijna te stralen. De jonge agent vroeg wie op het idee was gekomen haar naar het eiland te sturen, maar Brunetti wist het antwoord daarop te omzeilen door te zeggen dat hij hoopte dat Pucetti's vriendin het niet erg vond dat hij deze bijzondere opdracht had gekregen.

Die avond na het eten vertelde hij Paola over Pucetti. Hij hoopte dat ze het ermee eens zou zijn dat signorina Elettra nu een stuk veiliger zou zitten, al zouden ze haar veiligheid natuurlijk nooit voor honderd procent kunnen garanderen.

'Wat een vreemd stel,' zei Paola.

'Wie?'

'Signorina Elettra en Pucetti.'

'Ze zijn geen stel,' zei Brunetti.

'Dat weet ik. Ik bedoel ook ieder op zich; eigenaardig dat dergelijke mensen, intelligente mensen, bij de politie gaan.'

Waarop Brunetti in zijn wiek geschoten zei: 'Ik zit ook bij de politie. Ik hoop dat je dat niet vergeten bent.'

'Wees toch niet zo snel op je teentjes getrapt, Guido,' zei ze. Ze legde haar hand op zijn arm. 'Je weet best wat ik bedoel. Jij bent een beroeps, je hebt rechten gestudeerd en je bent bij de politie gegaan toen alles nog anders was, toen het een respectabele beroepskeuze was.'

'Is het dat nu dan niet meer?'

'Jawel, het is waarschijnlijk nog steeds wel respectabel,' begon ze en toen ze zijn gezicht zag, veranderde ze dat snel in: 'Ik bedoel, natuurlijk is het nog steeds een respectabele keus; je weet best dat ik dat bedoel. Het is alleen zo dat de beste mensen, mensen als jij, nu niet meer bij de politie gaan. Over tien jaar zal het korps alleen nog maar bestaan uit Patta's en Alvises, de ambitieslaven en de sukkels.'

'En wie is wat?' vroeg Brunetti.

Ze schoot in de lach. 'Goede vraag.' Ze dronken verbenathee op het balkon; de kinderen zaten braaf aan hun schoolwerk. Vier mollige wolken, roze gekleurd door de ondergaande zon, vormden een achtergrond voor de klokkentoren van San Polo; de rest van de hemel was schoon en beloofde voor morgen weer een prachtige dag.

Ze keerde terug naar het onderwerp van gesprek. 'Hoe denk je dat het komt dat tegenwoordig nog maar zo weinig waardevolle mensen zich aanmelden?'

In plaats van antwoord te geven, stelde hij een vraag. 'Geldt hetzelfde niet voor jou? Wat voor soort nieuwe collega's krijg jij op de universiteit?'

'God, we klinken als een Plinius de Oude, die niets anders deed dan mopperen dat de jeugd nergens voor deugt en wat een puinhoop het overal is.'

'Dat hebben de mensen altijd gezegd. Het is een van de weinige vaste gegevens in de geschiedenisboeken die ik lees: iedere eeuw beschouwt de voorafgaande als de gouden eeuw waarin de mannen rechtschapen, de vrouwen kuis en de kinderen gehoorzaam waren.'

'Vergeet "respectvol" niet,' merkte Paola op.

'De kinderen of de vrouwen?'

'Allebei, lijkt mij.'

Daarna zwegen ze een poosje, tot de wolken naar het zuiden waren gedreven en de klokkentoren van San Marco omlijstten.

Brunetti verbrak de stilte. 'Wie zou er nu ook nog bij de politie willen?' Hij liet de vraag hangen en toen Paola er geen antwoord op gaf, ging hij door: 'Het gebeurt zo vaak: wij doen ons best om misdadigers te arresteren, maar wanneer we daar eenmaal in geslaagd zijn, komen de advocaten in actie, of de rechters, en uiteindelijk worden de misdadigers op vrije voeten gesteld. Ik heb het al tientallen keren zien gebeuren en het is een steeds vaker voorkomend verschijnsel. Neem die vrouw die vorige week in Bologna is getrouwd. Twee jaar geleden heeft ze haar man doodgestoken. Ze is veroordeeld tot negen jaar, maar na drie maanden via hoger beroep vrijgekomen en nu is ze opnieuw getrouwd.'

Normaal gesproken zou Paola een ironische opmerking hebben gemaakt over de moed van de nieuwe echtgenoot, maar nu wachtte ze af of hij was uitgesproken. Toen hij doorging, schrok ze van wat hij zei: 'Ik zou met pensioen kunnen gaan.' Ze bleef zwijgen. 'Ik heb genoeg dienstjaren. Nou, bijna. Ik zou over twee jaar met pensioen kunnen gaan.'

Paola vroeg: 'Wil je dat?'

Hij nipte aan zijn thee en merkte dat die te veel was afgekoeld. Hij gooide de koude thee in de grote aardewerken pot met de oleander, schonk een nieuw kopje in, deed er honing bij en zei: 'Dat denk ik niet. Niet echt. Maar soms is het verdomd moeilijk, als je ziet wat er allemaal gebeurt en je er niets tegen kunt doen.' Hij leunde achterover in zijn stoel en strekte zijn benen, het kopje thee tussen beide handen geklemd. 'Ik weet dat ik een beetje overdreven reageer op het geval van die vrouw die hertrouwd is, maar af en toe lees ik iets of gebeurt er iets en dan vind ik het zo onuitstaanbaar.'

'Stond er niet in de krant dat haar man haar mishandelde?' vroeg Paola.

'Ik ken iemand in Bologna. De man die haar als eerste heeft ondervraagd. Ze had helemaal niet over mishandeling gekikt tot ze met een advocaat had gesproken. En ze had een verhouding met de man met wie ze nu is getrouwd.'

'Daar stond niets over in de krant, dus neem ik aan dat er tijdens de rechtszaak niets over is gezegd,' zei Paola.

'Dat van de verhouding kon niet bewezen worden. Maar het blijft een feit dat ze haar man heeft vermoord, misschien tijdens een ruzie, zoals ze beweert, en dat ze nu met die andere man gaat trouwen en ze haar niets kunnen maken.'

'En ze leefden nog lang en gelukkig?' zei Paola.

'Dit is maar een licht geval,' begon hij, maar hij verbeterde zichzelf meteen. 'Nee, geen enkele moordzaak is een licht geval. Ik bedoel, het is één geval en misschien is het inderdaad tijdens een ruzie gebeurd. Maar je ziet het aldoor: iemand vermoordt tien, twintig mensen en dan zorgt een slimme advocaat, of nog vaker een incompetente rechter ervoor dat hij op vrije voeten komt. En de misdadiger aarzelt geen moment om weer te gaan doen waar hij goed in is. Mensen vermoorden.'

Paola, die allang had geleerd hoe ze naar hem moest luisteren wanneer hij in zo'n stemming was, had hem nog nooit zo ongelukkig meegemaakt, zo boos over de condities waarin hij moest werken.

'Wat zou je gaan doen als je met pensioen ging?'

'Dat is het 'm nu juist: ik heb geen idee. Het is te laat om te proberen mijn bul te halen; ik zou waarschijnlijk naar de universiteit moeten en helemaal opnieuw beginnen.'

'Als er één ding is dat ik je niet zou aanraden,' zei ze prompt, 'is het overwegen weer aan de universiteit te gaan studeren.' Haar huivering van afkeer bij de gedachte was bewust opgeroepen, maar daarom niet minder oprecht.

Ze dachten een poosje over de kwestie na, maar hadden geen van beiden antwoorden. Uiteindelijk zei Paola: 'Gingen de adellijke Romeinen niet altijd terug naar hun landgoederen om zich te wijden aan de verbetering van het land en het schrijven van brieven aan vrienden in de stad waarin ze zich beklaagden over de situatie in het keizerrijk?'

'Hmm,' bromde Brunetti instemmend. 'Maar ik ben niet van adellijke afkomst.'

'En je bent godzijdank ook geen Romein,' voegde Paola daaraantoe.

'En we hebben geen landgoed.'

'Dus kun je niet met pensioen gaan,' was haar conclusie en ze vroeg om nog een kopje thee.

Het weekeinde verliep rustig. Brunetti wist niet wanneer signorina Elettra precies naar Pellestrina zou vertrekken. Hij overwoog haar thuis op te bellen en zocht zelfs haar nummer op in het telefoonboek, iets wat nog nooit eerder in zijn hoofd was opgekomen. Toen hij het nummer had gevonden, zag hij dat ze in Castello woonde, dicht bij Santa Maria Formosa, en nu hij de pagina toch voor zich had, bekeek hij de adressen van de andere Zorzi's en zag er twee die dicht bij haar woonden: familie?

Ze had hem het nummer van haar *telefonino* gegeven, maar dat had hij op kantoor laten liggen. Tenzij hij haar dus thuis belde, zou hij maandagochtend pas weten wat ze aan het doen was, als hij haar wel of niet achter haar bureau op de Questura zou zien.

Op zaterdagavond belde Pucetti om hem te vertellen dat hij op Pellestrina zat en zelfs al aan het werk was, maar dat hij signorina Elettra nog nergens had gezien. Zijn zwager, legde Pucetti uit, had ontdekt dat hij en de eigenaar van het restaurant in Pellestrina veel gemeenschappelijke kennissen hadden en had het geregeld dat Pucetti in het restaurant kon werken tot duidelijk zou zijn of Scarpa terug zou komen.

Zondagmiddag liep Brunetti de kamer in die door de jaren heen van logeerkamer in opslagruimte was veranderd. Boven op de kast in de hoek stond de met de hand beschilderde kist die hij om de een of andere reden van zijn oom Claudio had geërfd, de oom die schilder had willen worden. De kist was zo groot dat er makkelijk een Duitse herder in had gekund en was geheel beschilderd met felgekleurde bloemen van onduidelijke herkomst, geschikt tot opzichtige boeketten. Om een al even onduidelijke reden zat de kist vol kaarten, erin gegooid met dezelfde nonchalance als die op het deksel en de zijkanten van de kist was tentoongespreid.

Brunetti begon de kaarten in de kist van de ene naar de andere kant te verhuizen, speurend naar de kaart die hij zocht. Hij begreep echter algauw dat hij die op deze manier niet zou vinden en begon daarom met een zucht de kaarten één voor één uit de kist te halen. Maar hoe hij ook zocht, de kaart die hij zocht, bleef onvindbaar. Pas nadat hij de kaarten van de meeste landen en continenten ter wereld uit de kist had gehaald, zag hij degene die hij moest hebben: de kaart van de *laguna* die hij jaren geleden had gebruikt om met vrienden van school in het weekeinde en de vakantie het vlechtwerk van kanalen rond de stad te verkennen.

Hij gooide de andere kaarten terug in de kist en liep met die van de *laguna* naar het balkon. Voorzichtig, omdat het plakband waarmee de onderdelen bij elkaar werden gehouden, allang was verdroogd, vouwde hij de kaart open en legde hem plat op de tafel. Wat leken de eilanden klein, omgeven door de uitgestrekte *palude*. Over een gebied van vele kilometers spreidden de aderen en haarvaten van de kanalen zich in alle richtingen uit om tweemaal per dag water naar binnen en naar buiten te pompen, met de regelmaat van de omloop van de maan. Al duizend jaren hadden de kanalen bij Chioggia, Malamocco en San Nicolò dienstgedaan als aorta's om het water zuiver te houden, zelfs op het hoogtepunt van de macht van de Serenissima, toen hier honderdduizenden mensen hadden gewoond en hun afval iedere dag in het water terecht was gekomen.

Brunetti riep zijn gedachtegang een halt toe voordat die zijn gebruikelijke loop kon nemen. Hij dacht terug aan wat hij tegen Paola had gezegd over de mopperende Romeinen, die zich het leven lieten vergallen door een constant verlangen naar een mooier verleden, ook al wisten ze dat dat nooit terug zou komen. Hij zette de geschiedenis bewust opzij en wijdde zijn aandacht aan aardrijkskunde.

De enorme afmetingen van het op de kaart afgebeelde gebied herinnerden hem eraan hoe verloren hij zich daar voelde en hoe weinig hij wist over hoe de dingen op het water werden georganiseerd, zelfs in relatie tot de jurisdictie van misdaden. Als misdaadzaken net als de gunsten die aan partijleden werden verleend, werden toegekend aan degene die er als eerste bij was, hoe kon je dan verwachten ordelijke dossiers te vinden over wat daar gebeurde?

Hij nam aan dat de grote vissoorten in de Adriatische Zee werden gevangen; maar waar kwamen de oesters en garnalen vandaan? Hij had geen idee in welke delen van de *laguna* officieel gevist mocht worden, hoewel hij aannam dat het ondiepe gedeelte vlak voor de kust van Marghera verboden terrein was. Maar als wat Bonsuan had gezegd, waar was, zoals ook Vianello dacht, dan werd zelfs daar gevist.

Hij ging wel eens met Paola mee naar de Rialto om vis te kopen en dacht aan de bordjes die vaak op de glanzende schubben van de uitgestalde vis werden gelegd: NOSTRANI, alsof de claim dat de vis 'van ons' was, je garandeerde dat die tjokvol gezondheid zat en schoongewassen was van zelfs de gedáchte aan vervuiling. Hij had dezelfde borden gezien bij kersen, perziken en pruimen en besefte dat de verkopers daarvan op hetzelfde magische effect van die woorden hoopten: het feit dat het fruit Italiaans was, was voldoende om het te vrijwaren van ieder spoor van chemicaliën en verdelgingsmiddelen en het even rein te maken als moedermelk.

Hij had ooit een boek gelezen waarin de geschiedenis werd beschreven van de eetgewoonten van de mens, dus wist hij dat zijn voorouders helemaal niet hadden genoten van paradijselijk veilig en gezond voedsel, maar juist bij iedere hap grote hoeveelheden chemicaliën en gifstoffen naar binnen hadden gekregen en met iedere slok melk het risico hadden gelopen tuberculose of iets nog ergers te krijgen.

Ontevreden over zijn eigen ontevredenheid, vouwde hij de kaart op en liep ermee terug naar binnen. 'Paola,' riep hij de gang in. 'Heb je zin om ergens iets te gaan drinken?'

Het eerste wat hij maandagochtend hoorde, was dat hij, zijn eigen plannen ten spijt, toch de leiding over de Questura had zolang Patta weg was. Marotta bleek voor een week teruggeroepen te zijn naar Turijn om te getuigen in een rechtszaak, ook al was hij niet rechtstreeks bij de zaak betrokken geweest en had hij alleen de supervisie gehad over het team van rechercheurs dat zes verdachten van wapensmokkel had gearresteerd, zodat het erg onwaarschijnlijk was dat hij daadwerkelijk zou moeten getuigen. Hij had waarschijnlijk zelfs kunnen weigeren te gaan, maar aangezien hij hiervoor op kosten van de regering naar huis kon en voor iedere dag van zijn verblijf daar zijn onkosten vergoed kreeg, had hij niet geaarzeld. Hij had een briefje voor Brunetti achtergelaten waarin hij uitlegde dat zijn aanwezigheid van doorslaggevend belang was voor het succesvolle verloop van de zaak en dat hij ervan overtuigd was dat vice-questore Patta het eens zou zijn met zijn besluit Brunetti aan te stellen als zijn plaatsvervanger.

Brunetti belde in de loop van de ochtend een paar keer het kantoor van signorina Elettra, maar aangezien ze de gewoonte had de Questura niet te overbelasten met haar aanwezigheid wanneer haar baas absent was, had hij geen idee of ze had besloten tot twaalf uur uit te slapen of dat ze al naar Pellestrina was gegaan. Om elf uur ging zijn telefoon en hoorde hij tot zijn grote opluchting haar stem.

'Waar bent u, Signorina?' vroeg hij op een toon die hij niet autoritair liet klinken.

'Op het strand van Pellestrina, meneer, aan de kant van de zee. Wist u dat ze het gestrande schip weggehaald hebben?' Toen hij geen antwoord gaf, ging ze door. 'Ik was stomverbaasd toen ik zag dat het weg was. Mijn tante zegt dat ze het vorig jaar hebben weggesleept. Ik mis het echt.'

'Wanneer bent u op Pellestrina aangekomen, Signorina?'

'Zaterdagochtend al, om mijn tijd zo goed mogelijk te benutten.'

'Wat hebt u tegen uw tante gezegd?'

Hij hoorde de schelle kreet van een zeemeeuw. 'Dat het me speet dat ik al zo lang niet was geweest, maar dat ik een poosje uit de stad weg wilde,' zei ze en zweeg toen even, omdat de zeemeeuw nog iets te zeggen had. Toen die klaar was, ging ze door. 'Ik heb tegen Bruna gezegd dat ik *una storia* had gehad, die slecht was geëindigd en dat ik weg wilde bij alles wat me aan hem herinnerde.' Op zachtere toon voegde ze eraan toe: 'En dat is nog waar ook.' Wat Brunetti natuurlijk erg nieuwsgierig maakte naar wie het was en waarom er een eind aan was gekomen.

'Hebt u gezegd hoe lang u dacht te blijven?'

'Daar heb ik nogal vaag over gedaan; minstens een week, waarschijnlijk langer. Ik heb gezegd dat het ervan afhangt hoe ik me voel. Maar ik voel me al een stuk beter; de zon is heerlijk en het ruikt hier heel anders dan in de stad. Ik zou hier eeuwig kunnen blijven.'

De bureaucraat in hem sprak voordat hij het kon helpen. 'Ik hoop dat u dat niet meent.'

'Het was maar bij wijze van spreken, meneer.'

'Wat gaat u doen?'

'Strandwandelingen maken en zien wie ik tegenkom. In het café koffie drinken en kijken wat hier zoal gebeurt. Met mensen praten. Vissen.'

'Een doodgewone vakantie op Pellestrina dus?' vroeg Brunetti.

'Precies,' zei ze, waarop de zeemeeuw geen commentaar had. Met de belofte hem weer te bellen, verbrak ze de verbinding.

14

Elettra Zorzi liet de *telefonino* weer in de linkerzak van haar jasje glijden. Ze was blij dat ze zo verstandig was geweest haar suède jasje mee te nemen en niet het wollen. De zakken waren dieper, zodat de kleine Nokia, amper groter dan een pakje sigaretten, er veilig in opgeborgen kon worden, en het paste beter bij haar donkerblauwe broek, hoewel ze niet tevreden was over de combinatie met de Topsiders die ze had meegenomen voor op het strand. Ze had nooit van de combinatie van leer en suède gehouden en vond het nu jammer dat ze de lichtbruine suède instappers niet had gekocht die ze bij Fratelli Rossetti in de uitverkoop had gezien.

De meeuw riep weer, maar ze negeerde hem. Toen het dier naar haar bleef krijsen, draaide ze zich om en liep er recht op af, zodat hij opvloog en klapwiekend over het strand in de richting van de *Riserva* van Ca'Roman verdween. Zoals de meeste Venetianen duldde ze meeuwen, maar had ze een hekel aan duiven, die ze beschouwde als een constante bron van problemen, omdat hun nesten de regenpijpen verstopten en hun uitwerpselen het marmer in schuimgebak veranderden. Ze dacht aan de toeristen die ze altijd op het San Marco zag, met duiven op hun hoofd en hun uitgestrekte armen, en huiverde: vliegende ratten.

Ze liep door over het strand, weg van het dorp, genietend van de zon op haar rug. Ze had geen andere plannen dan naar San Pietro in Volta te lopen en daar koffie te drinken alvorens terug te keren naar Pellestrina. Ze liep met flinke pas, zich er bij iedere stap van bewust dat ze veel te veel achter haar bureau zat. Haar lichaam genoot van deze simpele wandeling over het zonnige strand.

Toen ze vorige week haar tante Bruna had gebeld, had die helemaal niet verbaasd geklonken toen ze had gevraagd of ze kon komen. Ze had alleen gevraagd hoe het kwam dat Elettra op zo korte termijn vrij kon nemen. Elettra had besloten haar op dit punt de waarheid te vertellen. Ze had uitgelegd dat zij en haar vriend maanden geleden al hadden besloten de komende twee weken naar Frankrijk te gaan, maar dat die plannen in het water waren gevallen toen het tussen hen uit was geraakt en dat er geen mogelijkheid was geweest op een ander tijdstip haar vakantie op te nemen. Bruna had zich helemaal niet beledigd getoond dat ze slechts tweede keus was en gezegd dat ze meteen moest komen en alle gedachten aan die man in de stad moest achterlaten.

Hoewel ze pas twee dagen op Pellestrina was, was dat aardig gelukt. Haar voormalige vriend was een arts, een van de vrienden van haar zuster, en Elettra had eigenlijk al maanden geweten dat hij niet geschikt voor haar was: te serieus, te ambitieus en, ook dit gaf ze eerlijk toe, te hebzuchtig. Ze was bang geweest dat het moeilijk zou zijn om weer alleen te zijn, maar was tot het besef gekomen dat ze zich eerder als die zeemeeuw voelde: die was niet tevreden geweest met de manier waarop hij was bejegend, dus was hij opgevlogen en ervandoor gegaan.

Ze liep naar de rand van het water en bukte zich om haar schoenen uit te trekken en haar broekspijpen op te rollen. Ze hield het maar een paar seconden uit in het water, danste toen terug naar het zand, plofte neer en wreef haar voeten. Toen ze weer aanvoelden als voeten, haakte ze twee vingers in de hielen van de schoenen en liep blootsvoets verder, vrij, zich herinnerend hoe het voelde om gelukkig te zijn.

Even later was het strand op en klom ze via de trap de zeedijk op. Rechts van haar voeren boten heen en weer en algauw kwam links het dorp San Pietro in Volta in zicht.

In het café, dat op de begane grond van iemands huis was, bestelde ze mineraalwater en koffie. Ze dronk het glas water dorstig leeg en nipte aan haar koffie. De man achter de tapkast herinnerde zich haar van eerdere bezoeken en vroeg wanneer ze was aangekomen. Ze raakten aan de praat en algauw begon hij haar te vertellen over de recente moorden, waar ze echter weinig belangstelling voor aan de dag legde.

'Opengereten, opengesneden als een vis,' zei hij. 'Jammer. Het was een aardige jongen. Wat op zich een wonder was, zijn vader kennende.' De mensen waren nog niet in staat de volledige waarheid over Bottin op tafel te leggen, besefte ze. Daarvoor was nog niet voldoende tijd verstreken. Bottin zat nog zó dicht bij het leven dat iedereen die het over hem had, op zijn woorden paste.

'Ik heb ze niet gekend,' zei ze terwijl ze haar blik over de voorpagina van *Il Gazzettino* liet glijden, die dubbelgevouwen op de tapkast lag.

'Mijn kleindochter heeft bij Marco in de klas gezeten,' zei hij.

Elettra betaalde voor het water en de koffie, zei dat het heerlijk was om weer op het eiland te zijn, en vertrok. Ze liep over de dijk terug naar Pellestrina en tegen de tijd dat ze daar aankwam, had ze weer dorst, dus liep ze de bar van het restaurant in voor een glas prosecco. En door wie werd ze daar bediend? Door Pucetti die aan haar niet meer aandacht besteedde dan aan iedere andere aantrekkelijke vrouw die een paar jaar ouder was dan hij.

Terwijl ze haar prosecco dronk, luisterde ze naar de mannen die aan de bar stonden. Die besteedden weinig aandacht aan haar, nu ze haar geplaatst hadden als het nichtje van Bruna dat iedere zomer op bezoek kwam en dus een soort erebewoonster van het eiland was.

Ze hadden het wel over de moorden, maar vluchtig, alsof het om het zoveelste voorbeeld ging van de pech waar vissers nu eenmaal mee te kampen hebben. Belangrijker vonden ze de vraag wat ze aan moesten met die schoften uit Chioggia die 's nachts hun deel van de *laguna* binnendrongen en de oesterbedden aan flarden reten. Één man stelde voor de politie erbij te halen; niemand verwaardigde zich te reageren op een zo belachelijk voorstel.

Ze liep naar de kassa en betaalde. Ook de eigenaar van het restaurant herkende haar als het nichtje van Bruna en heette haar welkom. Ze babbelden eventjes, maar toen ook hij over de recente moorden begon, zei ze dat ze op vakantie was en niets over dergelijke dingen wilde horen. Met de manier waarop ze het zei, liet ze doorschemeren dat de mensen uit de grote stad absoluut geen belangstelling hadden voor de beslommeringen van dorpelingen, hoe bloederig die ook mochten zijn.

De rest van de dag en de dag daarop verliepen erg kalm. Ze hoorde niets nieuws, maar belde Brunetti evengoed iedere dag om hem dat te vertellen. Ze bleef pertinent weigeren bij een gesprek over de recente moorden betrokken te raken, en paste zich soepel aan het ritme van Pellestrina aan, een dorp waar het leven een heel eigen tempo had. Het grootste deel van de bevolking voer uit wanneer het nog donker was en keerde tegen het eind van de ochtend of vroeg in de middag terug. Veel mensen gingen vlak na zonsondergang al naar bed. Weldra had ze een dagelijkse routine. Bruna paste iedere dag op haar kleinkinderen, terwijl hun moeder lesgaf op de plaatselijke lagere school, en om te ontsnappen aan de drukte die twee kleintjes met zich meebrachten, bleef Elettra het grootste deel van de dagen buitenshuis. Ze maakte strandwandelingen, voer af en toe voor een paar uur naar Chioggia, maar zorgde ervoor altijd terug te zijn in het café of het restaurant om koffie te drinken wanneer de mannen van de boten binnen begonnen te druppelen.

In een mum van tijd was ze een aantrekkelijk ornament geworden, eentje die op iedere opmerking over de Bottins en de moorden reageerde met stilte. Ze had algauw gemerkt dat iedereen een hekel had gehad aan Giulio; pas naarmate de tijd verstreek begon ze aan te voelen dat er méér achter hun afkeer van hem zat dan zijn neiging tot gewelddadigheid. Per slot van rekening waren dit mannen die hun brood verdienden met doden, en hoewel hun slachtoffers alleen maar vissen waren, waren de meesten van hen ongevoelig geworden voor bloed, ingewanden en het nemen van levens. Met het gewelddadige in Giulio's karakter leken ze helemaal geen probleem te hebben; als ze er al iets over zeiden, was het eerder met een soort terughoudende bewondering. Waar ze bezwaar tegen hadden, was het feit dat hij had geweigerd het algemeen goed van de vissers van Pellestrina voorop te stellen. Iedere daad van agressie of verraad, zolang die was gericht tegen de vissers van Chioggia, was volkomen gerechtvaardigd, zelfs prijzenswaardig. Giulio Bottin had zich echter tegenover zijn eigen soort net zo gedragen wanneer hem dat zo uitkwam, en dat was iets dat ze hem nooit zouden vergeven, zelfs niet nu hij dood was, en zelfs niet nu hij op zo'n afgrijselijke manier was gestorven.

Op woensdagmiddag zat ze aan een tafeltje in het café *Il Gazzettino* te lezen, zonder enige aandacht te besteden aan de gesprekken rondom, toen ze zich bewust werd van de komst van een nieuweling. Ze keek pas op nadat ze nog een paar pagina's had gelezen en zag een man die een paar jaar ouder was dan zijzelf en vanwege de nonchalante elegance van zijn verschijning opviel tussen de vissers aan de bar. Hij droeg een grijze lange broek en een lichtgele V-halstrui die perfect bij de broek paste. Ze was meteen geïntrigeerd door de kleur van de trui en door het feit dat hij zich volkomen thuis voelde tussen de mannen, die hem op hun beurt zonder meer leken te accepteren. De meesten van hen, wist ze, zouden liever sterven dan iets geels te moeten dragen, behalve misschien een regenjack.

Hij had donker haar en voorzover ze aan zijn profiel kon zien, donkere ogen en wenkbrauwen. Zijn huid was bruinverbrand, of van nature donker getint, dat kon ze niet met zekerheid zeggen. Hij was langer dan de meeste mannen en leek nog langer omdat hij zo'n bedaarde houding had. Aan alles wat traditioneel als mannelijk gold, vooral in het gezelschap van deze door weer en wind geharde vissers, zou niet alleen door de trui afbreuk zijn gedaan, maar ook door de manier waarop hij zijn hoofd schuin hield terwijl hij naar de mannen rondom hem luisterde. Bij hem echter, was het totale effect dat van een zo zelfverzekerde mannelijkheid dat onbeduidende dingen als kleding of gedrag er geen invloed op hadden.

Elettra richtte bewust haar ogen weer op de krant en haar aandacht op de man. Hij bleek familie te zijn van een van de vissers. Er werd nog een rondje besteld. Elettra zag dat ze bij de sportpagina's was aangekomen, en die vond ze zelfs in het kader van haar werk niet te pruimen, dus vouwde ze de krant op en kwam overeind. Toen ze naar de kassa liep, riep een van de mannen, die familie was van Bruna's echtgenoot, al wist ze niet precies hoe en wat, dat ze even kennis moest komen maken met de nieuw aangekomene.

'Elettra, dit is Carlo; hij is een visser, een van ons.' Met twee dikke vingers plukte de man aan de zachte wol van Carlo's trui en zei: 'Al lijkt hij niet erg op een visser.' Daar werd hartelijk en gemoedelijk om gelachen, ook door Carlo.

Carlo draaide zich naar haar om, glimlachte, stak zijn hand uit en pakte de hare.

'Bent ook u een vreemdeling?' vroeg hij.

Ze glimlachte. 'Als je hier niet bent geboren, zul je altijd een vreemdeling blijven, vrees ik,' antwoordde ze.

Hij hield zijn hoofd schuin en bekeek haar aandachtig. 'Ken ik u?' vroeg hij.

'Dat geloof ik niet,' antwoordde ze, een moment verward door de gedachte dat ze hem dan misschien ook kende. Maar ze was er zeker van dat ze zich hem herinnerd zou hebben.

'Nee, ik heb u nog nooit ontmoet,' zei hij met een glimlach die nog warmer was dan die hij haar had geschonken toen hij haar hand had gepakt. 'Dat zou ik me herinnerd hebben.'

Deze echo van haar eigen gedachte verontrustte haar. Ze knikte tegen hem en toen tegen de andere mannen aan de bar, mompelde dat ze terug moest naar haar tante, betaalde de koffie en vluchtte de zonneschijn in.

Haar dokter was knap om te zien geweest; ze moest eerlijk toegeven dat ze een zwak had voor mannelijke schoonheid. Deze Carlo was niet alleen knap, maar voorzover ze in de gauwigheid had kunnen zien, ook *simpatico*. Ze herinnerde zichzelf er streng aan dat ze hier voor haar werk was. Hoewel hij niet op Pellestrina woonde, was er niets dat Carlo uitsloot van een mogelijk verband met de moord op Giulio en Marco Bottin. Daar moest ze om glimlachen; straks werd ze nog als de agenten in uniform die iedereen overal als een mogelijke verdachte beschouwden, nog voor er bewijs was dat er een misdaad was gepleegd.

Ze zette alle gedachten aan de knappe Carlo uit haar hoofd en keerde terug naar Bruna's huis. Onderweg belde ze met haar *telefonino* commissario Brunetti op de Questura en vertelde hem dat ze niets nieuws te melden had, behalve dat de vissers het erover eens waren dat de ansjovis samen met de nieuwe maan zou verschijnen.

15

BRUNETTI, DIE NOODGEDWONGEN WAS ACHTERGEBLEVEN TERWIJL signorina Elettra zich in de zon vermaakte en over het strand wandelde zonder ook maar iets te weten te komen over de moorden, had al net zo weinig succes als zij. Hij had nogmaals Luisa Follini's nummer gedraaid, maar een man had opgenomen en ditmaal was Brunetti degene die had opgehangen zonder iets te zeggen. Instinct had hem ertoe aangezet haar te bellen, een atavistische reactie op de dreiging die was uitgegaan van de twee mannen die de winkel in waren gekomen, en het was hetzelfde instinct dat hem ertoe deed besluiten Vianello eropuit te sturen om met haar te praten, nadat die een nieuwe poging zou hebben gedaan Giacomini op te sporen.

En zo voer Vianello wederom naar Malamocco, waar hij Enrico Giacomini ditmaal zonder moeite wist te vinden. De visser kon zich de knokpartij tussen Scarpa en Bottin nog herinneren en zei dat die was uitgelokt door Scarpa, die had gezegd dat Bottin een grote bek had. Vianello vroeg Giacomini of hij wist waarom Scarpa dat had gezegd, en de visser antwoordde dat hij geen idee had, maar hij zei het op zo'n manier dat de brigadier, die in weerwil van zijn bedrieglijk uiterlijk een scherp beoordelingsvermogen bezat, meteen begreep dat hij op een Pellestriniaans geheim was gestuit. Toen hij de ander vroeg of hij er zeker van was dat hij geen idee had wat Scarpa ermee had bedoeld, voelde hij zelf aan hoe absurd het was dat hij probeerde aan een visser informatie te ontfutselen over een andere visser. Hun definitie van trouw was er niet een waar de politie bij inbegrepen was; waarschijnlijk werd zelfs het hele mensdom erdoor uitgesloten, op het kleine deel na dat viste in de wateren van de *laguna* en de Adriatische Zee.

Geërgerd over Giacomini's duidelijke pogingen zijn vragen te ontduiken en erop gebrand meer te weten te komen over wat er was voorgevallen tussen Bottin en Scarpa, verzocht Vianello Bonsuan hem naar Pellestrina te brengen. Hij liet Bonsuan achter bij de boot en ging eerst naar de winkel van signora Follini, maar het was lunchtijd en de winkel was dicht. Brunetti had hem gewaarschuwd geen aandacht op signora Follini te vestigen, dus liep Vianello door alsof er niets aan de hand was.

Hij sloeg linksaf, naar het adres van Sandro Scarpa, de man die de opmerking had gemaakt die Bottins woede had ontketend. Scarpa, die het helemaal niet leuk vond dat hij door de politie bij zijn middageten werd weggehaald, zei dat de ruzie door Bottin was uitgelokt en als iemand iets anders beweerde, dan was dat gelogen. Nee, hij kon zich niet precies herinneren wat Bottin had gezegd en ook niet waarom hij er zo kwaad om was geworden. Bovendien, zei hij, was het geen echt gevecht geweest. Zulke dingen konden nu eenmaal gebeuren, zei hij, laat op de avond wanneer iedereen een paar glaasjes op had: het had niets om het lijf en niemand stond er verder bij stil.

Zonder enige waarschuwing vroeg Vianello hem of hij wist waar zijn broer was; Scarpa antwoordde dat hij volgens hem naar een vriend in Vicenza was. Het was niet zo dat hij Vianello verzocht op te krassen, maar zijn lunch stond in de keuken koud te worden en er viel over Bottin verder niets te zeggen. Vianello zag geen reden het gesprek te rekken, dus liep hij door naar het restaurant, waar hij in de bar een glas wijn bestelde.

Toen hij er binnenliep, raakte hij heel even de kluts kwijt en vroeg zich af of hij op de een of andere magische wijze was teruggevoerd naar de Questura, want achter de tapkast zag hij Pucetti en aan een tafeltje links zat signorina Elettra, die *Il Gazzettino* las met een aandacht die hij haar tot nu toe alleen aan *Vogue* had zien wijden. Ze keken allebei op toen hij binnenkwam. Beiden reageerden toen ze zijn uniform zagen en hij hoopte dat de mannen aan de bar dat zagen: zelfs misdadigers die hij herhaaldelijk had gearresteerd, lieten zelden zoveel achterdocht en weerzin zien.

Pucetti liet hem een tijdje wachten, slenterde toen naar hem toe en vroeg wat hij wilde. Vervolgens nam hij er ruimschoots de tijd voor het glas prosecco te brengen. De prosecco was zuur en warm. Vianello nam een slok, zette het glas met een harde tik op de tapkast, betaalde en vertrok.

Een paar minuten later zag signorina Elettra dat ze weer bij de sportpagina's was aangekomen. Ze vouwde de krant op, betaalde voor haar koffie, knikte tegen een paar van de mannen aan de bar en liep de zon in. Ze had nog maar een paar meter gelopen toen ze achter zich een stem hoorde die ze meteen herkende. 'Gaat u terug naar het huis van uw tante?' vroeg de stem.

Ze draaide zich om, zag hem, aarzelde even en beantwoordde toen zijn glimlach. 'Eh ja, dat denk ik wel.' Toen ze de verwarring op zijn gezicht zag, legde ze uit: 'Ze is met haar kleinkinderen naar het Lido om schoenen te kopen. Ze komen na de lunch pas terug.'

'Dus dit is voor u een mooie gelegenheid om eens in alle rust te eten?' vroeg hij met een nog bredere glimlach.

'Het zijn heel lieve kinderen, hoor. En hebben zij niet meer recht op het huis en Bruna dan ik?'

'Maar u bent dus vrij,' zei hij, daarin meer geïnteresseerd dan in het gedrag van de kinderen.

'Min of meer, ja,' antwoordde ze en toen ze besefte hoe onbeleefd dat overkwam, veranderde ze het in: 'Ja, ik ben vrij.'

'Mooi zo. Ik had namelijk gehoopt u te kunnen overhalen op het strand met me te gaan picknicken. Er is een plek bij de pier waar het getij een paar rotsblokken heeft weggeslagen zodat er een beschutte plek is ontstaan.'

'Een picknick?' zei ze met een blik op zijn lege handen.

Hij hief ze op en haakte zijn duimen in wat ze voor bretels had aangezien. 'Die zit hierin,' zei hij. Hij maakte een halve draai en liet haar een kleine rugtas zien, net groot genoeg voor een picknicklunch voor twee.

Ze moest er onwillekeurig om lachen. 'Kijk 's aan,' zei ze. 'En wat hebt u meegebracht?'

'Verrassingen,' antwoordde hij en ditmaal viel het haar op hoe zijn glimlach altijd bij zijn mond begon en dan omhoogkroop naar zijn ogen.

'Wat leuk. Ik hoop dat één daarvan mortadella is.'

'Mortadella?' vroeg hij. 'Hoe wist u dat? Ik ben er dol op, maar ik denk altijd dat niemand anders het lust, dus breng ik het nooit mee. Het is zulke eenvoudige kost: ik kan me niet voorstellen dat iemand als u dat eet.'

'Juist wel,' zei ze met oprechte geestdrift, zijn compliment negerend, in ieder geval voorlopig. 'Maar wat u zegt, is waar. Niemand wil het nog eten. Ze willen, weet ik het, kaviaar of kreeftenstaart of...'

'Terwijl ze eigenlijk snakken,' viel hij haar in de rede, 'naar een *panino* met mortadella en een dikke laag mayonaise die uit het broodje over hun kin druipt.' Kameraadschappelijk, alsof ze dagelijks gingen picknicken, bood hij haar zijn arm en liepen ze in de richting van de zeedijk en het strand.

Toen ze bij de pier waren, sprong Carlo op de eerste van de grote rotsblokken en draaide zich toen om om haar erop te helpen. Toen ze naast hem stond, gaf hij haar weer een arm en het deed haar genoegen dat hij niet iedere oneffenheid van de rotsen aanwees, alsof ze die zelf niet kon zien. Halverwege de pier bleef hij staan, bukte zich en bekeek de rotsblokken. Hij zei dat ze even moest wachten en sprong op een gigantisch rotsblok dat onder een gevaarlijke hoek uit de pier stak. Hij bood haar zijn hand en toen ze naast hem neerkwam zag ze dat er in de zijkant van de pier een groot gat zat. Een aantal rotsen was weggeslagen tijdens een storm en de aldus gevormde grot was precies groot genoeg voor hen tweeën. En er lagen geen peuken of snoeppapiertjes, een bewijs dat de Pellestrinotti hem nog niet hadden ontdekt.

De vloer van de grot had een tapijt van wit zand en door de speling van de getijden of de druk van de andere rotsblokken stak uit de achterwand een platte steen die als tafel kon dienen. Carlo zette er snel de spullen op die hij uit zijn rugtas haalde. Als indianen gingen ze met gekruiste benen op de zanderige vloer zitten om te eten, terwijl de zon schuin naar binnen scheen en de golven in de diepte zachtjes tegen de rotsen sloegen.

Zelfs zonder mortadella was het een perfecte picknick, vond Elettra. Niet alleen vanwege de dik beboterde boterhammen met prosciutto en de gekoelde fles Chardonnay, en niet vanwege de aardbeien die daarop volgden en die elk in mascarpone gedoopt moesten worden, alle dieetreglementen ten spijt. Ze vond dat de picknick ook zo perfect was vanwege het gezelschap: Carlo luisterde naar haar alsof ze oude vrienden waren, en praatte met haar alsof hij haar al jaren kende en dat dat louter gelukkige jaren waren geweest.

Hij vroeg wat ze deed, waarop ze antwoordde dat ze op een bank werkte: erg saai, maar een veilige job in deze tijden, nu de werkloosheidscijfers met sprongen stegen. Toen ze hem vroeg wat hij deed, zei hij dat hij een visser was en liet het daarbij. Pas toen ze behoedzaam doorvroeg, kreeg ze hem zover dat hij haar vertelde dat hij twee jaar geleden, toen zijn vader was gestorven, zijn studie had opgegeven om naar Burano terug te keren en zijn moeder gezelschap te houden. De manier waarop hij erover sprak, stond haar erg aan, alsof hij zich er helemaal niet van bewust was dat hij op volkomen natuurlijke wijze de verantwoordelijkheid voor zijn moeder op zich had genomen.

Terwijl ze spraken over hun families en hun verwachtingen voor de toekomst, werd Elettra zich langzaam bewust van een groeiende onderstroom van opwinding, hoewel geen van beiden iets zei of deed waardoor die opgewekt kon zijn. Hoe langer ze naar hem luisterde, hoe meer ze het gevoel kreeg dat dit een stem was waar ze al eerder naar had geluisterd en, besefte ze, waar ze graag nog een keer naar wilde luisteren.

Toen de broodjes op waren, de wijn gedronken, de laatste mascarpone van gretige vingers gelikt, zag ze dat hij de lege zakjes en de servetjes die ze als borden hadden gebruikt, bij elkaar pakte en in de lege rugtas stopte. Toen hij merkte dat ze naar hem keek, grinnikte hij en zei: 'Ik heb er een hekel aan als het strand vol troep ligt.' Met een verlegen schouderophalen trok hij één mondhoek op in een half lachje dat ze al herkende en leuk vond. 'Misschien ben ik niet goed wijs dat ik het doe, maar het is uiteindelijk maar een kleine moeite.'

Ze leunde naar voren en legde haar servet op het zijne in de rugtas. Door het gebaar streek haar borst langs zijn arm. Ze schrok van de heftigheid van haar reactie, die niets te maken had met herinneringen aan genot, maar alles met beloften over toekomstig genot. Hij keek haar aan met een blik die bijna verbluft leek, en toen ze deed alsof ze zich nergens van bewust was geweest, boog hij zijn hoofd weer over de rugtas om de koordjes aan te trekken.

Ze deed net alsof ze geïnteresseerd naar een grote boot aan de horizon keek, die vanuit de grot net te zien was, maar wist dat hij naar haar keek. Ze voelde aan hoe hij vol zelfkritiek een gezicht trok, en toen vroeg hij: 'Koffie?'

Ze glimlachte en knikte, maar ze zou nooit te weten komen of ze nu opgelucht of teleurgesteld was door die vraag.

16

Brunetti had wel iets anders te doen dan aan de rand van de kabbelende golfjes aardbeien in mascarpone te dopen. Hij zat klem op zijn kantoor, bedolven onder een stortvloed van door overheidsorganen geproduceerde paperassen. Hij had gedacht dat het gedurende Patta's afwezigheid en na Marotta's aftocht zijn taak zou zijn beslissingen te nemen die invloed zouden hebben op de manier waarop in Venetië naar gerechtigheid werd gestreefd. Al zou hij alleen maar onbekwame agenten afsturen op onbelangrijke zaken, zoals klachten over te hard staande televisies, zodat de intelligentere agenten tijd zouden hebben voor ernstiger zaken, dan zou hij al iets voor het algemeen welzijn gedaan hebben. Maar zelfs voor dergelijke simpele dingen had hij geen tijd. Door het ontbreken van het filtersysteem van signorina Elettra, waarvan de omvang en betekenis nu pas volledig tot hem doordrongen, stroomde zijn kantoor vol met paperassen die zijn werkdag volledig in beslag namen. Het ministerie van Binnenlandse Zaken bleek in staat te zijn iedere dag stapels reglementen en verklaringen te produceren, bepalingen over een scala aan onderwerpen, van de noodzaak een vertaler in te zetten wanneer buitenlandse verdachten werden ondervraagd tot de hoogte van de hakken van de schoenen van vrouwelijke agenten. Zijn ogen gleden overal overheen; het zou onwaar zijn te zeggen dat hij alles las, want daarvoor was een minimum aan bevattingsvermogen vereist en Brunetti was al snel in een staat van verdoving geraakt waarin hij vele woorden kon bekijken en vele pagina's omslaan zonder er enig idee van te hebben wat erop stond.

Hij slaagde er niet in zijn gedachten ervan te weerhouden af te dwalen naar Pellestrina. Hij wist tijd te vinden voor een gesprek met Vianello, maar was teleurgesteld toen hij hoorde hoe weinig die te weten was gekomen. Hij leefde alleen iets op toen Vianello hem vertelde dat hij tijdens zijn gesprekken met de mensen op Pellestrina sterk het gevoel had gekregen dat ze het er allemaal over eens waren dat Bottin niet één van hen was geweest, want dit bevestigde een vermoeden dat Brunetti zelf ook al had gehad, al kon hij zich niet meer herinneren waarom. En toen hij dieper over Vianello's opmerkingen nadacht, vond hij dat erg eigenaardig. Hij had nog nooit eerder meegemaakt dat leden van zo'n besloten gemeenschap als Pellestrina zich als één man uitspraken tegen iemand uit hun eigen kring. Het geheim van hun voortbestaan had altijd gelegen in het feit dat ze een verenigd front vormden tegenover vreemdelingen en geen enkele macht was hun zo vreemd als de politie. Ook de tegenstellingen tussen Giulio en Marco die steeds werden aangehaald, vond hij belangwekkend. Iedereen rouwde om de dood van de jongen, maar niemand liet een traan om Giulio Bottin. En nog eigenaardiger was dat de Pellestrinotti dat lieten merken zonder enige voorzichtigheid in acht te nemen.

Deze gedachten werden echter gedurende de twee daarop volgende dagen door de toenemende vloed van paperassen geheel uit Brunetti's hoofd verdreven. Op vrijdag belde Marotta op om te zeggen dat hij maandag terugkwam. Brunetti vroeg hem niet of hij in de rechtszaak had moeten getuigen of niet; het enige dat voor hem van belang was, was dat een andere commissario zich vanaf maandag over de papierwinkel zou ontfermen.

Paola en hij waren op zaterdagavond door vrienden uitgenodigd voor een dinertje, en toen tegen achten de telefoon ging, had Brunetti, die net zijn das aan het strikken was, veel zin om niet op te nemen.

Paola riep de gang in: 'Zal ik?'

'Nee, ik ga al,' zei hij, maar hij zei het met tegenzin en vond het jammer dat de kinderen niet thuis waren, want dan hadden die mooi kunnen zeggen dat hij nét weg was. Of dat hij had besloten naar Patagonië te verhuizen om schapen te hoeden.

'Brunetti,' zei hij.

'Met Pucetti, meneer,' zei de jonge agent. 'Ik bel vanuit een telefooncel op de kade. Er is zojuist een boot binnengekomen. Er is een lijk uit de zee gevist.'

'Van wie?'

'Geen idee, meneer.'

'Een man of een vrouw?' vroeg hij, en zijn hart werd koud bij de gedachte aan signorina Elettra.

'Dat weet ik ook niet, meneer. Een van de vissers kwam daarnet binnen en vertelde aan de mannen in de bar wat er was gebeurd en toen zijn we allemaal naar de kade gegaan.' Brunetti hoorde geluiden op de achtergrond en toen werd de verbinding verbroken.

Hij hing op en liep terug naar de slaapkamer. Paola keek op en zag de uitdrukking op zijn gezicht. Ze droeg een zwarte japon, strak om de heupen met een erg lage rug, een jurk waarvan hij zich niet kon herinneren hem ooit eerder te hebben gezien, en ze wilde net haar tweede oorbel indoen, maar liet haar handen zakken toen ze hem zag. 'Ik had toch al niet zo'n zin om te gaan,' zei ze. Ze gooide de oorbel terug in de la van hun commode, de bovenste la, waarin ze haar sieraden bewaarde en, om redenen die hij nooit had kunnen doorgronden, de flesjes vitaminen die ze slikte. Doodgemoedereerd, als iemand die om een halfje wit vraagt, zei ze: 'Ik zal Marielle even bellen.'

Hij kende mannen die geheimen hadden voor hun vrouw. Hij kende een getrouwde man die al tien jaar twee maîtresses had. Hij kende mannen die hun zaak en hun huis kwijtgeraakt waren voordat hun vrouwen er enig idee van hadden gehad dat ze gokten. Heel even vroeg hij zich af of het mogelijk was dat Paola haar ziel aan de duivel had verkocht in ruil voor haar mystieke vermogen zijn gedachten te lezen. Nee, ze was te slim om zo'n deal te sluiten.

'Of wil je eerst de Questura bellen?' vroeg ze.

Hij stond op het punt haar te vertellen wat er aan de hand was, maar hield zich in, alsof hij door te zwijgen de veiligheid van signorina Elettra kon garanderen. 'Ik bel wel via de *telefonino*,' zei hij en pakte die van de commode, waar hij hem had neergelegd in afwachting van een rustige avond met vrienden. Paola liep naar de zitkamer om te bellen en hij drukte het bekende nummer van de Questura in. Hij gaf opdracht een boot te sturen die hem thuis moest afhalen en naar Pellestrina brengen. Hij drukte op het blauwe knopje, tikte het nummer van Vianello in en drukte toen, zorgvuldig de instructies opvolgend die hem bij de aanschaf van het apparaatje waren gegeven, nogmaals op het blauwe knopje.

Vianello's vrouw nam op. Toen ze hoorde wie het was, deed ze geen moeite iets aardigs te zeggen, maar zei alleen dat ze Lorenzo zou roepen. De radar van de echtgenotes van politiemannen wist onfeilbaar wanneer een avond naar de knoppen was: sommigen reageerden hoffelijk, anderen niet.

'Ja, meneer?' zei de brigadier.

'Pucetti heeft gebeld. Vanuit een telefooncel. Ze hebben een lijk opgevist.'

'U kunt me bij de halte Giardini oppikken,' zei Vianello en hij hing op.

Een kwartier later stond hij daar, maar hij was niet in uniform. Hij stak zijn hand op toen de boot zonder te stoppen vaart minderde zodat hij aan boord kon springen. Hij ging er zonder meer van uit dat Brunetti hem alles had verteld wat hij wist, dus verkwistte hij geen tijd met het stellen van vragen, noch noemde hij signorina Elettra's naam.

'Nadia?' vroeg Brunetti in het steno van lange samenwerking.

'We zouden met haar ouders uit eten gaan.'

'Een speciale gelegenheid?'

'Onze trouwdag,' antwoordde Vianello.

In plaats van zijn verontschuldigingen aan te bieden, vroeg Brunetti: 'Hoeveel?'

'Vijftien.'

De boot zwenkte naar links in de richting van Malamocco en Pellestrina. 'Ik heb gezegd dat ze een rechercheteam moeten sturen,' zei Brunetti, 'maar de schipper zal terug moeten gaan om ze op te pikken, dus zal het wel even duren voor ze er zijn.'

'Hoe leggen we uit waarom we er zo snel bij zijn?' vroeg Vianello.

'Ik kan zeggen dat iemand ons heeft gebeld.'

'Dan hoop ik dat niemand Pucetti in die telefooncel heeft gezien.'

Brunetti, die er bijna nooit aan dacht de zijne mee te nemen, vroeg: 'Waarom heeft hij geen *telefonino* meegekregen?'

'De meeste jonge agenten hebben er zelf een.'

'Pucetti ook?'

'Dat weet ik niet. Het zal wel niet, als hij u vanuit een telefooncel heeft gebeld.'

'Dom van hem,' zei Brunetti, zich ervan bewust dat hij zijn angst om signorina Elettra omzette in ergernis ten opzichte van de jonge agent omdat die degene was die zijn angst had opgewekt.

Brunetti's *telefonino* ging. Toen hij opnam, meldde de dienstdoende agent op de centrale van de Questura dat ze zojuist een telefoontje hadden gekregen van een man die zei dat het lijk van een vrouw in het net van een boot was opgevist en naar de kade van Pellestrina gebracht.

'Heeft hij gezegd hoe hij heet?' vroeg Brunetti.

'Nee, meneer.'

'Heeft hij gezegd dat *hij* het lijk heeft gevonden?'

'Nee, meneer. Hij zei alleen dat er een boot was binnengekomen met een lijk, niet dat hij daar iets mee te maken had.'

Brunetti bedankte hem en hing op. Hij keek Vianello aan. 'Het is een vrouw.' De brigadier zei niets, dus vroeg Brunetti: 'Als al die boten zendapparatuur en telefoons hebben, waarom hebben ze ons dan niet gebeld?'

'De meeste mensen willen liever niets met ons te maken hebben.'

'Als er een lijk van een vrouw in iemands net terechtkomt, snap ik niet hoe die persoon denkt te kunnen vermijden iets met ons te maken te krijgen,' zei Brunetti, nu iets van zijn woede op Vianello afreagerend.

'Daar staan de meeste mensen volgens mij niet bij stil. Misschien helemaal niet wanneer er een dode vrouw in je net zit.'

Brunetti wist dat de brigadier gelijk had en had er spijt van dat hij zo fel had gesproken. 'Natuurlijk, natuurlijk,' zei hij.

De lichten van Malamocco gleden voorbij, toen die van Alberoni en toen was alleen het rechte stuk naar Pellestrina nog over. Algauw zagen ze in de verte lichtjes van huizen en de rechte lijn van de lantarenpalen op de kade waarachter het dorp was gebouwd. Vreemd genoeg waren er geen tekenen te bespeuren dat er iets bijzonders was gebeurd. Er waren maar een paar mensen zichtbaar op de *riva*. Zelfs de Pellestrinotti konden toch niet zo snel aan de dood gewend zijn geraakt?

De schipper, die voor deze zaak nog niet op Pellestrina was geweest, wilde de boot op de lege plek in de rij vissersboten leggen. Brunetti liep snel het trapje op, legde zijn hand op zijn schouder en zei: 'Nee, niet hier. Daar, aan het eind van de rij.'

De schipper zette de boot snel in zijn achteruit zodat hij vaart minderde en weer wegdreef bij de *riva*. 'Daar, aan de rechterkant,' wees Brunetti en de schipper liet de boot zachtjes tot aan de kade uitdrijven. Vianello gooide de meertros naar een man die op hem afkwam en zodra die de tros rond een metalen bolder had gelegd, sprongen Brunetti en Vianello van de boot.

'Waar is ze?' vroeg Brunetti, die vond dat de letters op hun boot voldoende uitleg gaven over wie ze waren.

'Daar,' zei de man en hij draaide zich om naar de kleine groep mensen die in het zwakke licht van de lantarenpalen stond. Toen Brunetti en Vianello naderden, week de groep uiteen zodat er een doorgang werd gevormd naar wat op de grond lag.

Haar voeten lagen in een poel van licht, haar hoofd in de duisternis, maar toen Brunetti het blonde haar zag, wist hij wie het was. Een golf van opluchting onderdrukkend liep hij naar voren. Eerst dacht hij dat haar ogen gesloten waren, dat een goede ziel ze voor haar had dichtgedrukt, maar toen zag hij dat ze verdwenen waren. Hij herinnerde zich dat een van de agenten had gezegd dat besloten was de lijken van de Bottins uit het schip te halen omdat er krab in het water zat. Hij had in boeken gelezen dat mensen in gevallen als dit vaak hun maag omhoog voelen komen, maar wat Brunetti voelde, zat in zijn hart, dat een paar seconden wild bonkte en pas weer tot rust kwam toen hij van het gezicht van de vrouw wegkeek naar het kalme water van de *laguna*.

Vianello had het benul te vragen: 'Wie heeft haar gevonden?'

Een kleine, gedrongen man stapte uit de schaduwen naar voren. 'Ik,' zei hij. Hij hield zijn ogen strak op Vianello gericht om niet naar de roerloze vrouw te hoeven kijken over wie dit alles werd gezegd.

'Waar hebt u haar gevonden? En wanneer?' vroeg Vianello.

De man wees in de richting van het vasteland, noordwaarts. 'Daarginds, ongeveer tweehonderd meter uit de kust, vlak voor de mond van het Canale di Ca'Roman.'

Toen hij geen antwoord gaf op Vianello's tweede vraag, stelde Brunetti die nogmaals. 'Wanneer?'

De man keek op zijn horloge. 'Ongeveer een uur geleden. Ze zat in mijn net, maar het heeft nogal lang geduurd voordat ik haar langszij had.' Zijn blik gleed heen en weer tussen Brunetti en Vianello, alsof hij probeerde te bepalen welke van de twee meer geneigd was hem te geloven. 'Ik zat in mijn eentje in mijn *sandolo* en was bang dat ik zou omslaan als ik haar aan boord hees.' Hij stopte.

'Wat hebt u dan gedaan?'

'Haar gesleept,' zei hij. Hij had duidelijk moeite met die bekentenis. 'Het was de enige manier om haar hierheen te krijgen.'

'Had u haar herkend?' vroeg Brunetti.

Hij knikte.

Blij dat hij niet naar signora Follini hoefde te kijken, liet Brunetti zijn ogen over de gezichten van de mensen boven haar glijden. Signorina Elettra was er niet bij. Wanneer de omstanders in de poel van licht op het lijk neerkeken, verdwenen hun gezichten in de schaduw, maar de meesten keken niet naar beneden. 'Wanneer hebt u haar voor het laatst gezien?' vroeg hij aan de groep.

Niemand gaf antwoord.

Hij kreeg oogcontact met de enige vrouw in de groep. 'U, Signora,' zei hij op een zachte toon, vragend, zonder spoor van autoriteit. 'Kunt u zich herinneren wanneer u signora Follini voor het laatst hebt gezien?'

De vrouw staarde hem met bange ogen aan en keek toen naar rechts en naar links. Toen zei ze in één adem: 'Een week geleden. Misschien vijf dagen. Ik was naar de winkel gegaan om toiletpapier te kopen.' Opeens werd ze zich ervan bewust wat ze in bijzijn van de mannen had gezegd. Ze sloeg haar hand voor haar mond en boog haar hoofd, maar hief het snel weer op.

'Laten we een eindje verderop gaan staan,' stelde Brunetti voor en hij liep in de richting van de verlichte ramen van de huizen. Een man kwam uit het dorp met een deken in zijn handen. Toen hij naar het lijk liep, dwong Brunetti zichzelf te zeggen: 'Dat kunt u beter niet doen. Het lijk mag niet aangeraakt worden.'

'Het is een kwestie van respect, meneer,' antwoordde de man, al keek hij niet op haar neer. 'We kunnen haar zo niet laten liggen.' Hij nam de deken over zijn arm, een gebaar dat een eigenaardig formele indruk maakte.

'Het spijt me, maar het is beter van niet,' zei Brunetti zonder te laten blijken hoezeer hij meeleefde met de wens van de man. Door zijn weigering signora Follini te laten bedekken, verloor hij meteen het kleine beetje sympathie dat hij had verkregen toen hij had voorgesteld iets verder bij het lijk vandaan te gaan staan.

Vianello voelde dat heel goed aan. Hij deed nog een stap in de richting van de huizen, legde zachtjes zijn hand op de arm van de vrouw en zei: 'Is uw man hier, Signora? Misschien kan hij u naar huis brengen.'

De vrouw schudde haar hoofd en trok haar arm onder zijn hand vandaan, maar langzaam en niet alsof ze zich door het gebaar beledigd had gevoeld. Toen liep ze weg in de richting van de huizen, de situatie verder aan de mannen overlatend.

Vianello liep naar de man die naast de vrouw had gestaan. 'Kunt u zich herinneren wanneer u signora Follini voor het laatst hebt gezien, Signore?'

'Deze week, misschien woensdag. Mijn vrouw had me om mineraalwater gestuurd.'

'Kunt u zich herinneren of er nog meer mensen in de winkel waren toen u daar was?'

De man aarzelde een moment voordat hij antwoord gaf. Het viel zowel Brunetti als Vianello op, maar geen van beiden liet daar iets van merken.

'Nee.'

Vianello vroeg niet om uitleg. In plaats daarvan wendde hij zich tot de andere omstanders. 'Kan iemand anders me vertellen wanneer hij haar voor het laatst heeft gezien?'

Een man zei: 'Ik afgelopen dinsdag. 's Ochtends. Ze deed net de winkel open. Ik was op weg naar het café.'

Een ander zei: 'Mijn vrouw heeft woensdag bij haar de krant gekocht.'

Toen verder niemand iets zei, vroeg Vianello: 'Heeft iemand haar na woensdag nog gezien?' Niemand gaf antwoord. Vianello haalde zijn notitieboekje uit zijn achterzak, sloeg het op en zei: 'Mag ik uw namen weten?'

'Waarvoor?' vroeg de man met de deken.

'We moeten gaan praten met alle bewoners van het dorp,' zei Vianello heel redelijk, alsof de toon waarop de man de vraag had gesteld, hem niet was opgevallen. 'Als u me uw namen geeft, hoeven we u niet meer lastig te vallen.'

Hoewel de mannen daar niet geheel door overtuigd waren, gaven ze hem hun namen en, op Vianello's verzoek, hun adressen. Daarna liepen ze langzaam weg, afwisselend door de poelen van licht en duisternis, en lieten de kade over aan de twee politiemannen en de vrouw die daar zwijgend lag, met haar lege ogen opkijkend naar de sterren.

17

Voordat Brunetti sprak, liep hij nog iets verder bij het lichaam van de dode vrouw vandaan. 'De laatste keer dat ik bij haar in de winkel was, kwamen er twee mannen binnen die haar duidelijk nerveus maakten. Toen ik haar later opbelde, ik geloof dat dat maandag was, hing ze op zodra ze mijn naam hoorde. Een of twee dagen later heb ik weer gebeld, maar toen nam een man op en heb ikzelf opgehangen zonder iets te zeggen. Dat was waarschijnlijk dom van me.' Hij dacht aan wat hij over haar te weten was gekomen: dat ze jarenlang aan drugs verslaafd was geweest, was afgekickt en naar huis gekomen om de winkel van haar ouders over te nemen. 'Ik mocht haar wel. Ze had gevoel voor humor. En ze was een keiharde.' Het onderwerp van die opmerkingen lag achter hen, doof nu voor de meningen van anderen.

'Dat klinkt als een compliment,' zei Vianello.

Zonder aarzelen antwoordde Brunetti: 'Dat is het ook.'

Na een korte stilte zei Vianello: 'En ze had geen illusies over het leven in Pellestrina.'

Brunetti keek naar de lage huizen van het dorp. In één ervan ging beneden het licht uit en toen in een ander. Was dat omdat de bewoners van Pellestrina hoopten nog wat te kunnen slapen voordat de vissersvloot uitvoer, of wilden ze in het donker zitten om beter te kunnen zien wat er buiten gebeurde? 'Ik geloof dat geen van hen illusies heeft over het leven hier.'

Als ze er al over gedacht hadden naar het café te gaan om iets te drinken tot het rechercheteam kwam, stelden ze dat geen van beiden voor. Brunetti keek naar de politieboot en zag dat de schipper in een poel van licht op een paddestoelvormige metalen bolder een sigaretje zat te roken, maar hij maakte geen aanstalten naar hem toe te gaan. Het minste wat hij nog voor signora Follini kon doen, was bij haar blijven tot de anderen kwamen om haar te veranderen in een slachtoffer van een misdaad, een statistiek.

In de tweede politieboot zaten niet alleen de vier mannen van het rechercheteam, maar ook een jonge arts uit het ziekenhuis die als plaatsvervanger dienstdeed wanneer Rizzardi en Guerriero geen van beiden beschikbaar waren. Brunetti had tot nu toe twee zaken gedaan waarbij het deze arts was geweest die dienst had gehad en het slachtoffer van een misdaad officieel dood had moeten verklaren, en beide keren had hij zich geërgerd aan zijn gedrag, omdat de man absoluut geen respect had getoond voor de plechtige aard van de situatie. *Dottore* Venturi was pas vijf jaar geleden afgestudeerd en had zijn tijd gebruikt om zich niet het mededogen maar de hooghartigheid van zijn beroep eigen te maken. Bovendien imiteerde hij de nauwgezette manier van kleden van zijn baas, Rizzardi, maar was het resultaat altijd een beetje belachelijk omdat hij zo'n gedrongen figuur had.

De boot voer naar de kade en meerde naast die van hen af. De arts sprong met een bonk op de wal en liep in de richting van de donkere gedaanten van wie hij wist dat het Brunetti en Vianello waren, al gaf hij er geen blijk van hen gezien te hebben. Hij droeg een donkergrijs pak met dunne, donkere, verticale streepjes, maar in plaats dat die zijn corpulentie verdoezelden, werd die erdoor geaccentueerd.

Hij keek neer op signora Follini, haalde de pochet uit zijn borstzak, liet die op de natte kade vallen en knielde erop neer. Hij pakte haar hand zonder de moeite te nemen naar haar gezicht te kijken, voelde haar pols en liet de hand met een klets terugvallen op de keien. 'Ze is dood,' zei hij tegen niemand in het bijzonder. Hij keek op naar Brunetti en Vianello om ze zien hoe ze reageerden.

Toen geen van beiden iets zei, herhaalde Venturi: 'Ik zei dat ze dood was.'

Brunetti liet nu zijn blik van de *laguna* naar de jonge arts glijden. Hij wilde graag weten wat de doodsoorzaak was, maar wilde niet hebben dat deze jongeman haar nogmaals aanraakte, dus knikte hij alleen als teken dat hij het gehoord had en keek weer naar de verre lichtjes op het water.

Vianello gaf een teken aan de mannen die achter de arts waren blijven staan toen die bij het lijk was neergeknield. Venturi wilde overeind komen, maar de punt van zijn rechtervoet gleed weg op de natte keien en hij kon alleen voorkomen languit neer te vallen door beide handpalmen plat op de straat te zetten. Snel krabbelde hij overeind. Met zijn vieze handen behoedzaam een eindje bij zijn lichaam vandaan, liep hij een paar passen bij het lijk weg, draaide zich toen om naar een van de fotografen en zei: 'Zou u mijn zakdoek even voor me willen oprapen?'

De fotograaf, een man van Brunetti's leeftijd, was bezig zijn statief uit te zetten. Hij trok een van de poten uit, schroefde hem op zijn plek, keek naar de arts en zei: 'Die heb ík niet laten vallen.' Toen begon hij aan de tweede poot.

Venturi deed zijn mond al open om de fotograaf een uitbrander te geven, maar bedacht zich en liep weg in de richting van de politieboot. De zakdoek liet hij naast het lijk liggen. Brunetti keek hem na toen hij met horizontaal gehouden handen wegliep, en vond hem opeens verrassend veel weg hebben van een pinguïn. De verlaten boot deinde op het water, ongeveer een meter van de rand van de kade. De schippers waren geen van beiden te zien. In plaats van de boot aan het meertouw naar zich toe te trekken of de sprong vanaf de kade te wagen, liep Venturi langs de waterkant naar een bank en ging zitten. Brunetti zag nu pas dat er een dikke avondmist was komen opzetten en was daar blij om.

Hij liep terug naar signora Follini en knielde naast haar neer, blij met de tijdelijke afleiding die het vocht dat in de knie van zijn broekspijp drong, hem bezorgde. Ze droeg een angoratrui met een lage hals, maar de zachte wol was door het water waarin ze had gedreven veranderd in een chaotische wirwar van ribbels. Hoewel hij geen patholoog was, wist Brunetti de tekenen van een gewelddadige dood te herkennen en daar zag hij bij haar geen spoor van. De huid van haar keel was onbeschadigd, evenals het weefsel van haar trui. Met de vingers van zijn rechterhand tilde hij de onderste rand ervan op om haar buik bloot te leggen. Het enige dat hij zag, waren ouderdomsstreepjes op haar huid. Hij wendde zijn ogen af en liet de trui weer zakken.

De technici wijdden zich aan hun taken, en Vianello en Brunetti konden nu alleen maar wachten. Terwijl ze daar zo stonden, met niets om handen, zag Brunetti de man met de deken weer op hen afkomen. De man liep naar Vianello en zei met een knikje in de richting van de technici: 'Zou u haar willen bedekken wanneer ze klaar zijn?'

Vianello knikte instemmend en nam de deken van de man over.

'Ik hoef hem niet terug, maakt u zich daar dus maar niet druk om,' zei de man. Hij liep bij de kade vandaan en verdween in de donkere mond van een smalle steeg tussen de huizen. De tijd verstreek. Regelmatig werd de duisternis doorboord door het flitslicht van de fotograaf. Vianello wachtte tot de mannen van het rechercheteam hun werk gedaan hadden en hun spullen bij elkaar begonnen te pakken. Toen liep hij naar signora Follini, spreidde de deken in de lucht uit en liet hem op haar neerzakken, waarbij hij erop lette dat haar gezicht en ogen bedekt werden.

'Rizzardi zou ons iets verteld hebben,' zei hij toen hij weer bij Brunetti stond.

'Rizzardi zou zijn eigen zakdoek opgeraapt hebben,' antwoordde Brunetti.

'Maakt het iets uit dat we pas na de lijkschouwing zullen weten waar ze aan is gestorven?' vroeg Vianello.

Brunetti wees met zijn kin in de richting van de huizen van Pellestrina, die nu voor het grootste deel in duisternis gehuld waren. 'Denk je dat iemand van hen ons zal helpen, als we dat eenmaal weten?'

'Ik heb gemerkt dat sommige mensen hier haar graag mochten,' zei Vianello met voorzichtig optimisme.

'Ze mochten Marco Bottin ook,' was Brunetti's repliek.

Omdat signorina Elettra en Pucetti in het dorp waren, leek het Brunetti beter de noodzakelijke ondervragingen op te schorten tot morgen. Dat zou hun de gelegenheid geven, terwijl ze zich onopvallend onder de bewoners bewogen, dingen te horen die vergeten zouden zijn of vergeten zouden worden tegen de tijd dat de politie aan het officiële onderzoek naar de dood van signora Follini begon.

Op een teken van Brunetti klapten de technici een brancard uit. De deken bewoog nauwelijks toen ze signora Follini optilden en naar de politieboot droegen.

Op de terugweg naar Venetië stond Brunetti op het dek en dacht aan de grapjes die hij en Vianello hadden gemaakt over signora Follini, hoewel ze toen nog niet hadden geweten hoe geroutineerd haar geflirt was geweest. Hij putte enige troost uit het feit dat als ze hun grapjes had kunnen horen, ze ze misschien wel leuk gevonden zou hebben, maar het besef dat er nu geen enkele mogelijkheid meer bestond dat ze ooit zou kunnen aanvoelen dat het hem speet, maakte zijn wroeging juist erger.

Het was ver na middernacht toen hij thuiskwam, maar zoals hij had gehoopt, had Paola op hem gewacht. Ze zat in bed te lezen, maar deed het boek dicht, legde het op het nachtkastje en nam haar bril af voordat ze sprak. 'En?'

Brunetti hing zijn colbert in de kast, deed zijn das af en hing die over de rugleuning van een stoel. 'Signora Follini. Iemand heeft haar uit de *laguna* gevist,' zei hij terwijl hij zijn overhemd begon los te knopen. Hij ging, vermoeider dan hij had gedacht, op de stoel naast het bed zitten en bukte zich om zijn schoenen uit te trekken. 'Iemand heeft haar vermoedelijk in het water gegooid en haar laten verdrinken.'

'Vanwege de andere moorden?' vroeg ze.

'Dat moet haast wel.'

'Is ze daar nog steeds?' vroeg Paola. Heel even dacht Brunetti dat ze Luisa Follini bedoelde, wier lichaam zich nu in het kille gezelschap bevond van de andere lijken in het Ospedale Civile, maar meteen besefte hij dat ze het over signorina Elettra had.

'Ik zal haar zeggen dat ze terug moet komen,' zei hij. Voordat Paola daarop kon reageren, liep hij op zijn kousenvoeten naar de badkamer, waar hij met opzet niet in de spiegel keek toen hij zijn tanden poetste.

Even later, toen hij naast haar tussen de lakens kroop, ging Paola door op het punt waar ze gebleven waren. 'Zal ze naar je luisteren?'

'Ze luistert altijd naar me.'

'Net als Chiara,' zei Paola, maar liet het daarbij.

Hij draaide zich naar haar toe en legde zijn arm over haar buik. Hij voelde haar bewegen en het licht in de kamer ging uit. Ze schoof naar beneden en stak haar arm onder hem door zodat zijn hoofd in de holte vlak onder haar schouder kwam te liggen. Hij lag in de armen van zijn echtgenote en dacht aan een andere vrouw, maar omdat hij zichzelf wijsmaakte dat hij over haar veiligheid nadacht, deed hij geen moeite de gedachten tegen te houden.

Na een lange tijd, zo lang dat ze allebei in slaap hadden moeten vallen, zei Paola: 'Je moet hier iets aan doen.'

Hij maakte een geluid en toen verstreek er nog meer tijd en toen sliepen ze.

De volgende ochtend, nog voor hij van huis ging, belde hij de lijkenkamer om te vragen wie de lijkschouwing zou verrichten op de vrouw die gisteravond uit Pellestrina was binnengebracht.

'*Dottor* Rizzardi.'

'Mooi zo. Wanneer?'

Een korte stilte waarin Brunetti hoorde dat een pagina werd

omgeslagen. 'Er zijn in Castello twee mensen omgekomen. Waarschijnlijk gas uit hun boiler. Maar ik kan haar wel voorrang geven. Dan is hij om elf uur met haar klaar.'

'Dank u,' zei Brunetti. 'Wilt u tegen hem zeggen dat ik heb gebeld?'

'Komt voor elkaar, commissario,' zei de assistent-lijkschouwer en hij verbrak de verbinding.

Brunetti wilde weten wanneer signora Follini was gestorven en alleen Rizzardi kon hem dat vertellen. Het moest na woensdag zijn geweest, tenzij hij iemand kon vinden die haar op een later tijdstip nog had gezien.

En waar? Hij pakte de kaart van de *laguna* en bekeek het smalle eiland Pellestrina. Aan de zuidpunt was de mond van het kanaal waar ze was gevonden, ongeveer drie kilometer bij het dorp vandaan, vlak bij het natuurreservaat Ca'Roman. Hij vouwde de kaart weer op en stak hem in zijn binnenzak. Alleen een van de schippers kon hem vertellen wat hij wilde weten over getijden en stromingen en de manier waarop dingen door het water werden meegenomen.

Op de Questura liep hij eerst naar de agentenkamer en trof daar Bonsuan aan, die er vaak voor koos de rustige zondagsdienst te doen. De schipper zat in de eigenaardig lege agentenkamer in een verkreukeld exemplaar van *La Gazzetta dello Sport* te bladeren op een manier die uitdrukte dat hij net zo lief naar de muur staarde. Brunetti spreidde de kaart boven op de krant uit, vertelde wat de visser had gezegd over waar hij signora Follini had gevonden en verzocht de schipper uit te leggen hoe ze daar terechtgekomen kon zijn.

Nadat Bonsuan de plattegrond een tijdje had bekeken, vroeg hij: 'Hoe erg was ze eraan toe?'

Ze was dood, dacht Brunetti. Wat was erger dan dat? 'Ik begrijp je vraag niet.'

'U hebt haar lijk gezien?' vroeg de schipper geduldig.

'Ja.'

'Hoe groot was de schade?'

'Haar ogen waren verdwenen.'

Bonsuan knikte, alsof hij dat had verwacht. 'Hoe zat het met haar armen en benen? Zagen die eruit alsof ze over de bodem was gesleept?'

Brunetti dacht met enige tegenzin terug aan hoe hij signora Follini voor het laatst had gezien. 'Ze droeg een trui en een lange broek, dus kon ik haar armen en benen niet zien. Maar ik heb geen verwondingen gezien op haar handen en haar gezicht. Afgezien van de ogen.'

Bonsuan gromde en boog zich over de kaart. 'En ze hebben haar rond acht uur binnengebracht?' vroeg hij.

'Ik ben om acht uur gebeld.' Brunetti stond er verbaasd over dat hij zelfs tegen de schipper niet zei dat het Pucetti was die had gebeld. Misschien was dit het begin van paranoia.

'U hebt dus geen idee wanneer ze in het water terecht is gekomen?'

'Nee.'

Bonsuan zette zijn handen op het bureau, duwde zich overeind en liep naar een boekenkast met glazen deurtjes, een overblijfsel uit vroeger jaren. Hij deed een deurtje open en pakte een dun, gekaft boek uit de kast. Hij sloeg het open, liet zijn wijsvinger over een pagina glijden, sloeg de bladzijde om, liet zijn vinger weer van boven naar beneden glijden, en ging zo door. Hij vond wat hij zocht, las het, deed het boek dicht en zette het terug in de kast.

Toen hij terugliep naar het bureau zei hij: 'Ik moet weten hoe lang ze in het water heeft gelegen. Ze kan daar vanaf allerlei punten naartoe zijn gedreven: Chioggia, Pellestrina, zelfs uit een van de andere kanalen als ze overboord is gegooid.' Hij wachtte even en ging toen door: 'Het tij was sterk gisteravond vanwege de volle maan en het was eb toen ze haar hebben gevonden, dus was ze op weg naar de open zee. Dat zou het onwaarschijnlijker hebben gemaakt dat ze gevonden zou worden.'

'Ik hoor later op de ochtend pas van Rizzardi wanneer ze is gestorven,' zei Brunetti.

Bonsuan knikte ten teken dat hij het had gehoord. 'Als ze lange tijd in het water heeft gelegen, heeft de dader haar waarschijnlijk gewoon overboord gegooid, zonder er verder over nagedacht te hebben. Maar als ze nog niet erg lang dood was, hebben ze haar in het water gegooid op een plek waarvan ze wisten dat ze door het getij meegenomen zou worden naar de Adriatische Zee. Als ze over de bodem van het kanaal was gesleept, zou er niet veel van haar over zijn geweest tegen de tijd dat ze daar was aangekomen: de stromingen zijn sterk en ze zou in een hoog tempo zijn meegesleurd. Een groot deel van haar zou door de stenen op de zeebodem weggereten zijn.'

Bonsuan zag de blik waarmee zijn meerdere naar hem keek. 'Ik kan het ook niet helpen. Zo werkt het getij nu eenmaal.'

Brunetti bedankte hem voor de informatie, gaf geen commentaar op het feit dat Bonsuan er zonder meer van uitging dat ze was vermoord en keerde terug naar zijn kantoor om te wachten tot het tijd zou zijn om Rizzardi te bellen.

De arts belde hem echter zelf en vertelde hem dat de doodsoorzaak heel eenvoudig verdrinking was, in zout water.

'Kan iemand haar verdronken hebben?' vroeg hij.

Het duurde een paar seconden voordat Rizzardi antwoord gaf. 'Dat is mogelijk. Het enige wat ze hoefden te doen was haar uit een boot gooien en onder water houden. Er zijn geen recente tekenen dat ze vastgebonden is geweest.'

Voordat Brunetti daarop in kon gaan, zei de patholoog: 'Vanuit een gynaecologisch oogpunt was ze interessant.'

'Waarom?'

'Er zijn tekenen dat ze op verschillende tijdstippen aan de meeste van de bekende geslachtsziekten heeft geleden en er zijn tekenen van minstens één abortus.'

'Ze is jarenlang aan de drugs verslaafd geweest,' zei Brunetti. Rizzardi gromde, alsof dat zo duidelijk was dat het niet hardop gezegd hoefde te worden. 'En ze heeft als prostituee gewerkt.'

'Dat dacht ik al,' merkte Rizzardi op met een neutraliteit die Brunetti eraan herinnerde hoe graag hij de arts mocht en waarom.

Brunetti keerde terug naar de vraag die hij niet had kunnen stellen. 'Je zei dat er geen recente tekenen waren dat ze was vastgebonden. Wat bedoel je daarmee?'

Nu duurde de stilte langer, maar uiteindelijk zei de lijkschouwer: 'Er zijn tekenen op de bovenarmen en enkels die erop wijzen dat ze vastgebonden is geweest. Daaruit leid ik af dat haar laatste partner, áls ze een vaste partner had, van ruwe spelletjes hield.'

'Wat bedoel je met "ruwe spelletjes"? Verkrachting?'

'Nee,' zei Rizzardi prompt.

'Wat dan? Wat kan het anders zijn?'

'Ruwe seks hoeft niet per se een verkrachting te zijn,' zei Rizzardi met zoveel scherpte in zijn stem dat Brunetti onwillekeurig op een afgemeten 'commissario' aan het eind van de zin wachtte.

'Wat is een verkrachting dan?' vroeg Brunetti.

'Als een van de partners niet wil, is het een verkrachting.'

'*Een* van de partners?'

Rizzardi's stem kreeg een zachtere klank. 'We leven in een nieuw tijdperk, Guido. De dagen dat een verkrachting iets was dat alleen tussen een gewelddadige man en een onschuldige vrouw voorkwam, zijn voorbij.'

Brunetti, die vader was van een tienerdochter, was nieuwsgierig naar wat *dottore* Rizzardi over dit onderwerp allemaal te zeggen had, maar omdat hij daar bij zijn huidige onderzoek niets mee zou opschieten, ging hij er niet op in, en vroeg alleen: 'Wanneer is het gebeurd?'

'Ik denk twee dagen geleden. Vrijdagavond of vrijdagnacht.'

'Waarom denk je dat?'

'Neem het nu maar gewoon van me aan, Guido. Dit is geen televisieserie, waarin de lijkschouwer een uitgebreide uitleg moet geven over de inhoud van de maag of de hoeveelheid zuurstof in het bloed. Twee dagen geleden,' herhaalde hij, 'waarschijnlijk 's avonds, na tienen. Geloof me nu maar gewoon. In de rechtszaak zal het geldig bewijsmateriaal zijn.'

'Als het ooit tot een rechtszaak komt,' zei Brunetti afwezig, een opmerking die niet per definitie voor de patholoog bestemd was.

'Dat is jouw probleem. Ik vertel je alleen wat ik uit het bewijsmateriaal heb kunnen opmaken. Jij mag uitzoeken hoe het zit met het waarom en hoe en wie.'

'Was dat maar zo eenvoudig,' zei Brunetti.

Rizzardi besloot geen discussie aan te gaan over de eisen van hun respectievelijke beroepen en hing op, het aan Brunetti overlatend opnieuw naar Pellestrina te gaan om te proberen antwoorden op die vragen te krijgen.

18

HOEWEL HET ZONDAG WAS, ZAG BRUNETTI NIET IN WAAROM HIJ en Vianello niet naar Pellestrina zouden gaan om te proberen iets te ontdekken dat licht zou werpen op de omstandigheden rond de dood van signora Follini. Bonsuan wilde hen er best naartoe brengen. De krant interesseerde hem toch niet, zei hij. Hij hield niet van voetbal, dus waarom zou hij zijn tijd verkwisten aan verhalen over de westrijden van die dag.

Toen ze bij de halte Giardini op het dek van de boot op Vianello stonden te wachten, terwijl de motor zachtjes pruttelde, kwam Brunetti terug op Bonsuans opmerking. 'Van welke sport hou je dan wel?' vroeg hij.

'Ik?' vroeg Bonsuan, een vertragingstactiek die Brunetti kende van jarenlange ervaring met getuigen die liever geen antwoord gaven op een bepaalde vraag.

'Ja.'

'Bedoelt u om te doen of om naar te kijken?' Bonsuan bleef naar uitvluchten zoeken.

Brunetti was nu nieuwsgieriger naar de reden waarom Bonsuan zijn vraag ontdook dan naar het antwoord erop. 'Allebei.'

'Op mijn leeftijd doe ik niet meer aan sport,' zei Bonsuan op een toon die aangaf dat hij er verder niets over wilde loslaten.

'En om naar te kijken?' Brunetti gaf het niet zo snel op.

Bonsuan tuurde de lange, met bomen omzoomde *viale* in die naar de Corso Garibaldi voerde, of hij Vianello al zag aankomen. Brunetti keek naar de mensen die langsliepen. Na een lange stilte zei Bonsuan: 'Nou, het is niet zo dat ik er veel van afweet of er speciaal voor thuisblijf, maar ik mag graag naar de uitzendingen over wedstrijden met schaapherdershonden kijken. Uit Schotland.'

Toen Brunetti niets zei, voegde Bonsuan er nog aan toe: 'En Nieuw-Zeeland.'

'Daarover staat vast niet veel in *Il Gazzettino*,' merkte Brunetti op.

'Nee,' zei de schipper en hij keek weer naar de boogvormige doorgang aan het eind van de *viale*. 'Daar heb je Vianello,' zei hij opeens en zijn opluchting was duidelijk te horen.

De brigadier, vandaag weer in uniform, stak groetend zijn hand op en sprong op het dek. Bonsuan voer bij de *riva* weg en koerste af op het hun inmiddels bekende kanaal dat naar Pellestrina's vreedzame inachtneming van de Dag des Heren voerde.

Het feit dat godsdienst een verouderd concept is en geen daadwerkelijke invloed meer heeft op het gedrag van de bevolking van Italië, heeft niets te maken met de gewoonte om naar de kerk te gaan, vooral in kleine dorpen. Je zou zelfs een mathematische vergelijking kunnen maken van de grootte van een parochie en het aantal mensen dat naar de kerk gaat. Het zijn de uitgesproken heidenen, de Romeinen en Milanezen, die niet gaan, omdat de miljoenen tussen wie zij wonen, hen beschermen tegen het oog en de tong van het plaatselijke commentaar. De Pellestrinotti daarentegen gaan punctueel naar de mis omdat dat hen in de gelegenheid stelt in de gaten te houden wat hun buren doen zonder de indruk te wekken nieuwsgierig te zijn; want iedere gebeurtenis, vooral die waarbij de rechtschapenheid of eerlijkheid van iemand in twijfel kan worden getrokken, wordt op zondagochtend op de trap van de kerk besproken.

Het was dan ook daar dat Brunetti en Vianello op hen wachtten, op hen en op de dingen die komen gingen. Het was bijna twaalf uur en de mis was beëindigd nadat de dorpelingen van Pellestrina nog een laatste keer op het hart was gedrukt 'in vrede te gaan'.

Religie, peinsde Brunetti terwijl hij op de trap stond, had hem altijd een onbehaaglijk gevoel bezorgd, hoewel hij dat zelf niet had beseft tot Paola hem erop had gewezen. Hij vond dat Paola maar bofte dat ze min of meer vrij van religie was opgevoed. Haar ouders hadden er niet over gepiekerd naar de kerk te gaan, in ieder geval niet als godsdienstbelijding in welke vorm dan ook daar de reden voor was. Hun sociale positie vereiste dat ze soms ceremonies moesten bijwonen zoals de inwijding van bisschoppen of kardinalen, en zelfs de kroning, als dat de juiste term was, van de huidige paus, maar dat waren dingen die niets met geloof en alles met macht te maken hadden, en dát was volgens Paola waar de ware interesse van de Kerk lag.

Omdat haar gewoonte om nooit een mis bij te wonen gelijk opliep met haar absolute gebrek aan een geloof, had ze niets tegen religie, en observeerde ze de vreemdsoortige manieren waarop mensen verkozen de regels ervan na te leven, met antropologische afstandelijkheid. Brunetti daarentegen was opgevoed door een gelovige moeder, en hoewel hijzelf lang voordat hij volwassen was geworden al van zijn geloof was afgestapt, droeg hij de herinnering eraan in zich mee, ook al waren het dan geen goede herinneringen. Hij wist dat zijn houding tegenover religie vijandig was, zo niet antagonistisch; hoe hij zich er ook tegen verzette, hij kon er niet aan ontsnappen, noch aan de schuldgevoelens die dat hem bezorgde. Zoals Paola hem voortdurend in herinnering bracht: 'Ik ben liever een heiden dan me zo verloren te voelen in een achterhaald geloof...'

Al deze gedachten drongen zich aan hem op toen hij op de trap van de kerk afwachtte wie er naar buiten zou komen en welke informatie men hem zou verschaffen. Orgelklanken dreven naar hem toe, maar de zuiverheid van de noten zei meer over de kwaliteit van het geluidssysteem in de kerk dan over het talent van de organist. Toen de deuren openzwaaiden, zwol de muziek aan en kwam ze over de traptreden naar beneden, gevolgd door de eerste parochianen. Toen hij naar hen keek, viel het Brunetti weer op wat een gekwelde uitdrukking er lag op de gezichten van mensen die uit een kerk kwamen.

Als ze een kudde dieren waren geweest, een kudde schapen die in een nieuwe weide over een laag hekje sprong, zou de plotselinge gewaarwording van een vreemde in hun midden niet duidelijker zichtbaar zijn geweest: een golf van onrust rimpelde vanaf de voorste rijen door de menigte naar achteren naarmate steeds meer parochianen zich bewust werden van de potentiële dreiging die hun op de trap wachtte. Brunetti twijfelde er geen moment aan dat als Vianello niet in uniform was geweest, de meeste van hen net zouden hebben gedaan alsof ze de twee mannen helemaal niet zagen. En ook nu deden veel hun best hen niet op te merken, hoewel Vianello's witte uniform even stralend in het oog sprong als de aureolen van de heiligen die ze in de kerk hadden achtergelaten.

Zo onopvallend mogelijk bestudeerde Brunetti de gezichten van de mensen die langskwamen. Aanvankelijk dacht hij dat hij het effect zag van hun bewuste pogingen er zowel onschuldig als onwetend uit te zien, maar na verloop van tijd besefte hij dat hij naar het resultaat keek van beperkende geografische omstandigheden: de meeste mensen leken op elkaar. De mannen waren allemaal klein van stuk en hadden een rond hoofd met dicht op elkaar staande ogen. Hun over het algemeen gespierde lichaamsbouw schreef hij toe aan het werk dat ze deden, wat ook gold voor de bruinverbrande en sterk gerimpelde gezichten van hen allen, zelfs de jongsten. De vrouwen toonden grotere uiterlijke verschillen, al leek een gemeenschappelijke corpulentie zich te hebben genesteld in alle vrouwen die de dertig waren gepasseerd.

Deze ochtend bleef niemand op de trap van de kerk staan om met de buren te praten. In plaats daarvan reageerde de volledige parochie op een gezamenlijke aandrang snel naar huis te gaan. Te zeggen dat ze vluchtten, zou overdreven zijn. Te zeggen dat ze er snel en nerveus vandoor gingen, niet.

Toen de laatsten voorbij waren, wendde Brunetti zich tot Vianello. Hij hoopte het gevoel dat ze een nederlaag hadden geleden te kunnen verlichten door te vragen of ze hun falen konden wijten aan het uniform van de brigadier. Voor hij echter iets kon zeggen, zag hij signorina Elettra uit het café links van de kerk komen. Dat wil zeggen, hij zag haar heel even naar buiten komen en meteen weer naar binnen gaan. Toen ze opnieuw tevoorschijn kwam, langzamer nu, en naar buiten stapte, zag hij de reden voor de vertraging: een jongeman hield haar hand vast en was in de deuropening blijven staan om iets te zeggen tegen iemand die binnen zat. Wat hij zei wekte een lachsalvo op uit meer dan één keel. Signorina Elettra trok aan zijn arm en wist hem eindelijk bij de deuropening vandaan te krijgen.

De jongeman sloeg zijn arm met een vertrouwelijk gebaar om haar schouders en trok haar naar zich toe. Er was niets van koketterie te bespeuren in de manier waarop ze reageerde. Ze sloeg haar linkerarm om zijn middel en paste haar stappen aan de zijne aan. De man, die een stuk groter was dan zij, boog zijn hoofd en zei iets. Elettra keek op naar zijn gezicht en antwoordde met een glimlach die Brunetti nog nooit van haar gezien had. De man bukte zich en drukte een kus op haar hoofd, waardoor ze hun pas vertragen moesten. Toen hij zijn hoofd ophief, zag hij Brunetti en Vianello op de trap van de kerk en bleef abrupt staan.

Signorina Elettra keek verbaasd op naar het gezicht van de jongeman en volgde toen zijn blik. De kreet die aan haar open mond ontsnapte, werd overstemd door het eerste gebeier van de kerkklokken boven hen. Lang voordat de klok alle twaalf uren had geslagen, had ze zich hersteld en wijdde ze haar aandacht, die tijdelijk was afgeleid door de onverwachte verschijning van een politieagent op de trappen van de kerk, weer aan wat op dat moment het belangrijkste was: lunch met haar nieuwe vriend.

Nadat ze een uur lang hadden geprobeerd de bewoners van Pellestrina te ondervagen, kwam Brunetti tot de conclusie dat het geen enkele zin had daarmee door te gaan tot ze allemaal het middagmaal achter de rug hadden. Hij keerde daarom samen met Vianello terug naar het restaurant, waar ze een sobere maaltijd aten waar ze amper iets van proefden, hoewel het eten smakelijk was en de wijn koel. Ze besloten zich op te splitsen, in de hoop dat de sympathie die Vianello had opgewekt toen hij de vorige keer met de mensen had gesproken, groot genoeg was om de onvermijdelijke reactie op zijn uniform teniet te doen.

Op de eerste twee adressen kreeg Brunetti te horen dat ze signora Follini niet erg goed hadden gekend. Een van de mannen zei zelfs dat hij zijn vrouw eenmaal per week naar het Lido bracht, omdat in de dorpswinkel de prijzen te hoog lagen en veel van de dingen die er verkocht werden, niet vers waren. De man was echter een ongelooflijk slechte leugenaar, al probeerde zijn vrouw de aandacht daarvan af te leiden door vier porseleinen beeldjes die een vage gelijkenis met tekkels vertoonden, steeds anders neer te zetten. Brunetti bedankte hen en vertrok.

Bij de twee huizen ernaast werd niet opengedaan, wat net zo goed het gevolg kon zijn van keuze als van afwezigheid. De derde deur zwaaide echter meteen open toen hij aanklopte, en in de deuropening stond de droom van iedere politieman: de pinnige buurvrouw. Hij herkende haar met één blik op haar smalle lippen, herkende het type aan de gretige ogen en de wat naar voren hellende houding. Dat ze niet in haar handen wreef deed niets af aan de algemene indruk van voldaanheid die tot uitdrukking kwam in haar gretige glimlach: eindelijk iemand die ze deelgenoot kon maken van haar ontsteltenis en afgrijzen over de weerzinwekkende dingen die waren gebeurd, en over de daden en wandaden die haar buren op hun geweten hadden.

Haar haar was bijeengebonden tot een knotje achter op haar hoofd en weerbarstige lokken werden op hun plaats gehouden met behulp van een geurige, vette pommade. Hoewel haar gezicht smal was, had ze een mollig lichaam, zonder zichtbare taille. Over haar zwarte jurk, die van ouderdom en de vele wasbeurten een groenige tint had gekregen, droeg ze een vuil schort dat jaren geleden misschien een bloempatroon had gehad.

'Goedemiddag, Signora,' begon hij, maar voordat hij haar kon vertellen wie hij was, viel ze hem in de rede.

'Ik weet wie u bent en waarom u hier bent. Nou, het zal tijd worden dat u met mij komt praten.' Ze probeerde afkeurend te kijken, maar kon niet verhullen hoe opgetogen ze was over zijn komst.

'Het spijt me, Signora,' begon hij, 'maar ik wilde eerst horen wat de anderen te zeggen hadden.'

'Komt u binnen,' zei ze. Ze draaide zich om en liep voor hem uit naar de achterkant van het huis. Hij volgde haar door een lange, vochtige gang; aan het eind ervan kwam licht door de open keukendeur. In de keuken was echter geen verandering in de temperatuur te bespeuren, geen gerieflijke warmte ter compensatie van de vochtige zeelucht in de gang, geen aangename etensgeuren om de indringende odeur van schimmel, wol en iets dierlijks dat hij niet kon thuisbrengen, te verdoezelen.

Ze liet hem plaatsnemen op een stoel aan de tafel en ging zelf ook zitten, zonder hem iets te drinken aan te bieden.

Brunetti haalde een notitieboekje uit zijn jaszak, deed het open en trok de dop van zijn pen. 'Uw naam, Signora?' Hij vroeg het in het Italiaans en niet in het Venetiaans, omdat hij wist dat hoe formeler en officiëler deze ondervraging zou overkomen, hoe groter haar plezier en gevoel van voldoening zouden zijn om het feit dat ze eindelijk de autoriteiten kon wijzen op de vele dingen die ze al deze ondankbare jaren aan haar boezem had gekoesterd.

'Boscarini,' zei ze. 'Clemenza.' Hij leverde geen commentaar en schreef in stilte.

'En hoe lang woont u hier al, Signora Boscarini?'

'Mijn hele leven,' antwoordde ze, eveneens in het Italiaans, al vond ze dat niet makkelijk. 'Drieënzestig jaar.'

Vanwege emoties of ervaringen waar hij zich geen voorstelling van kon maken, zag ze er minstens tien jaar ouder uit, maar hij deed niets anders dan een aantekening in het boekje zetten. 'Uw echtgenoot, Signora?' vroeg Brunetti, die wist dat ze het als een compliment zou beschouwen dat hij ervan uitging dat ze een man had, en zich beledigd zou voelen als hij had gevraagd óf ze een echtgenoot had.

'Dood. Vierendertig jaar geleden. In een storm.' Brunetti maakte een aantekening over het belang van dat feit. Hij keek weer op en besloot niet naar kinderen te vragen.

'Hebt u al die tijd dezelfde buren gehad, Signora?'

'Ja, behalve de Rugoletto's van drie deuren verderop,' zei ze en ze wees nijdig met haar kin naar links. 'Die zijn twaalf jaar geleden hierheen gekomen, vanuit Burano, toen haar grootvader was gestorven en hun het huis had nagelaten. Een vies mens,' zei ze laatdunkend en liet erop volgen, zodat hij goed zou begrijpen waarom het een vies mens was: 'Een Buranese.'

Brunetti bromde iets en vroeg toen, om geen tijd te verliezen: 'Hebt u signora Follini gekend?'

Nu moest ze glimlachen, nauwelijks in staat haar plezier te onderdrukken, maar ze trok haar gezicht snel weer in de plooi. Brunetti hoorde een zwak geluid en keek naar haar op. Het duurde een paar tellen voor hij doorhad dat ze letterlijk herhaaldelijk haar lippen likte, alsof ze die losweekte om eindelijk de afgrijselijke waarheid openbaar te maken. 'Ja,' zei ze toen. 'Ik heb haar gekend. Haar ouders ook. Dat waren goede mensen, harde werkers. Ze heeft ze vermoord. Vermoord alsof ze een mes had gepakt en dat in het hart van haar arme moeder gestoken.'

Brunetti boog zijn hoofd over zijn notitieboekje om zijn gezicht te verbergen. Hij bromde iets aanmoedigends en bleef schrijven.

Een poosje maakte ze alleen maar likgeluidjes en toen ging ze door. 'Ze was een hoer en ze was aan de drugs en ze heeft haar familie alleen maar schande gebracht. Het verbaast me niets dat ze dood is en ook niet dat ze op deze manier is gestorven. Het verbaast me alleen dat het zo lang heeft geduurd.' Ze zweeg even en voegde er toen aan toe op een toon zo zalvend dat Brunetti zijn ogen sloot: 'Moge God haar ziel genadig zijn.'

Nadat hij de godheid voldoende tijd had gegeven om het verzoek te noteren, vroeg Brunetti: 'U zei dat ze een prostituee was, Signora? Hier op het eiland? Was ze dat nog steeds?'

'Als kind gedroeg ze zich al als een hoer en ook toen ze een jonge vrouw was. Wanneer een meisje eenmaal aan zulke dingen begint, is ze bezoedeld, dan heeft ze de smaak te pakken.' In haar stem weerklonk zowel zekerheid als walging. 'Dus zal ze het hier ook wel gedaan hebben. Dat lijkt me nogal logisch.'

Brunetti sloeg een pagina om, trok zijn gezicht in de plooi en keek met een bemoedigende glimlach op. 'Kent u iemand die een klant van haar was?' Hij zag dat ze aanstalten maakte om antwoord te geven, maar opeens aan de gevolgen van een valse beschuldiging dacht en haar mond weer dichtdeed.

'Of iemand die u daarvan verdenkt, Signora?' Toen ze bleef aarzelen, deed hij zijn notitieboekje dicht, legde het op de tafel, deed de dop op zijn pen en legde die erbovenop. 'Het is voor ons vaak van even groot belang, Signora, een idee te krijgen van wat er aan de hand is, ook zonder bewijs. Dat is voldoende om ons op het juiste pad te zetten, om te kunnen weten waar we moeten beginnen met zoeken.' Ze bleef zwijgen. Hij ging door: 'En alleen de moedigste en meest rechtschapen burgers kunnen ons helpen, Signora, vooral nu we in een tijd leven waarin de meeste mensen veel te snel bereid zijn hun ogen te sluiten voor immoraliteit en de gedragspatronen die de maatschappij ondermijnen door de eenheid van het gezin te vernietigen.' Hij had bijna 'heilige eenheid' gezegd, maar dat leek hem toch wat overdreven, dus nam hij genoegen met een mindere mate van nonsens. Voor signora Boscarini was het echter voldoende.

'Stefano Silvestri.' De naam glibberde over haar lippen: het was de man die Brunetti zo omstandig had verteld dat hij eens per week met zijn vrouw naar de grotere winkels op het Lido ging. 'Die hing altijd in de winkel rond, als een hond die aan een teefje snuffelt om te zien of ze voor hem gereed is.'

Brunetti ontving deze informatie met een bevestigende grom maar reikte niet naar zijn notitieboekje. Alsof ze door die uiting van discretie werd aangemoedigd, ging ze door: 'Ze deed wel net alsof ze geen belangstelling had en stak de draak met hem wanneer anderen erbij waren, maar ik weet best wat ze in haar schild voerde. Dat wisten we allemaal. Ze was een rasechte verleidster.' Brunetti luisterde bedaard. Hij probeerde zich te herinneren of hij deze vrouw op de trap van de kerk had gezien en vroeg zich af wat naar de kerk gaan voor iemand als zij betekende.

'Weet u nog meer mannen die iets met haar hadden?' vroeg hij.

'Er deden geruchten de ronde,' begon ze. Ze zat te popelen het hem te vertellen. 'Over nóg een getrouwde man,' begon ze, met natte, gretige lippen. 'Een visser.' Heel even dacht hij dat ze hem de naam van de man zou geven, maar hij zag haar weer aan de gevolgen denken en uiteindelijk zei ze alleen: 'En ik weet zeker dat er nog veel meer waren.' Toen Brunetti niet op deze lasteringen reageerde, voegde ze er nog aan toe: 'Ze lokte het gewoon uit.'

'Ik begrijp het,' stond hij zichzelf toe te zeggen. Wat zou erger zijn, vroeg hij zich af: op zee sterven of nog vierendertig jaar met deze vrouw door het leven te moeten gaan? Hij voelde aan dat ze hem verder niets meer zou vertellen, aangenomen dat wat ze hem al had verteld informatie was en niet alleen maar kwaadaardigheid en afgunst. Hij stond op en pakte zijn notitieboekje en pen. Terwijl hij ze in zijn zak liet glijden, zei hij: 'Dank u voor uw hulp, Signora. Ik geef u de verzekering dat alles wat u hebt gezegd als strikt vertrouwelijk zal worden behandeld. En als ik daar nog iets persoonlijks aan mag toevoegen? Het gebeurt zelden dat een getuige zo bereidwillig is ons dit soort informatie te verschaffen.' Het was een zwak schot en leek langs haar heen te gaan, maar het was evengoed een schot en hij voelde zich iets beter. Overdreven beleefd nam hij afscheid van haar, blij dat hij aan haar huis, haar woorden en het gelik van die rappe reptielentong kon ontsnappen.

Hij had om vijf uur met Vianello in de bar afgesproken. Ze bestelden elk een kop koffie en toen de barman weg was gelopen nadat hij de kopjes voor hen had neergezet, zei Brunetti: 'En?'

'Er was iemand. Een man,' zei Vianello.

Brunetti scheurde twee suikerzakjes open, liet de suiker in zijn koffie stromen, roerde en dronk het kopje in één teug leeg. 'Wie?' Hij zag dat Vianello zijn koffie nog steeds zonder suiker dronk, een gewoonte waarvan zijn grootmoeder had gezegd dat het 'het bloed verdunde', wat dat ook mocht betekenen.

'Geen idee. En er heeft maar één man iets gezegd. Over dat signora Follini altijd bij het krieken van de dag opstond, ook al deed ze de winkel pas om acht uur open. Het gaat ook niet zozeer om wat hij zei, maar om de manier waarop hij het zei en de manier waarop zijn vrouw naar hem keek toen hij het zei.'

Meer had Vianello niet en het leek niet erg veel. Het kon Stefano Silvestri zijn geweest, hoewel Brunetti de indruk had gekregen dat die van zijn vrouw bij het krieken van de dag maar op twee plaatsen mocht zijn: naast haar in bed, of op zijn boot om de netten te boeten.

'Ik heb signorina Elettra gezien,' vervolgde Vianello.

Brunetti dwong zichzelf een kleine pauze in te lassen voordat hij vroeg: 'Waar?'

'Ze liep naar het strand.'

Brunetti weigerde het te vragen en het leek lang te duren voordat Vianello eraan toevoegde; 'Met diezelfde man.'

'Weet je wie hij is?'

Vianello schudde zijn hoofd. 'Ik denk dat we daar het beste achter kunnen komen door het Bonsuan aan zijn vriend te laten vragen.'

Daar was Brunetti het niet mee eens. Hij wilde niets doen dat op welke manier dan ook de aandacht op signorina Elettra kon vestigen. 'Nee, we kunnen het beter aan Pucetti vragen.'

'Als die ooit nog op zijn werk komt,' zei Vianello met een blik op de bar, waar de eigenaar in een diep gesprek was gewikkeld met twee mannen.

'Waar woont hij?'

'In een van de huizen. Bij een neef van de eigenaar of zo.'

'Kunnen we contact met hem opnemen?'

'Nee. Hij heeft zijn *telefonino* niet meegenomen. Hij zei dat hij bang was dat iemand zou bellen en een boodschap zou achterlaten die hem zou verraden.'

'We hadden hem er eentje kunnen meegeven, dan had geen van zijn vrienden het nummer geweten,' zei Brunetti met onverholen ergernis.

'Dat wilde hij ook niet. Hij zei, je weet maar nooit.'

'Je weet wát maar nooit?' vroeg Brunetti gefrustreerd.

'Dat heeft hij er niet bij gezegd. Maar ik denk dat hij bang is dat iemand op de Questura er iets over zal zeggen dat hij een mobieltje heeft gekregen voor een speciale opdracht of dat iemand hem zal bellen, of dat al onze telefoongesprekken worden afgeluisterd.'

'Is dat niet een beetje paranoïde?' vroeg Brunetti, hoewel hijzelf meer dan eens over de derde mogelijkheid had nagedacht.

'Ik vind dat het veiliger is ervan uit te gaan dat alles wat je zegt, wordt afgeluisterd.'

'Zo kun je toch niet leven?' zei Brunetti, op felle toon omdat hij het echt meende.

Vianello haalde zijn schouders op. 'Wat zullen we nu doen?'

Brunetti dacht aan Rizzardi's opmerkingen over 'ruwe seks'. 'Ik wil weten met wie ze een verhouding had.' Hij zag Vianello's blik en zei snel: 'Ik bedoel signora Follini.'

'Ik vind nog steeds dat Bonsuan dat het beste aan zijn vriend kan vragen. Deze mensen zullen óns niets vertellen, zeker niet rechtstreeks.'

'Ik heb een vrouw zover gekregen me te vertellen dat signora Follini nog steeds de plaatselijke mannen tot de zonde verleidde,' zei Brunetti, met een mengeling van walging en amusement.

'Dan was een van de verleide mannen zeker de hare of de buurman.'

'Die van twee deuren verderop.'

'Dat is hetzelfde.'

Brunetti besloot terug te gaan naar de boot om Bonsuan te verzoeken een praatje te gaan maken met zijn vriend. Dat bleek echter niet nodig te zijn. Ze liepen de schipper tegen het lijf toen ze de bar verlieten, en hij vertelde dat zijn vriend hem had uitgenodigd voor de lunch en dat ze de hele middag grappa hadden zitten drinken en herinneringen opgehaald uit hun diensttijd. Nadat ze de Albanese campagne opnieuw hadden beleefd en een toost uitgebracht op de drie Venetianen die niet met hen waren teruggekeerd, hadden ze gesproken over hun huidige leven. Bonsuan had heel duidelijk gemaakt hoe hij over zijn baan dacht door er de nadruk op te leggen dat hij zo gauw mogelijk met pensioen wilde.

Toen de drie politiemannen langzaam naar de boot liepen, vertelde Bonsuan dat het relatief eenvoudig was geweest en dat hij, toen de fles grappa bijna leeg was, de naam van Luisa Follini's minnaar had gekregen.

'Vittorio Spadini,' zei hij, toch wel trots op wat hij had bereikt. 'Hij is afkomstig van Burano en is visser. Getrouwd, drie kinderen, de zoons zijn ook vissers en de dochter is met een visser getrouwd.'

'En?' vroeg Brunetti.

Het kwam misschien door de grappa of door al dat gepraat over met pensioen gaan, dat Bonsuan antwoordde: 'En dat is waarschijnlijk meer dan u en Vianello te weten zouden komen als u hier een hele week bleef.' Verrast zichzelf zo te horen praten, voegde hij er 'meneer' aan toe, maar tussen het antwoord en de toevoeging had een grote ruimte gezeten.

Er viel een stilte die pas verbroken werd toen Bonsuan eraan toevoegde: 'Maar hij vist nu bijna nooit meer. Hij is twee jaar geleden zijn boot kwijtgeraakt.'

Brunetti dacht aan de echtgenoot van signora Boscarini en vroeg: 'In een storm?'

Bonsuan deed dat met een hoofdschudden af. 'Nee, erger nog. Aan de belastingdienst.' Voordat Brunetti kon vragen hoe de belastingdienst erger kon zijn dan een storm, gaf Bonsuan uitleg. 'De Guardia di Finanza had hem een boete gegeven omdat hij drie jaar lang valse aangiften had gedaan over zijn inkomen. Hij heeft een jaar lang geprobeerd tegen ze te vechten, maar uiteindelijk verloren. Je verliest dat altijd. Toen hebben ze zijn boot in beslag genomen.'

Vianello mengde zich nu in het gesprek. 'Waarom is dat erger dan een storm?'

'Vanwege de verzekering,' antwoordde Bonsuan. 'Niets kan je verzekeren tegen de schoften van de Finanza.'

'Hoeveel was de boot waard?' vroeg Brunetti, zich er opnieuw van bewust hoe weinig hij wist over deze wereld van boten en de mannen die daarin naar zee gingen.

'Ze wilden vijfhonderd miljoen. Aan boetes en aan wat hij hun volgens hun berekeningen schuldig was, maar niemand heeft zoveel geld, dus moest hij de boot verkopen.'

'Mijn god, zijn ze zoveel waard?' vroeg Brunetti.

Bonsuan keek hem bevreemd aan. 'Als ze zo groot zijn als die van hem, zijn ze nog veel meer waard; dan kun je er wel een miljard voor vragen.'

En Vianello voegde daaraan toe: 'Als ze voor drie jaar vijfhonderd miljoen eisten, houdt dat waarschijnlijk in dat hij hen voor twee of drie keer zoveel heeft opgelicht.'

'Minstens,' zei Bonsuan instemmend, niet zonder een zweem van trots over de geslepenheid van de mannen die de *laguna* bevisten. 'Ezio heeft me verteld dat Spadini dacht dat hij zou winnen. Zijn advocaat had hem aangeraden in hoger beroep te gaan, maar dat heeft hij waarschijnlijk alleen maar gezegd om zelf nog meer aan hem te verdienen. Uiteindelijk had Spadini geen keus: ze hebben hem zijn boot afgenomen. Als hij genoeg geld had gehad om de boete te betalen, zouden er te veel vragen zijn gesteld,' zei hij, het aan de anderen overlatend de conclusie te trekken dat het geld er wel was, verstopt in geheime investeringen of rekeningen, zoals zoveel van de rijkdommen van Italië. Hij wierp een blik op Vianello en voegde er nog aan toe: 'Iemand heeft me verteld dat de rechter een van de Groenen was.'

Vianello wierp hem een blik toe maar zei niets.

Bonsuan ging door: 'En dat hij een wrok koesterde tegen alle *vongolari* vanwege wat ze de *laguna* aandoen.'

Daarop antwoordde Vianello, met een stem die gevaarlijk strak klonk: 'Danilo, zaken als deze, over belastingen, komen niet voor de rechter.' Voordat Bonsuan daarop kon antwoorden, ging hij door. 'Of die nu tot de Groenen behoort of niet.' En hij vervolgde tegen Brunetti, al waren zijn opmerkingen duidelijk voor Bonsuan bedoeld: 'Zo dadelijk krijgen we nog te horen dat de Groenen adders in helikopters meenemen en boven de bergen uitgooien om het ras voor uitsterven te behoeden.' En weer tegen Bonsuan, agressiever dan Brunetti hem ooit had meegemaakt: 'Vooruit Danilo, ga je ons nu niet vertellen dat vrienden van je in de bergen flessen met dode adders hebben gevonden en gezien hebben dat die uit helikopters werden gegooid?'

Bonsuan keek naar de brigadier, maar nam niet de moeite antwoord te geven; uit zijn zwijgen weergalmde zijn overtuiging dat het geen zin had te proberen tot een redelijk gesprek te komen met fanatici. Brunetti had door de jaren heen veel mensen horen praten over die mysterieuze, boosaardige helikopters, bestuurd door waanzinnige ecologen die erop gebrand waren de 'natuur' naar hun eigen perverse ideeën te herstellen, maar hij had nooit gedacht dat iemand daarin geloofde.

En net toen ze in deze impasse waren geraakt, kwamen ze bij de boot aan. Bonsuan wendde zich van hen af en begon een meertouw los te maken. Vianello, misschien in een poging het effect van zijn opmerkingen wat te verzachten, liep naar de achterkant en begon het tweede touw los te maken. Brunetti bemoeide zich daar niet mee en had het bovendien te druk met zijn berekeningen over de verbazingwekkende bedragen waar ze het daarnet over gehad hadden. Toen Bonsuan het touw had opgerold, stapte Brunetti achter hem aan op het dek van de boot. Voordat de schipper het trapje opliep naar de stuurhut, zei hij: 'Om je zo'n boot te kunnen veroorloven, moet je een hoop vis vangen.'

'Oesters,' verbeterde Bonsuan hem meteen. 'Daar zit het geld in. Niemand zal je te na komen wegens vissen, maar als ze zien dat je op hun plek vist en hun oesterbedden kapotmaakt, zijn ze overal toe in staat.'

'En heeft hij dat gedaan? De oesterbedden kapotgemaakt?'

'Dat doen ze allemaal,' antwoordde Bonsuan. 'Ze vissen waar ze maar willen en ieder jaar zijn er minder oesters. En dan gaat de prijs omhoog.' Hij keek van Brunetti naar Vianello, die op de kade stond te luisteren. Met een bruusk gebaar wenkte de schipper hem en zei: 'Vooruit, Lorenzo.' Vianello sloeg het meertouw om een van de kikkers op de rand van de boot en sprong aan boord.

'Maar als hij zijn boot kwijt is,' zei Brunetti, die net deed alsof hij geen erg had in de geslaagde afloop van de vredesonderhandelingen en het gesprek terugbracht op het onderwerp in kwestie, 'wat doet hij nu dan?'

'Fidele zei dat hij voor een van zijn zoons werkt, dat hij een van zijn boten voor hem beheert,' zei Bonsuan. Hij zette wat schakels om op het bedieningspaneel. 'Het is een veel kleinere boot, voor maar twee man.'

'Dat zal wel moeilijk voor hem zijn,' zei Vianello, 'dat hij niet meer de baas is.'

Bonsuan haalde zijn schouders op. 'Dat hangt af van de zoon.'

'En signora Follini?' vroeg Brunetti, het gesprek nogmaals terugbrengend op zijn huidige problemen.

'Ze hadden al twee jaar een verhouding,' zei Bonsuan. 'Sinds hij de boot is kwijtgeraakt.' Hij voelde zelf aan dat er iets aan de uitleg ontbrak, dus ging hij door: 'Hij hoeft niet meer voor dag en dauw de zee op, alleen als hij dat zelf wil.'

'En zijn vrouw?' vroeg Vianello.

Heel Italië, met al haar historie en cultuur, lag in het schouderophalen waarmee Bonsuan die vraag afdeed. 'Ze heeft een huis en hij betaalt de huur. Ze hebben drie kinderen, alledrie getrouwd en zelfstandig. Ze heeft dus niks te klagen.' Wat hij verder nog gezegd mocht hebben, ging verloren in het geluid van de motor die aansloeg.

Brunetti wilde het hier ook helemaal niet over hebben en was blij dat ze teruggingen naar de stad, ieder naar hun eigen huis en hun eigen kinderen.

19

Brunetti zat de volgende ochtend krap een uur op kantoor, toen de telefoon ging en hij de stem van signorina Elettra hoorde.

'Waar bent u?' vroeg hij bruusk, maar verzachtte meteen zijn toon en zei: 'Ik bedoel, hoe is het met u?'

Een lange stilte maakte duidelijk wat ze ervan vond om op een dergelijke manier toegesproken te worden, maar toen ze uiteindelijk antwoord gaf, was er geen spoor van ergernis in haar stem te horen. 'Ik zit op het strand en met mij is alles in orde.'

De verre kreten van de zeemeeuwen bevestigden het eerste deel van haar antwoord en haar luchtige toon het tweede.

'Signorina,' begon hij, improviserend omdat hij hier niet goed op was voorbereid, 'u bent daar nu al meer dan een week. Ik vind dat u er maar eens over moet gaan denken terug te komen.'

'Dat vind ik helemaal geen goed idee.'

'Ik wel,' hield hij vol. 'Ik vind dat u afscheid moet nemen van uw familie en morgen weer present moet zijn op de Questura.'

'Dit is de eerste dag van de nieuwe week, meneer. Ik ben van plan minstens tot en met het weekend te blijven.'

'Het lijkt me echt beter dat u terugkomt. Er heeft zich tijdens uw afwezigheid al een hoop werk opgestapeld.'

'Kom kom, meneer. Ik weet zeker dat een van de andere secretaresses zich daar wel over kan ontfermen.'

'En ik heb bepaalde informatie nodig,' zei Brunetti. Hij hoorde zelf dat hij bijna smekend klonk. 'Dingen waar de secretaresses niets over mogen weten.'

'Vianello kan goed genoeg met de computer overweg om alles wat u wilt voor u op te zoeken.'

‘Het gaat om de Guardia di Finanza,’ zei Brunetti, die dit als een troefkaart beschouwde. ‘Ik heb inlichtingen van hen nodig en denk niet dat Vianello die kan krijgen.’

‘Wat voor soort inlichtingen, meneer?’ Hij hoorde geluiden op de achtergrond: zeemeeuwen, een of andere toeter, een automotor die werd gestart, en herinnerde zich hoe dicht het strand van Pellestrina bij de weg lag.

‘Inlichtingen over belastingontduiking.’

‘Daarvoor hoeft u alleen maar de krant op te slaan,’ zei ze, lachend om haar eigen grapje. Toen een reactie uitbleef, vervolgde ze, zonder lach en daardoor op een veel vlakkere toon: ‘U kunt hun hoofdkantoor bellen en erom vragen. Er zit daar een *maresciallo*, genaamd Resto, die u alles kan vertellen wat u wilt weten. Zeg maar dat ik heb gezegd dat u hem moest bellen.’

Hij kende haar lang genoeg om de beleefde onbuigzaamheid waar hij tegenover stond, te herkennen. ‘Ik geloof dat het beter is als ú dat doet, Signorina.’

Alle vriendelijkheid verdween uit haar stem toen ze zei: ‘Als u zo doorgaat, meneer, zal ik gedwongen zijn een echte vakantieweek op te nemen, en zover wil ik het liever niet laten komen, want het aanpassen van de roosters zou een hoop tijd vergen.’

Hij had het liefst een eind gemaakt aan dit over-en-weergepraat en haar ronduit gevraagd wie de man was met wie hij haar gisteren had gezien, maar hun relatie was van dien aard dat hij op dergelijke dingen geestelijk niet was voorbereid, vooral niet op de klank waarvan hij wist dat hij hem niet uit zijn stem zou kunnen houden. Hij was haar meerdere, maar dat gaf hem nog niet het recht in *loco parentis* op te treden. Omdat het verschil in hun functies de intimiteit van vriendschap uitsloot, kon hij haar onmogelijk vragen hem te vertellen wat er gaande was tussen haar en de knappe jongeman met wie hij haar had gezien. Hij wist geen manier om uiting te geven aan bezorgdheid zonder dat het overkwam als afgunst, en hij kon niet uitleggen, zelfs niet tegenover zichzelf, wat hij precies voelde.

‘Vertelt u me dan maar eens of u iets te weten bent gekomen,’ zei hij op een toon die hij met opzet minder streng liet klinken, in de hoop dat dit als een compromis zou worden opgevat en niet als de nederlaag die het zo duidelijk was.

‘Ik heb geleerd wat het verschil is tussen *un sandolo* en *un puparin* en ik heb geleerd een school vis te herkennen op een sonarscherm,’ zei ze.

Hij meed de verlokking van sarcasme en vroeg neutraal: 'En over de moorden?'

'Niets,' gaf ze toe. 'Ik ben niet van hier, dus praat niemand erover als ik erbij ben, althans, dan zeggen ze alleen wat iedereen mag weten.' Ze klonk bedroefd bij de bekentenis dat de Pellestrinotti haar niet als één van hen beschouwden en hij vroeg zich af waar het aan lag dat het eiland en de bewoners zo reageerden. Maar hij vroeg het niet.

'Hoe zit het met Pucetti? Is die al iets te weten gekomen?'

'Niet voorzover ik weet, meneer. Ik heb in het café een paar keer een kop koffie bij hem besteld, maar hij heeft nergens aan laten merken dat hij me iets te vertellen heeft. Volgens mij heeft het geen zin hem hier nog langer te laten blijven.'

Wat dat betreft was ze niet de enige; het was inspecteur Scarpa, Patta's assistent, opgevallen dat de naam van Pucetti op het rooster ontbrak, en hij had Brunetti al drie keer naar hem gevraagd. Brunetti had er met zijn lange ervaring geen moeite mee gehad tegen Scarpa te liegen en gezegd dat hij de jonge agent eropuit had gestuurd om een onderzoek in te stellen naar vermoedelijke drugssmokkel op het vliegveld. Er was geen andere reden voor zijn leugen dan zijn instinctieve achterdocht tegenover de inspecteur en het feit dat hij geheim wilde houden dat Pucetti op Pellestrina zat. En dat signorina Elettra daar ook zat.

'Hetzelfde geldt voor u, Signorina,' zei hij, mikkend op luchtigheid en humor. 'Wanneer komt u terug?'

'Zoals ik al zei, meneer, wil ik nog wat langer blijven.'

Boven het gekrijs van de meeuwen uit riep een mannenstem: 'Elettra.' Hij hoorde hoe haar adem stokte en toen zei ze in de telefoon: '*Ti chiamerò. Ciao Silvia.*' Toen was ze verdwenen en bleef Brunetti vreemd verward achter, omdat ze hem, om eindelijk het familiaire *tu* te kunnen gebruiken, Silvia had moeten noemen.

Signorina Elettra had er helemaal geen moeite mee om tegenover Carlo dat *tu* te gebruiken. Het was zelfs zo dat ze vond dat de grammaticale intimiteit slechts een zwakke afspiegeling was van haar gevoelens, zo volkomen op haar gemak voelde ze zich bij hem. Hij had al iets bekends over zich gehad toen ze elkaar voor het eerst hadden ontmoet, en die indruk was nog eens extra onderstreept toen ze hem beter had leren kennen. Ze hielden allebei van mortadella, maar vreemd genoeg ook van Asterix en

Bracio di Ferro, koffie zonder suiker en Bambi; ze hadden elkaar bekend dat ze hadden gehuild toen ze gehoord hadden dat Moana Pozzi was gestorven en dat ze zich nog nooit zo trots hadden gevoeld een Italiaan te zijn als toen ze de spontane uiting van rouw over de dood van een pornoster hadden gezien.

Ze hadden urenlange gesprekken gevoerd en omdat hij zo openhartig was, zat het haar dwars dat ze moest volharden in de leugen dat ze op een bank werkte. Hij had het beknopte verhaal over zijn leven verder aangevuld en haar verteld dat hij in Milaan economie had gestudeerd tot zijn vader twee jaar geleden was gestorven en hij zijn studie had opgegeven om naar huis te komen. Er was, zoals ze geen van beiden van een ander hoefden te horen, geen geschikt werk voor een man die nog twee examens moest doen om zijn economiestudie af te maken. Ze had bewondering gehad voor zijn eerlijkheid toen hij haar had verteld dat hij geen andere keus had gehad dan visser te worden en ze was verrukt over de fierheid waarmee hij uitlegde hoe dankbaar hij was dat zijn oom hem een baan had aangeboden.

Het werk op de boot was zo zwaar en uitputtend, dat hij twee keer in slaap was gevallen in haar gezelschap; één keer toen ze in hun grot op het strand hadden gezeten en één keer toen hij naast haar zat in het café. Ze vond het geen van beide keren erg, want het had haar de kans gegeven naar het kuiltje vlak voor zijn oor te kijken en hoe ontspannen en jong zijn gezicht eruitzag wanneer hij sliep. Ze zei vaak tegen hem dat hij te mager was en dan antwoordde hij dat dat door het werk kwam. Hoewel hij at als een wolf – daar had ze bij iedere maaltijd het bewijs van gezien – was er geen spoortje vet op zijn lichaam te bespeuren. Wanneer hij zich bewoog leek hij te bestaan uit louter soepele lijnen en spieren. Zijn gebruinde onderarm had haar een keer op de rand van tranen gebracht, zo mooi vond ze hem.

Wanneer het toevallig zo uitkwam, herinnerde ze zichzelf eraan dat ze naar Pellestrina was gekomen om te luisteren naar wat de mensen over de moorden zeiden, niet om ten prooi te vallen aan een jongeman, ongeacht hoe knap die was. Ze zat op het eiland in de hoop informatie op te pikken die voor de politie van belang kon zijn, niet om zich te laten strikken door een man die, al was het maar vanwege het beroep dat hij uitoefende, heel goed een van de mensen kon zijn over wie ze inlichtingen moest inwinnen.

Dat alles was snel vergeten toen Carlo's arm op zijn nu al vaste plekje rond haar schouders kwam te liggen en zijn linkerhand achter haar langs gleed en op haar arm kwam te rusten. Ze was al gewend aan de manier waarop zijn hand uitdrukking gaf aan zijn emoties, hoe zijn vingers haar arm grepen wanneer hij ergens nadruk op wilde leggen en zijn vingers in een snel ritme trommelden wanneer hij een mop ging vertellen. Hoewel diverse mannen haar arm hadden aangeraakt, waren maar weinigen erin geslaagd haar hart te raken zoals hij dat deed. Op een avond, toen ze met hem en zijn oom mee was uitgevaren, had ze zijn handen zien glinsteren in het licht van de volle maan, bedekt met de ingewanden, schubben en het bloed van de vissen, zijn gezicht strak en geconcentreerd op de noodzaak ze uit de netten over te hevelen in de koelvakken benedendeks. Toen hij had opgekeken en haar naar hem had zien kijken, was hij meteen veranderd in het monster van Frankenstein. Met opgestoken armen en dreigend trillende vingers was hij met stijve benen op haar afgekomen.

Ze had gekrijst. Er was geen vriendelijker woord voor: ze had gekrijst van heerlijk afgrijzen en was achteruitgedeinsd tot aan de reling van de boot. Het monster was naderbij gekomen, maar toen hij bij haar was, waren zijn handen langs haar hoofd gegleden, zonder haar haar aan te raken, en had Carlo's glimlachende mond zich zachtjes op de hare gedrukt en haar lippen vastgehouden tot zijn oom bij de helmstok had geroepen: 'Ze is geen vis, Carlo. Aan het werk!'

Maar nu, hier op het strand, dachten ze geen van beiden aan werken. Zijn hand klemde zich iets steviger om haar arm; een zeemeeuw riep en vloog op toen hij haar naar zich toe trok, niet ruw maar ook niet zacht. Hun kus hield lang aan en ze drukten hun lichamen dicht tegen elkaar aan. Toen maakte hij zich van haar los, hief zijn hand op en legde hem zachtjes tegen haar achterhoofd om haar gezicht tegen de holte van zijn schouder te drukken. Zachtjes liet hij zijn hand over haar rug glijden, omhoog en omlaag, omhoog en omlaag, tot hij met gespreide vingers bij haar riem bleef liggen.

Elettra maakte een geluid, half een zucht, als van een sopraan die op het punt staat aan een belangrijke aria te beginnen. De topjes, alleen maar de topjes, van twee van zijn vingers glipten onder haar riem. Haar lippen weken uiteen en ze drukte haar mond tegen zijn sleutelbeen. Opeens beet ze erin, dwars door de dikke wol van zijn trui heen.

Ze maakte zich van hem los, greep blindelings naar zijn hand en trok hem over het strand mee naar de ingang van de grot in de pier.

20

BRUNETTI, DIE NIET WERD GEKWELD DOOR HARTSTOCHT, MAAR wel gekwetst was dat hij Silvia was genoemd, dacht na over de leugens die hij signorina Elettra had verteld. Hij had helemaal geen informatie nodig van de Guardia di Finanza en het was waar dat Vianello inmiddels zover was dat hij via de computer een verbazingwekkende hoeveelheid informatie kon vergaren. De naam van de Finanza bleef echter in zijn gedachten hangen en herinnerde hem aan iets waarover hij had gelezen of dat hem was verteld; en zoals gewoonlijk was dat iets onaangenaams.

Hij stond op, ging voor het raam staan en keek neer op het Campo San Lorenzo, waar iemand – misschien de oude mannen uit het bejaardenhuis dat aan het plein was gelegen – een torenflat aan hokjes had getimmerd voor de zwerfkatten die daar al jaren rondhingen. Hij vroeg zich af welke generatie katten er nu zat, of het allemaal nakomelingen waren van de katten die er hadden gezeten toen hij pas op de Questura was gekomen, meer dan tien jaar geleden.

De naam sloop zijn gedachten binnen met de lenigheid en sierlijkheid van een van die katten: Vittorio Spadini, de man van wie was gezegd dat hij de minnaar van Louisa Follini was geweest. Zijn boot was door de Finanza geconfisqueerd, wanneer ook al weer, twee jaar geleden? Spadini woonde op Burano; het was een prachtige lentedag, een perfecte dag om op Burano te gaan lunchen. Brunetti zei tegen de agent bij de voordeur dat als iemand naar hem vroeg, hij moest zeggen dat de commissario naar de tandarts was en na de lunch zou terugkomen.

Hij stapte bij Mazzorbo van de *vaporetto* en sloeg linksaf, zich verheugend op de wandeling naar het centrum van Burano en op de lunch in Da Romano, waar hij al jaren niet was geweest. De zon verwarmde hem en hij stapte met fikse pas voort, zijn lichaam blij met de zon, terwijl hij de zilte lucht diep inademde. Honden dolden op het nieuwe gras en oude dametjes zaten in de zon, blij met de extra kans op leven die de lente hun beloofde. Een grote zwarte hond kwam overeind naast zijn baas, die op zijn gemak *Il Gazzettino* zat te lezen, en wandelde naar Brunetti toe. Brunetti bukte zich en bood hem de rug van zijn hand, die het dier verheugd likte. Even later had hij alweer genoeg van Brunetti, sukkelde terug en plofte weer naast zijn baasje neer.

Al voordat hij bij de botenhalte van Burano was aangekomen, was het Brunetti opgevallen dat er veel meer mensen waren dan normaal leek voor een doordeweekse ochtend in de lente. Toen hij bij de eerste van de stalletjes kwam waar 'origineel kant uit Burano' werd verkocht, waarvan het meeste volgens hem uit Indonesië werd geïmporteerd, werd hem de weg versperd door pastelkleurige lichamen. Hij liep om hen heen, verbaasd dat ze zich er helemaal niet van bewust leken te zijn dat er ook mensen waren die ergens naartoe onderweg waren in plaats van alleen maar op de stoep heen en weer te drentelen.

Op het *piazza* sloeg hij de Via Galuppi in en liep in de richting van Da Romano; hij was ervan overtuigd dat hij een tafeltje kon reserveren voor één uur; een eenzame klant was altijd welkom in een restaurant. Misschien zou hij een kwartiertje moeten wachten, maar op een dag als deze zou het een genot zijn om op het terras van een van de cafeetjes te zitten, aan een prosecco te nippen, misschien de krant in te kijken.

De tafeltjes op het terras van het restaurant waren allemaal bezet; in veel gevallen zaten er zelfs drie mensen aan tafeltjes die bedoeld waren voor twee. Hij liep het restaurant in, maar voordat hij iets kon zeggen, zag een van de kelners die met een schaal antipasto van zeevruchten langskwam, hem staan en riep: '*Siamo al completo.*'

Heel even overwoog Brunetti eigenwijs te doen en toch een plaatsje te zoeken, maar toen hij om zich heen keek, bedacht hij zich snel. In de andere twee restaurants was het al even druk, ook al was het pas even over twaalven en dus voor beschaafde mensen nog veel te vroeg om al te willen eten.

Brunetti at zijn lunch uiteindelijk in een café, staande aan de bar. Zijn maaltijd bestond uit een tosti met slappe ham en een plak kaas die smaakte alsof hij het grootste deel van zijn leven in plastic had doorgebracht. De prosecco was bitter en de bruis was eruit; zelfs de koffie smaakte nergens naar. Walgend van zijn maaltijd en nijdig om de teleurstelling over iets waarop hij zich had verheugd, liep hij naar een park om op een bankje de zon de gelegenheid te geven hem weer wat op te monteren. Hij nam plaats op het eerste het beste bankje dat hij zag en hief zijn gezicht op naar de zon. Na een paar minuten werd zijn aandacht getrokken door fel geblaf en toen hij zijn ogen opendeed, zag hij de gigantische hond van daarstraks, waarvan hij nu zag dat het een newfoundlander was.

De hond holde in volle vaart over het grasveld naar een klein blond meisje dat bij de ladder van een lange glijbaan stond. Toen ze de hond zag aankomen, greep het meisje de stangen van de ladder en klom naar boven. De baas van de hond stond aan de andere kant van het park en riep hem terug, terwijl de riem in zijn hand bungelde.

Fel blaffend stoof de hond op de glijbaan af. Het meisje zat inmiddels boven en gilde angstig, haar stem hoog en snerpend. Opeens vloog de hond de ladder op, tot stomme verbazing van Brunetti, die hulpeloos toekeek hoe het dier helemaal boven wist te komen. Het meisje ging gauw op de metalen glijbaan zitten en gleed naar beneden, maar de hond dook met stijve voorpoten achter haar aan.

Het meisje plofte neer in de zandkuil onderaan de glijbaan. Brunetti vloog overeind en sprintte naar haar toe, terwijl zijn hand machteloos naar het pistool tastte dat hij alweer vergeten was mee te nemen. Hij sloot zijn rechterhand tot een vuist en holde door.

De hond landde links van het meisje, dat haar armen uitstak en om de gigantische kop sloeg. Het geblaf werd overstemd door haar schrille lach tot er abrupt een eind aan al het lawaai kwam, omdat het dier haar gezicht begon te likken.

Brunetti bleef zo abrupt staan dat hij bijna languit in het gras viel. Hij keek naar de eigenaar van de hond, die wuifde en nu zijn richting uit kwam. Het meisje sprong overeind en holde terug naar de ladder, gevolgd door de enthousiaste hond. Weer volgde het dier haar de ladder op en de glijbaan af en kwamen ze neer in hetzelfde roze-tongige tableau. Voordat de eigenaar van de hond bij Brunetti was, draaide die zich om en liep weg in de richting van Campo Vigner en het adres waar Vittorio Spadini volgens het telefoonboek woonde.

Het huis rechts van dat van Spadini was helderrood en dat aan de linkerkant helderblauw. Het huis waar Spadini woonde, was daarentegen lichtroze, verbleekt door jaren van regen en zon. Brunetti zag nog meer dingen: een gordijn dat voor een van de ramen van de roe zakte, de rand van een luik die bijna helemaal doorgerot was. Je kon van de Buranesi zeggen wat je wilde, maar ze waren trots op hun huizen, dus verbaasde het hem zulke opvallende tekenen van verwaarlozing te zien.

Hij drukte op de bel, wachtte even en belde toen nogmaals. Toen er niemand opendeed, liep hij naar het rode huis en belde daar aan. Er werd opengedaan door een ronde vrouw, althans, zijn eerste indruk was dat ze rond was. Klein van stuk, nog kleiner dan Chiara, terwijl ze minstens honderd kilo woog, waarvan het grootste deel tussen haar borsten en haar knieën terecht was gekomen. Haar hoofd was rond en haar gezicht was rond; zelfs haar kleine oogjes, ingeklemd tussen het omringende vlees, waren rond.

'Goedemiddag, Signora,' zei hij. 'Ik ben op zoek naar signor Spadini.'

'Dan bent u niet de enige,' zei ze met een lach die het grootste deel van haar lichaam deed schudden.

'Pardon?'

'Zijn vrouw is naar hem op zoek en zijn zoons zijn naar hem op zoek en als mijn man dacht dat er een kans bestond dat hij het geld terug zou kunnen krijgen dat hij hem geleend heeft, zou ook híj naar hem op zoek gaan.' Weer lachte en schudde ze.

Brunetti wist niet wat hij moest denken van de vreemde tegenstrijdigheid tussen wat ze te zeggen had en de manier waarop ze had verkozen het te zeggen, en vroeg: 'Wanneer is hij voor het laatst gezien?'

'O, ergens vorige week.' En ter verklaring van de luchthartigheid waarmee ze dat zei: 'Dat doet hij aldoor. Hij verdwijnt en komt pas weer thuis als hij al zijn geld heeft opgemaakt en weer aan het werk moet.'

'Als visser?'

'Natuurlijk,' zei ze en nu lachte ze niet; op haar gezicht stond nu verwarring te lezen dat de onbekende die voor haar deur stond, kon denken dat er voor de mannen van Burano nog andere manieren bestonden waarop ze hun brood konden verdienen.

'En zijn vrouw?'

'Die werkt,' vertelde de vrouw en toen ze zag dat Brunetti om nadere uitleg ging vragen, voegde ze eraan toe: 'Als schoonmaakster. Op de lagere school.'

Alsof ze zich er plotseling van bewust werd dat deze man, die duidelijk geen Buranese was, maar wel Veneziano sprak, niet had verteld waarom hij zo nieuwsgierig was, vroeg ze: 'Waarom bent u naar hem op zoek?'

Brunetti glimlachte vlot en, naar hij hoopte, wrang. 'Ik zit blijkbaar in hetzelfde schuitje als uw echtgenoot, Signora. Ik heb hem geld geleend.' Hij zuchtte, schudde zijn hoofd en spreidde zijn handen in een vertoon van teleurstelling en berusting. 'Enig idee waar ik hem kan vinden?'

Ze lachte weer, ditmaal om de absurditeit van zijn vraag. 'Nee, niet tot hijzelf besluit terug te komen. Hij is een bosvogel, Vittorio: hij komt en gaat zoals hijzelf wil en niemand kan hem vangen, ook al wil je het nog zo graag.'

Heel even speelde Brunetti met de gedachte haar zijn telefoonnummer thuis te geven en te verzoeken hem te bellen wanneer Spadini terugkwam, maar hij liet dat plan varen, bedankte haar voor haar hulp en zei alleen nog: 'Ik hoop dat uw man meer geluk heeft.'

Alles aan haar schudde weer om de onwaarschijnlijkheid daarvan. Toen deed ze glimlachend de deur dicht. En Brunetti liep tussen de drommen mensen door naar de *vaporetto* en voer terug naar Venetië.

Terug op de Questura zag hij tot zijn stomme verbazing Pucetti, in uniform, bij het Ufficio Straniero staan om een oogje te houden op de mensen die in de rij stonden te wachten met hun aanvragen.

'Wat doe jij hier?' vroeg hij aan de al even verraste agent.

'Ik heb vanochtend gebeld en naar u gevraagd, meneer,' zei Pucetti, de mensen achter hem negerend, 'maar ik werd doorverbonden met inspecteur Scarpa. Ik denk dat hij opdracht had gegeven dat ik met hem doorverbonden moest worden wanneer ik belde. Hij zei dat de vice-questore zelf bevel had gegeven dat ik onmiddellijk naar het bureau moest komen. In uniform. Ik heb geprobeerd hem duidelijk te maken dat ik met een speciale opdracht bezig was, maar hij zei dat het een reden voor ontslag zou zijn als ik weigerde aan het bevel gehoor te geven.' Pucetti was moedig genoeg om Brunetti in de ogen te blijven kijken toen hij dit zei. 'Ik vond dat ik een rechtstreeks bevel niet naast me neer kon leggen, meneer, dus ben ik teruggekomen.'

'En heb je hem gesproken?' vroeg Brunetti, zijn woede bedwingend.

‘Scarpa?’

‘Ja,’ antwoordde Brunetti zonder er iets van te zeggen dat Pucetti de rang van de inspecteur had weggelaten. ‘Wat had hij te zeggen?’

‘Hij vroeg waar ik had gezeten. Ik heb gezegd dat ik opdracht had gekregen daar tegen niemand iets over te zeggen.’

‘Heeft hij gevraagd van wie je die opdracht had gekregen?’

‘Ja, meneer.’ Pucetti’s stem klonk kalm. ‘Ik heb gezegd van u en toen zei hij dat hij u erover zou aanspreken.’

‘Verder nog iets?’

‘Nee, meneer. Meer heeft hij niet gezegd.’

Hoewel Brunetti zelf al had overwogen Pucetti naar Venetië terug te roepen, kon hij het niet uitstaan dat Scarpa dit achter zijn rug om had gedaan.

‘Het spijt me, meneer,’ zei Pucetti en hij draaide zich eventjes om naar een man met een zware baard die boos zijn stem verhief tegen de man die achter hem in de rij stond. Één blik van Pucetti was voldoende om hen beiden stil te krijgen. Pucetti wendde zich weer tot Brunetti.

‘Heb je kans gezien met signorina Elettra te praten?’ vroeg Brunetti op neutrale toon.

‘Ja, één of twee keer, toen ze naar het café kwam voor een kop koffie, maar er waren steeds andere mensen bij, dus hebben we onze rollen gespeeld en over het weer of het vissen gepraat.’

‘Die jongeman,’ begon Brunetti. ‘Heb je enig idee wie dat is?’ Brunetti besefte helemaal niet dat hij het aan Pucetti overliet te raden welke man hij bedoelde, noch doorgrondde hij het belang van het feit dat Pucetti precies wist over wie hij het had.

‘Het is een neef van een van de vissers.’

‘Hoe heet hij?’

‘Wie? De man of zijn oom?’

‘De man. Wat is zijn naam?’ Brunetti hoorde zelf hoe nieuwsgierig hij klonk, dus stak hij zijn hand in de zak van zijn colbertje en ging er anders bij staan om er ontspannen uit te zien. ‘Als je dat weet, tenminste,’ voegde hij er slapjes aan toe.

‘Targhetta,’ antwoordde Pucetti, zonder te laten merken of hij Brunetti’s belangstelling soms abnormaal vond. ‘Carlo Targhetta.’

Brunetti stond op het punt meer vragen te stellen over de jongeman en wat die op Pellestrina deed, toen hij aanvoelde dat Pucetti wel degelijk nieuwsgierig was naar zijn belangstelling voor signorina Elettra’s privé-leven. ‘Goed, dank je, Pucetti. Je kunt weer met het gewone dienstrooster meedraaien,' zei hij, glad vergetend dat ze nu al twee weken met hetzelfde rooster werkten, omdat signorina Elettra er niet was om voor de rotatie te zorgen.

Terug op zijn kantoor legde hij zich neer bij haar afwezigheid door zelf het kantoor van de Guardia di Finanza te bellen en naar maresciallo Resto te vragen.

De maresciallo, kreeg hij te horen, was momenteel niet aanwezig. Wilde hij iemand anders spreken? Zijn weigering kwam prompt en automatisch en toen hij ophing werd hij getroffen door de volle betekenis van zijn reactie. Zelfs bij zoiets als dit, een doodgewoon telefoontje van de ene overheidsinstantie naar de andere, was hij niet bereid de reden voor zijn telefoontje te onthullen, ongeacht de rang of functie van degene met wie hij sprak, tenzij iemand die hij kende en vertrouwde voor de persoon in kwestie instond. Wat hem bedroefde, was niet zozeer het feit dat de mensen met wie hij te maken kreeg op de loonlijst van de maffia zouden kunnen staan of om een andere reden niet te vertrouwen waren, maar dat wantrouwen een instinct was, een zo sterk instinct dat het *a priori* iedere kans op samenwerking tussen de afzonderlijke organen die verantwoordelijk waren voor de openbare veiligheid, uitsloot. En maresciallo Resto, besefte hij, had zijn vertrouwen alleen verworven omdat hij het vertrouwen van signorina Elettra genoot. Deze overpeinzingen brachten hem terug op Pellestrina, en de jongeman van wie hij nu wist hoe hij heette, en gedachten aan signorina Elettra. Hij bleef daar een kwartiertje over doordenken en belde toen nogmaals naar de Finanza.

'Resto,' zei een luchtige stem.

'Maresciallo,' begon Brunetti, 'u spreekt met commissario Guido Brunetti van de Questura. Ik bel u omdat ik informatie nodig heb.'

'Bent u Elettra's baas?' vroeg de man, Brunetti volkomen verrassend, niet met de vraag, maar met het feit dat hij zo vertrouwelijk haar voornaam gebruikte.

'Ja.'

'Dan mag u vragen wat u wilt.' Brunetti wachtte, tevergeefs, op de gebruikelijke loftuitingen over signorina Elettra's vele deugden.

'Ik interesseer me voor een zaak die u twee jaar geleden hebt behandeld. Er is toen een boot in beslag genomen van een visser uit Burano, ene Vittorio Spadini.' Hij wachtte even om te zien of Resto daar iets op wilde zeggen, en toen de ander bleef zwijgen, ging hij door. 'Ik zou graag willen weten wat u me over die zaak en de persoon in kwestie kunt vertellen.'

'Heeft dit met de moorden te maken?' vroeg Resto, hem alweer verrassend.

'Waarom vraagt u dat?'

Resto lachte kort. 'Er zijn de afgelopen tien dagen drie moorden gepleegd op Pellestrina. Twee van de slachtoffers waren vissers en nu belt de politie om me vragen te stellen over een visser. Ik zou een carabiniere moeten zijn als ik me niet zou afvragen of er verband tussen bestond.'

Hij zei het als grap, maar het was geen grap. 'Er is me verteld dat hij betrekkingen had met een van de slachtoffers,' zei Brunetti bij wijze van uitleg.

'Hebt u hem ondervraagd?'

'Hij is nergens te vinden. Een buurvrouw zegt dat hij er niet is.'

Resto bleef even stil en zei toen: 'Een momentje, dan zal ik het dossier erbij pakken.' Hij bleef korte tijd weg, kwam terug, pakte de telefoon weer op en zei: 'Het dossier zit in het archief. Ik bel u terug.' Waarna hij ophing.

Resto wilde dus ook zekerheid over met wie hij sprak, besefte Brunetti, die vermoedde dat de maresciallo het dossier in zijn hand had, maar het verstandig vond de Questura te bellen en Brunetti te spreken te vragen.

Toen de telefoon even later ging, zei hij zijn naam en omdat hij er niets mee zou opschieten als hij de man op zijn teentjes zou trappen, weerstond hij de verleiding Resto te vragen of hij er nu zeker van was met wie hij sprak.

Brunetti hoorde dat er pagina's werden omgeslagen en toen zei Resto: 'We zijn drie jaar geleden in juni met het onderzoek begonnen. We hebben zijn bank gewaarschuwd en zijn telefoon en de telefoon en het faxapparaat van zijn accountant laten aftappen. We hebben bijgehouden hoeveel hij op de vismarkt verkocht en bekeken hoeveel hij daarvan aan de belastingdienst opgaf.'

'Wat nog meer?' vroeg Brunetti.

'We hebben hem op de gebruikelijke manier doorgelicht.'

'Welke manier is dat?' vroeg Brunetti.

'Daar ga ik liever niet op in,' antwoordde Resto. 'Maar we zijn er uiteindelijk achter gekomen dat hij oesters en vis verkocht tegen een waarde van bijna een miljard lire per jaar en als inkomen minder dan honderd miljoen opgaf.'

'En?' vroeg Brunetti in de nieuwe stilte.

'We hebben hem een paar maanden in de gaten gehouden en hem toen gestrikt.'

'Als een vis in een net?'

'Precies. Als een vis. Maar toen we hem eenmaal te pakken hadden werd hij een oester. Niets. Geen geld, geen idee waar hij het heeft zitten. *Als* hij het heeft.'

'Hoe lang heeft hij volgens u zoveel geld verdiend?'

'Geen idee. Kan vijf jaar zijn. Of langer.'

'En u hebt geen idee waar hij het heeft verstopt?'

'Misschien heeft hij het allemaal uitgegeven.'

Brunetti, die had gezien in welke staat het huis van Spadini verkeerde, betwijfelde dat, maar hield dat voor zich. Hij dacht na over wat hij had gehoord en vroeg toen: 'Hoe bent u hem op het spoor gekomen?'

'Via een-een-zeven.'

'Pardon?' zei Brunetti.

'Het telefoonnummer voor de anonieme *denuncie*.'

Brunetti hoorde nu al jaren verhalen over dat nummer, 117, dat was ingesteld om burgers de gelegenheid te geven anonieme meldingen te doen over belastingontduiking. Maar hoewel hij de verhalen had gehoord, had hij er nooit echt in geloofd en was hij 117 blijven beschouwen als een van de vele stadsmythen. Maar nu vertelde een maresciallo van de Finanza hem in eigen persoon dat het waar was: het nummer bestond en was gebruikt om het onderzoek naar Vittorio Spadini op gang te brengen, met het gevolg dat die zijn boot was kwijtgeraakt.

'Op welke manier worden die telefoontjes geregistreerd?'

'Ik vrees dat ik dat niet met u kan bespreken, commissario,' zei Resto, zonder een spoor van spijt of onwil in zijn stem.

'Is er een aanklacht tegen hem ingediend?'

'Nee. Men vond het beter hem een boete op te leggen.'

'Hoe hoog was die boete?'

'Vijfhonderd miljoen lire,' zei Resto. 'Althans, dat is het uiteindelijk geworden. Het was in het begin meer, maar er is wat van afgegaan.'

'Waarom?'

'We hebben zijn bezittingen onder de loep genomen en het enige wat hij had, was de boot en twee kleine bankrekeningen.'

'Maar u wist dat hij een half miljard per jaar verdiende.'

'We hadden redenen om dat aan te nemen, ja, maar er is toch besloten, vanwege de afwezigheid van actief vermogen van zijn kant, genoegen te nemen met een kleinere som.'

'En die vertegenwoordigde?'

'Zijn boot en het geld op beide bankrekeningen.'

'En zijn huis dan?'

'Dat is van zijn vrouw. Ze heeft het in het huwelijk ingebracht, dus hadden we daar geen recht op.'

'Hebt u enig idee waar het geld gebleven is?'

'Nee, maar er doen geruchten de ronde dat hij gokt.'

'En er daarbij blijkbaar alleen maar op achteruitgaat,' merkte Brunetti op.

'Iedereen die gokt, gaat erop achteruit.'

Daar moest Brunetti oprecht om lachen en toen vroeg hij: 'En sindsdien?'

'Ik heb geen idee,' antwoordde Resto. 'Daarna zijn er geen meldingen meer over hem gedaan, dus kan ik u verder niets over hem vertellen.'

Brunetti vroeg nu: 'Hebt u hem ontmoet?'

'Ja.'

'En?'

Zonder aarzelen zei Resto: 'Het is een erg onaangename man. Niet om wat hij heeft gedaan. Iedereen ontduikt de belasting. Dat verwachten we. Maar de manier waarop hij zich tegen ons verzette had een heftigheid die ik zelden heb meegemaakt. Volgens mij had het niets te maken met het geld dat hij is kwijtgeraakt, hoewel ik me daarin kan vergissen.'

'Als het niet om het geld ging, waar ging het dan om?'

'Om het feit dat hij verloren had. Gepakt was,' opperde Resto. 'Ik heb nog nooit iemand meegemaakt die zo woedend was dat hij erbij was, hoewel het onmogelijk zou zijn geweest hem níét te pakken, want hij was vreselijk dom te werk gegaan.' Het klonk alsof hij niet Spadini's oneerlijkheid afkeurde, maar diens onvoorzichtigheid.

'Zou u hem als gewelddadig omschrijven?' vroeg Brunetti.

'Bedoelt u of ik denk dat hij die moorden kan hebben gepleegd?'

'Ja.'

'Dat weet ik niet. Volgens mij zijn veel mensen tot moorden in staat, al beseffen ze dat niet tot ze in de juiste situatie terechtkomen. Of eigenlijk de verkeerde,' voegde Resto er snel aan toe. 'Misschien. Misschien niet.' Toen Brunetti niets zei, ging Resto door. 'Het spijt me dat ik hierop geen antwoord kan geven, maar ik weet het gewoon niet.'

'Dat geeft niets,' zei Brunetti. 'Ik dank u voor wat u me wél hebt verteld.'

'Laat u me weten hoe dit afloopt?' vroeg Resto, Brunetti verrassend met dat verzoek.

'Ja, dat wil ik wel doen. Waarom?'

'O, ik ben gewoon nieuwsgierig,' zei Resto, maar hij verborg iets, al had Brunetti geen idee wat het was. Na nog wat gepraat te hebben, namen de mannen afscheid en hingen op.

21

Brunetti's gezin zat rond de keukentafel toen hij thuiskwam, halflege borden lasagne voor zich. Chiara stond op om hem een zoen te geven, Raffi zei '*Ciao,* pappa' en at door, en Paola glimlachte hem toe en liep naar de oven. Ze bukte zich om het deurtje open te doen, pakte een bord met daarop een grote rechthoek lasagne uit de oven en zette dat voor hem op de tafel.

Hij liep naar de badkamer om zijn handen te wassen. Toen hij terugkwam, merkte hij opeens wat een honger hij had en hoe blij hij was thuis te zijn bij zijn gezin.

'Zo te zien ben jij vandaag in de zon geweest,' zei Paola. Ze schonk een glas Cabernet voor hem in.

Hij nam een slokje. 'Is dit het spul dat die leerling van jou maakt?' vroeg hij, terwijl hij het glas ophief en de kleur bekeek.

'Ja. Vind je het lekker?'

'Ja. Hoeveel hebben we ervan gekocht?'

'Twee dozen.'

'Mooi zo,' zei hij en hij begon zijn pasta te eten.

'Je ziet eruit alsof je vandaag in de zon bent geweest,' herhaalde Paola.

Hij kauwde, slikte en zei: 'Ik ben naar Burano geweest.'

'Pap, als je weer gaat, mag ik dan met je mee?' mengde Chiara zich in het gesprek.

'Chiara, ik ben met je vader aan het praten,' zei Paola.

'Kan ik niet tegelijkertijd met hem praten?' vroeg ze met alle tekenen van gekwetste trots.

'Wanneer ik klaar ben.'

'Maar we hebben het toch over hetzelfde onderwerp?' vroeg Chiara, die zo slim was ieder spoor van bokkigheid uit haar stem te houden.

Paola keek naar haar bord en legde haar vork zorgvuldig neer naast haar halfopgegeten portie lasagne.

'Ik vroeg iets aan je vader,' zei ze en het ontging Brunetti niet dat ze hem aanduidde met 'je vader'. Onder die taalkundige distantiëring lag, naar hij vermoedde, een andere.

Chiara wilde iets zeggen, maar Raffi gaf haar onder de tafel een schop. Ze draaide haar hoofd met een ruk naar hem toe. Hij klemde zijn lippen op elkaar en kneep zijn ogen tot spleetjes terwijl hij haar aankeek. Ze zweeg.

Stilte viel en bleef op de tafel liggen. 'Ja,' zei Brunetti toen. Hij schraapte zijn keel en vervolgde: 'Ik ben naar Burano gegaan om met iemand te praten, maar hij was niet thuis. Ik wilde in Da Romano eten, maar er was geen tafeltje vrij.' Hij at de rest van zijn lasagne en keek Paola aan. 'Is er nog meer? Dit is heerlijk,' zei hij.

'Wat eten we nog meer, mamma?' vroeg Chiara, wier eetlust het won van Raffi's waarschuwing.

'Stoofpot met rundvlees,' zei Paola.

'Die met aardappelen?' vroeg Raffi, zijn stem druipend van voorgewend enthousiasme.

'Ja,' zei Paola. Ze stond op en begon de borden op te stapelen. De lasagne bleek, tot Brunetti's teleurstelling, net zoiets te zijn als de Messias: een tweede komst zat er niet in.

Terwijl Paola bezig was bij het fornuis, wapperde Chiara met haar hand om Brunetti's aandacht te trekken, hield toen haar hoofd opzij, deed haar mond open en stak haar tong uit. Ze trok haar ogen scheel, boog haar hoofd naar de andere kant en maakte er een metronoom van: in snel tempo bewoog ze hem heen en weer terwijl haar tong slap uit haar mond hing.

Bij het fornuis, waar ze bezig was porties stoofpot op te scheppen, zei Paola: 'Als je bang bent dat je van dit vlees de gekkekoeienziekte krijgt, Chiara, kun je het misschien beter niet eten.'

Chiara's hoofd kwam meteen tot stilstand en ze vouwde haar handen braaf op haar schoot. 'Welnee, mamma,' zei ze met mierzoete deugdzaamheid, 'ik heb erge honger en je weet hoeveel ik van stoofpot hou.'

'Jij houdt van alles wat eetbaar is,' zei Raffi.

Weer stak ze haar tong uit, maar nu hield ze haar hoofd stil.

Paola keerde terug naar de tafel en zette eerst een bord neer voor Chiara en toen voor Raffi. Daarna zette ze een bord neer voor Brunetti en toen voor zichzelf en ging ze zitten.

'Wat hebben jullie vandaag op school gedaan?' vroeg Brunetti aan beide kinderen, in de hoop dat één van hen antwoord zou geven. Hij at onderhand door en algauw dwaalde zijn aandacht af naar de stukjes vlees, de dobbelsteentjes wortel, de smalle reepjes ui. Raffi vertelde iets over zijn leraar Grieks. Toen hij zweeg, keek Brunetti naar Paola en vroeg: 'Heb je er Barbera in gedaan?'

Ze knikte en hij glimlachte tevreden dat hij het bij het juiste eind had. 'Heerlijk,' zei hij en prikte nog een stukje vlees aan zijn vork. Raffi ging door met zijn verhaal over de leraar Grieks en Chiara begon de tafel af te ruimen. 'Dessertbordjes,' zei Paola tegen haar toen ze klaar was.

Paola liep naar het aanrecht en nam de stolp van de porseleinen taartschaal die ze van haar oudtante Ugolina uit Parma had geërfd. Op de schaal lag, zoals Brunetti nauwelijks had durven hopen, haar appeltaart: die met citroen- en sinaasappelsap en zoveel Grand Marnier dat de hele taart ervan doordrenkt was zodat iedere hap smolt op de tong.

'Jullie moeder is een heilige,' zei hij tegen de kinderen.

'Een heilige,' herhaalde Raffi.

'Een heilige,' zong Chiara, als investering voor een tweede portie taart.

Na het eten pakte Brunetti een fles calvados, om het appelthema waar ze met de taart mee begonnen waren, niet te doorbreken, en liep het balkon op. Hij zette de fles neer en liep de keuken weer in om twee glazen te pakken en hopelijk zijn vrouw mee te krijgen. Toen hij tegen Chiara zei dat zij de afwas moest doen, protesteerde ze niet.

'Kom,' zei hij tegen Paola en hij liep weer naar het balkon.

Hij schonk twee glazen in, legde zijn voeten op het muurtje en keek naar de wolken die in de verte voorbijdreven. Toen Paola in de andere stoel was gaan zitten, knikte hij in de richting van de wolken en vroeg: 'Denk je dat we regen krijgen?'

'Ik hoop van wel. Ik heb vandaag gelezen dat er bosbranden woeden in de bergen bij Belluno.'

'Brandstichting?' vroeg hij.

'Waarschijnlijk,' antwoordde ze. 'Hoe kunnen ze er anders gaan bouwen?' Een vreemde wet bepaalde dat onontgonnen land waarop geen huizen gebouwd mochten worden, die beschermende status kwijtraakte zodra de bomen die op dat land stonden, ophielden te bestaan. En wat was een effectievere manier om bomen te verwijderen dan brand?

Ze hadden geen van beiden zin om op het onderwerp in te gaan, dus vroeg Brunetti: 'Wat is er?'

Een van de dingen die Brunetti in Paola altijd zo aantrekkelijk had gevonden, was wat hij, al haar tegenwerpingen tegen de term ten spijt, koppig de mannelijkheid van haar denkwijze bleef noemen, en ook nu deed ze niet alsof ze niet begreep waar zijn vraag op sloeg, maar zei: 'Ik vind je belangstelling voor Elettra vreemd. En als ik er langer over zou nadenken, zou ik die waarschijnlijk ook beledigend vinden.'

Het was Brunetti die onschuldig echode: 'Beledigend?'

'Alleen als ik er langer over zou nadenken. Voorlopig vind ik het alleen maar eigenaardig, ongewoon, en zou ik er graag een verklaring voor willen horen.'

'Waarom vind je dat?' vroeg hij. Hij zette zijn glas op de tafel en vulde het bij.

Ze draaide zich naar hem toe en keek hem aan, haar gezicht één groot vraagteken. Ze herhaalde zijn vraag echter niet, maar probeerde er antwoord op te geven. 'Omdat je de afgelopen week aan bijna niets anders hebt gedacht dan aan haar, en omdat ik aanneem dat je uitstapje naar Burano vandaag iets met haar te maken heeft.'

Andere dingen die hij altijd in Paola had bewonderd, waren dat ze geen nieuwsgierig aagje en van nature niet jaloers was. 'Ben je jaloers?' vroeg hij voordat hij tijd had na te denken.

Haar mond zakte open en het was alsof haar ogen op steeltjes stonden, zo intens staarde ze hem aan. Toen draaide ze zich weer terug en zei in de richting van de klokkentoren van San Polo: 'Hij wil weten of ik jaloers ben.' Toen de klokkentoren geen antwoord gaf, verschoof ze haar blik naar San Marco.

Terwijl ze daar zaten en de stilte tussen hen zich verdiepte, dreef de spanning weg alsof het hardop uitspreken van het woord 'jaloers' voldoende was geweest om die te verdrijven.

De kerkklokken sloegen het halve uur. Brunetti zei: 'Dat is nergens voor nodig, hoor. Ik wil niets van haar.'

'Je wilt haar veiligheid.'

'Dat is vóór haar, niet ván haar,' zei hij hardnekkig. Ze keek hem weer aan en vroeg, zonder een spoor van haar gebruikelijke felheid: 'Dat geloof je echt, hè? Dat je niets van haar wilt?'

'Jazeker,' bleef hij volhouden.

Ze wendde zich weer af en keek naar de wolken, die nu hoger zaten en landinwaarts dreven.

'Wat is er toch?' vroeg hij toen ze bleef zwijgen.

'Er is niets. We zijn gewoon beland op een van die momenten

waarop het verschil tussen mannen en vrouwen duidelijk wordt.'

'Welk verschil?' vroeg hij.

'Het vermogen tot zelfbedrog,' zei ze, maar ze verbeterde zichzelf meteen: 'Of liever gezegd, de dingen waarover we onszelf graag bedotten.'

'Zoals?' vroeg hij, mikkend op neutraliteit.

'Mannen bedotten zichzelf over wat ze zélf doen, vrouwen kiezen ervoor zichzelf te misleiden over wat ándere mensen doen.'

'Mannen, neem ik aan?' vroeg hij.

'Ja.'

Als ze een scheikundige was geweest die het periodieke systeem van de elementen voorlas, had ze niet overtuigder kunnen klinken.

Hij dronk het restje van zijn calvados, maar schonk niet meer bij. Een lange tijd verstreek in een stilte die hij gebruikte om na te denken over wat ze had gezegd. 'Zo te horen zijn mannen dan beter af,' zei hij uiteindelijk.

'Zoals gewoonlijk.'

De volgende ochtend had Brunetti Paola's opmerking dat hij de afgelopen week aan weinig anders had gedacht dan aan signorina Elettra – wat volkomen waar was – omgevormd tot de bewering dat ze reden had jaloers te zijn, wat natuurlijk niet helemaal hetzelfde was. En alhoewel hij zichzelf ervan wist te overtuigen dat Paola geen reden had om jaloers te zijn, bleef de bezorgdheid om signorina Elettra in zijn hoofd rondspoken, wat ten koste ging van zijn instinct om bij een zaak alles en iedereen als verdacht te beschouwen. Vreemde prikkels, als je ze zo kon noemen, bleven daarom onbeantwoord en op de vaagste van de sporen die vanuit de kern van het onderzoek uitwaaierden, werd niet ingegaan.

Marotta kwam terug en nam de leiding over de Questura van hem over. Omdat er in Venetië zo weinig moorden werden gepleegd en omdat Marotta een ambitieuze man was, vroeg hij de dossiers over de Bottins op en nadat hij die had gelezen, verklaarde hij dat hij de zaak zelf zou behandelen.

Toen Brunetti het nummer van signorina Elettra's *telefonino* niet kon vinden, probeerde hij een halfuur lang via de computer in de dossiers van telecom binnen te dringen, gaf het toen op en vroeg Vianello of die soms aan het nummer kon komen. Toen hij het had gekregen, bedankte hij de brigadier en keerde terug naar zijn kantoor om het te bellen. De telefoon ging acht keer over en toen kreeg hij een stem die zei dat de abonnee van de mobiele telefoon die had afgezet, maar dat hij een boodschap kon inspreken als hij dat wenste. Hij stond op het punt zijn naam in te spreken, toen hij zich de blik herinnerde waarmee ze naar de jongeman had gekeken die nu een naam had. Dus noemde hij haar Elettra, gebruikte het intieme *tu* en zei dat het Guido was en of ze hem op kantoor kon bellen.

Vervolgens belde hij Vianello en verzocht hem nog een keer met de computer aan de slag te gaan, ditmaal om informatie te zoeken over ene Carlo Targhetta, die misschien woonachtig was te Pellestrina. Vianello's stem klonk volkomen neutraal toen hij de naam herhaalde, wat voor Brunetti een teken was dat de brigadier met Pucetti had gesproken en precies wist wie de man was.

Hij pakte een blanco vel papier uit zijn la en schreef daarop in het midden de naam Bottin en aan de linkerkant de naam Follini. Spadini zette hij onderaan en toen trok hij een lijn tussen Spadini en Follini. Rechts van Spadini's naam noteerde hij die van Sandro Scarpa, de broer van de kelner die met Bottin zou hebben gevochten, en verbond zijn naam met die van Bottin. Daaronder zette hij de naam van de vermiste kelner. Toen ging hij naar de namen zitten kijken, alsof hij verwachtte dat ze over het papier zouden gaan wandelen of dat nieuwe lijntjes interessante connecties tussen hen zouden openbaren. Er gebeurde niets. Hij pakte de pen weer en zette Carlo Targhetta's naam in een onopvallend hoekje. Hij was zich ervan bewust dat hij deze naam met kleinere letters schreef dan de andere.

Er gebeurde nog steeds niets. Hij deed een la van zijn bureau open, liet het vel papier erin glijden en ging naar beneden om te zien wat Vianello had ontdekt.

Vianello had inmiddels in de dossiers van diverse overheidsinstanties gesnuffeld om te zien of Carlo Targhetta in militaire dienst was geweest en of hij ooit met de politie in aanraking was gekomen. Juist het tegenovergestelde, leek het, zoals hij Brunetti vertelde toen die signorina Elettra's kantoortje binnenkwam, waar de brigadier achter de computer zat.

'Hij heeft bij de Guardia di Finanza gewerkt,' vertelde Vianello met een verwonderd gezicht.

'En nu is hij visser,' zei Brunetti.

'En daarmee verdient hij waarschijnlijk heel wat meer,' merkte Vianello op.

Hoewel dat er niet veel mee te maken had, leek het een vreemde ommekeer in zijn carrière en ze vroegen zich allebei af wat daarvan de oorzaak kon zijn geweest. 'Wanneer is hij daar weggegaan?' vroeg Brunetti.

Vianello drukte een paar toetsen in, bekeek het scherm, drukte op nog een paar toetsen en zei toen: 'Ongeveer twee jaar geleden.'

Ze dachten het allebei, maar Brunetti was de eerste die iets over het toeval zei. 'Rond de tijd dat Spadini zijn boot is kwijtgeraakt.'

'Mmm,' bromde Vianello en drukte op een toets waardoor alles van het scherm verdween. 'Ik zal eens zien of ik erachter kan komen waarom hij is vertrokken,' zei hij en liet een nieuw scherm vol informatie opkomen. Een paar seconden lang flitsten letters en cijfers over het scherm, elkaar najagend tot ze onder de rand verdwenen. Na een voor Brunetti's gevoel erg lange tijd zei Vianello: 'Dat staat er niet bij.'

Brunetti boog zich naar het scherm en begon te lezen. Hij zag hoofdzakelijk getallen en onbegrijpelijke symbolen, maar onderaan las hij: 'Alleen voor intern gebruik, zie betreffende dossier', waarop een lange rij cijfers en letters volgde, die vermoedelijk op het dossier sloegen waarin de reden voor Carlo Targhetta's vertrek te vinden was.

Vianello tikte met zijn vinger op de laatste zin en vroeg: 'Denkt u dat dit iets betekent, meneer?'

'Betekent niet alles iets?' zei Brunetti bij wijze van antwoord, nieuwsgierig naar wat dít betekende. 'Ken je iemand?' vroeg hij Vianello, met gebruik van het eeuwenoude Venetiaanse steno: kennis? familie? oude schoolvriend? iemand die bij je in het krijt staat?

'Nadia's peetmoeder,' zei Vianello nadat hij even had nagedacht. 'Die is getrouwd met een oud-kolonel.'

'Ze waren toch niet uitgenodigd voor dat avondje uit ter ere van jullie trouwdag?' vroeg Brunetti.

Vianello glimlachte toen Brunetti hem herinnerde aan wat hijzelf hem verschuldigd was. 'Nee. Hij is ongeveer drie jaar geleden met pensioen gegaan, maar heeft nog steeds toegang tot alles wat hij wil.'

'Kan Nadia goed met hen overweg?' vroeg Brunetti.

Vianello's glimlach had iets van een haai. 'Ze beschouwen haar als een dochter, meneer.' Hij pakte de telefoon. 'Ik zal zien wat ik te weten kan komen.'

Brunetti concludeerde uit de korte duur van Vianello's openingssalvo dat hij de gepensioneerde ambtenaar meteen te pakken had. Hij hoorde hem zijn verzoek uiteenzetten. Toen Vianello na een korte stilte alleen maar 'juni twee jaar terug' zei, begreep Brunetti dat de peetoom niet had gevraagd waar de brigadier de informatie voor nodig had. Nadat hij Vianello 'Goed, dan bel ik u morgenochtend' had horen zeggen, keerde hij terug naar zijn eigen kantoor.

22

De volgende ochtend vertrok Brunetti naar zijn werk voordat Paola wakker was, waardoor het hem bespaard bleef vragen te moeten beantwoorden over de vorderingen die ze met het onderzoek hadden gemaakt. Omdat signorina Elettra hem niet had teruggebeld – in ieder geval niet gisteren op de Questura – begon hij te denken dat ze hem misschien toch had gehoorzaamd en Pellestrina had verlaten. Zo kwam het dat hij op weg naar de Questura met de gedachte speelde dat hij haar achter haar bureau zou zien zitten, gekleed op de lente, blij dat ze terug was en nog blijer hem te zien.

Zijn gedachten waren niet de vader van haar wensen. In haar kantoortje was geen spoor van haar te bekennen. Haar computer stond er zwijgend bij, het scherm blanco. Hij liep maar snel door naar boven, voordat hij dat als een of ander voorteken ging beschouwen.

Onderweg naar zijn kantoor liep hij even de agentenkamer binnen, waar hij Vianello achter zijn bureau zag zitten met een gedemonteerd pistool voor zich. De metalen onderdelen lagen verspreid over een opengeslagen *Gazzetta dello Sport*, hun zwijgende dreiging een scherp contrast met het roze papier, als een balletdanseres met een boksbeugel.

'Wat moet dit voorstellen?' vroeg Brunetti.

De brigadier keek op en glimlachte. 'Alvise. Hij heeft hem uit elkaar gehaald om hem schoon te maken en kon zich toen niet herinneren hoe hij in elkaar moest.'

'En waar is Alvise?' vroeg Brunetti, om zich heen kijkend.

'Die is een kop koffie gaan halen.'

'En hij heeft dit zomaar hier laten liggen?'

'Ja.'
'En wat ben jij aan het doen?'
'Och, ik vond dat ik hem wel even in elkaar kon zetten en op zijn bureau leggen.'
Brunetti besteedde aan dat antwoord de aandacht die het verdiende en zei toen: 'Ja, dat lijkt mij ook het beste.'
Het pistool verder negerend zei Vianello: 'De kolonel heeft teruggebeld.'
'En?'
'En hij zegt niets.'
'Wat wil dat zeggen?'
'Het wil waarschijnlijk zeggen dat hij zijn mond open zou doen als ze hem iets hadden verteld, maar dat hebben ze niet gedaan.'
'Waarom denk je dat?'
Vianello dacht even na over hoe hij het beste kon beginnen en zei toen: 'Hij was een kolonel, dus is hij eraan gewend dat vrijwel iedereen hem moet gehoorzamen. Ik denk dat ze hebben geweigerd hem te vertellen waarom Targhetta is vertrokken, en dat hij zich ervoor schaamt dat toe te geven en daarom zegt dat hij die informatie niet mag bekendmaken.' Hij zweeg even en voegde er toen aan toe: 'Dat is zijn manier om zijn eer te redden: door het te laten klinken alsof het zijn beslissing was.'
'Weet je dat zeker?'
'Nee,' antwoordde de brigadier, 'maar een logischer verklaring heb ik niet.' Hij zweeg even en ging toen door: 'Bovendien staat hij voor een paar dingen bij me in het krijt, dus als hij me kon helpen, zou hij het doen.'
Brunetti dacht daar eventjes over na en omdat hij wist dat Vianello al eerder was begonnen met erover na te denken, vroeg hij uiteindelijk: 'Wat denk jij?'
'Ik denk dat ze Targhetta ergens op betrapt hebben, maar het niet konden bewijzen of geen zin hadden in de rompslomp van een arrestatie of een aanklacht en hem daarom stilletjes hebben ontslagen.'
'En dat in zijn dossier gezet?'
'Ja,' zei Vianello en hij boog zich weer over het pistool. Snel, met geoefende vingers, pakte hij de onderdelen en drukte ze op hun plaats. Binnen een paar seconden zat het pistool in elkaar en was het weer een kil, dodelijk voorwerp geworden.
Vianello legde het opzij en zei: 'Jammer dat ze er niet is.'
'Wie?'

'Signorina Elettra,' antwoorde Vianello. Om de een of andere reden deed het Brunetti goed dat hij haar 'signorina' bleef noemen.

'Ja, het zou beter zijn geweest als ze er was.' Beklemd door het plotselinge besef hoe afhankelijk hij de afgelopen jaren van haar was geworden, vroeg Brunetti: 'Is er iemand anders?'

'Daar heb ik over zitten denken vanaf het moment dat de kolonel me heeft gebeld,' zei Vianello. 'Er is maar één andere persoon die het volgens mij zou kunnen doen.'

'Wie dan?'

'U zult dit niet prettig vinden, meneer,' zei de brigadier.

Voor Brunetti kon dat maar één ding betekenen; of liever gezegd, één persoon. 'Ik heb je gezegd dat ik niets met Galardi te maken wil hebben,' zei Brunetti. Stefano Galardi, eigenaar en directeur van een softwarebedrijf, had samen met Vianello op school gezeten, maar had de herinneringen aan zijn jeugd in Castello, in een huis zonder verwarming of warm water, ver achter zich gelaten toen hij was opgestegen in de keizerlijke regionen van het cyberrijk. Hij had de sociale en monetaire ladder beklommen en was aan iedere tafel in de stad een graag geziene gast, behalve aan de tafel van Guido Brunetti, omdat hij aan die tafel zes jaar geleden erg openlijk en erg dronken was gaan flirten met Paola tot haar erg boze en erg nuchtere echtgenoot hem de deur uit had gezet.

Omdat Galardi ervan overtuigd was dat Vianello hem bijna twintig jaar geleden van de verdrinkingsdood had gered na een bijzonder losbandig Redentore-feest, had Vianello op zijn beurt, vóór de komst van signorina Elettra, van hem gebruikgemaakt om bepaalde soorten elektronische informatie te bemachtigen. Een van de redenen waarom Brunetti zo blij was met signorina Elettra, was dat zij hem had bevrijd van alle verplichtingen tegenover Galardi.

Ze bleven een tijdje zwijgend zitten. Toen zei Brunetti: 'Vooruit dan maar. Bel hem.' Maar hij liep de kamer uit, want hij wilde er niet bij zijn.

Zijn nieuwsgierigheid werd twee uur later bevredigd, toen Vianello binnenkwam en zonder ertoe te zijn uitgenodigd plaatsnam op de stoel tegenover zijn meerdere. 'Het heeft zo lang geduurd omdat hij eerst geen manier kon vinden om binnen te komen,' zei hij.

'En?'

'Net wat ik dacht. Ze hadden ontdekt dat hij met het bewijsmateriaal van een zaak had geknoeid en hebben hem de laan uit gestuurd.'

'Welk bewijsmateriaal? En welke zaak?'

Vianello begon met de eerste vraag. 'Het enige wat hij me kon geven, was de vertaling van de code.' Toen hij zag hoe verward Brunetti keek, legde hij het uit. 'Herinnert u zich die rij letters en cijfers aan het eind van het rapport?'

'Ja.'

'Hij is erachter gekomen wat die betekent.' Vianello ging door zonder Brunetti te dwingen het te vragen. 'Hij heeft me verteld dat ze die gebruiken voor alle gevallen waarin een lid van de Finanza bewijsmateriaal negeert of verbergt of op een of andere manier probeert het resultaat van een onderzoek te beïnvloeden.'

'Door wat te doen?' vroeg Brunetti.

'Wat wij ook doen,' antwoordde Vianello schaamteloos. 'De andere kant op kijken wanneer we zien dat onze kruidenier geen *ricevuta fiscale* geeft. Ons niet herinneren dat we gezien hebben wat de oorzaak was van een vechtpartij tussen een politieagent en een burger. Dat soort dingen.'

Brunetti negeerde Vianello's tweede voorbeeld en vroeg: 'En in dit geval? Wat heeft hij precies gedaan?'

'Dat heeft hij niet kunnen ontdekken, want dat staat niet in het dossier.' Vianello gaf Brunetti even de tijd om de betekenis daarvan tot zich te laten doordringen en zei toen: 'Maar het was de zaak-Spadini. De naam staat er niet bij, maar het codenummer van een van de zaken die Targhetta in behandeling had, is hetzelfde als dat van Spadini.'

Brunetti dacht daarover na. Het leven had hem geleerd erg wantrouwig te staan tegenover toeval, en het had hem ook geleerd iedere ogenschijnlijk willekeurige combinatie van gebeurtenissen of personen als toeval te beschouwen en ook die dus met achterdocht te benaderen. 'Pucetti?' vroeg Brunetti.

Vianello schudde zijn hoofd. 'Ik heb het hem gevraagd, maar hij weet niets over Targhetta. Hij heeft hem alleen een paar keer in het café gezien.'

'Met Elettra?'

'Dat heeft hij er niet bij gezegd.' Het ontging Brunetti hoe vrijblijvend dat antwoord van Vianello was.

Brunetti overwoog nu diverse mogelijkheden, inclusief of hij zelf naar Pellestrina moest gaan. Na een poosje vroeg hij Vianello: 'Denk je dat Bonsuans vriend hem iets zal vertellen, als hij hem zou bellen?'

'Dat kan alleen Bonsuan u vertellen,' zei Vianello met een glimlach. 'Hij heeft geen dienst vandaag. U zou hem thuis kunnen bellen.'

Dat was snel gedaan en Bonsuan zei dat hij het aan zijn vriend zou vragen. Tien minuten later belde hij terug om te zeggen dat zijn vriend niet thuis was en pas die avond terug zou komen.

Daarna bleef er voor Brunetti en Vianello niets anders over dan piekeren en zich zorgen maken, en omdat de brigadier liever aan zijn eigen bureau wilde piekeren, ging hij weer naar beneden.

Voor Brunetti waren de diensten die hij anderen verschuldigd was en die anderen hem verschuldigd waren, als een pakketje speelkaarten dat door het vele gebruik smoezelig was geworden. Als jij me dit vertelt, vertel ik jou dat; jij geeft me dit en dan betaal ik je terug met dat. Jij schrijft een aanbevelingsbrief voor mijn neef en dan zorg ik ervoor dat je verzoek om een aanlegplaats voor je boot deze week aan de orde komt. Achter zijn bureau, voor zich uit starend, haalde hij in gedachten de kaarten tevoorschijn en begon ze één voor één om te draaien. Hij legde er eentje opzij en ging weer door. Hij draaide er een stel om, twijfelde bij een kaart, legde die uiteindelijk op het afgelegde stapeltje en ging door tot het pakje op was. Toen pakte hij de kaart die hij opzij had gelegd en probeerde zich te herinneren wanneer hij die voor het laatst had aangeraakt. Dat was niet hij geweest, maar Paola, die er een paar dagen voor had uitgetrokken om de dochter van de man in kwestie te helpen zich voor te bereiden op haar literatuurexamens aan de universiteit. Het meisje was cum laude geslaagd, wat Brunetti meer dan genoeg recht gaf de kaart nu te spelen.

Haar vader, Aurelio Costantini, was tien jaar geleden met stille trom bij de Guardia di Finanza vertrokken nadat hij was vrijgesproken van de beschuldiging dat hij betrekkingen had met de maffia. De beschuldiging was gegrond geweest, maar het bewijsmateriaal ontoereikend, en de generaal was stilletjes ontslagen met behoud van zijn pensioenrechten, zodat hij nu de vruchten kon plukken van zijn vele jaren trouwe – en dubbelzinnige – dienst.

Brunetti belde hem op en legde uit waar het om ging. Op een beleefde maar duidelijke manier zei hij erbij dat het niets te maken had met de maffia. De generaal, die vermoedelijk in gedachten hield dat zijn dochter momenteel aan het solliciteren was naar een baan als docente op Ca' Foscari, toonde zich gaarne bereid te helpen en zei dat hij Brunetti nog vóór de lunch zou terugbellen.

De generaal hield zich aan zijn woord. Hij belde ruim voor het middaguur op om te zeggen dat hij op weg was naar een kennis die nog steeds bij de Finanza werkte. Hij sprak met Brunetti af in een café, waar hij hem een kopie zou geven van Targhetta's volledige interne dossier.

Brunetti belde naar huis en kreeg tot zijn opluchting het antwoordapparaat. Hij liet een bericht achter dat hij tussen de middag niet thuis kwam eten maar die avond rond de gebruikelijke tijd terug zou zijn. De generaal bleek een hoffelijke, witharige man te zijn met de kaarsrechte gestalte van een cavalerieofficier en de gewoonte van de hogere klassen en degenen die daar graag bij wilden horen om op een hautaine manier de 'r' half in te slikken. Hij nipte aan een prosecco terwijl Brunetti, die de omvang van het dossier had gezien dat de generaal tussen hen in op de tapkast had gelegd, snel twee broodjes at bij wijze van lunch. Ze spraken over het weer, zoals iedereen in de stad nu al drie maanden deed, en zeiden dat ze hoopten dat er gauw regen zou komen; niets anders kon de Augiusstallen waarin de kleinste *calli* waren veranderd, schoon krijgen.

Op de terugweg naar de Questura dacht Brunetti erover na hoe vreemd zijn gedrag eigenlijk was tegenover de twee mannen die hem het bewijsmateriaal hadden geleverd dat hij onder zijn arm had: Galardi had niets anders gedaan dan zich gedragen zoals dronken mannen zich nu eenmaal gedragen, en toch wilde Brunetti niets met hem te maken hebben; generaal Costantini, over wiens schuld geen enkele twijfel bestond, had de staat ondermijnd door haar geheimen aan de maffia te verkopen, maar Brunetti was evengoed bereid hem in een café te ontmoeten, een babbeltje met hem te maken en hem om gunsten te vragen, zonder vraagtekens te zetten bij de banden die hij al dan niet nog met de Guardia di Finanza had.

Zodra hij op zijn kantoor terug was en het dossier opsloeg, verdwenen al die jezuïtische gedachten snel en wijdde hij zich volledig aan het bestuderen van het dossier over Carlo Targhetta. De tweeëndertigjarige Targhetta had tien jaar voor de Finanza gewerkt tot hij had 'besloten te vertrekken', zoals het in het dossier werd beschreven. Hij was een Venetiaan van geboorte en had in Catania, Bari en Genua gewerkt alvorens gestationeerd te worden in Venetië. Dat was drie jaar geleden geweest, een jaar voor het incident dat tot zijn vertrek had geleid. Zijn dossier barstte van de lovende woorden van zijn meerderen, die het hadden over zijn 'toewijding aan zijn plichten' en 'diepgaande trouw'.

Voorzover Brunetti wist te ontcijferen uit de eufemistische taal van het dossier had Targhetta op het moment van zijn ontslag dienstgedaan als een van de agenten die de anonieme telefoontjes over belastingontduiking ontvingen. Hij had een fout gemaakt bij het rapporteren van een van die telefoontjes: de Finanza was van mening dat hij dat met opzet had gedaan, terwijl Targhetta zelf volhield dat hij het per ongeluk verzuimd had. De Guardia di Finanza had de noodzaak van een beslissing over wie gelijk had, omzeild door Targhetta de mogelijkheid te bieden ontslag te nemen. Hij had dat aanbod aanvaard, hoewel hij zijn pensioenrechten daarmee had verspeeld.

Bij het dossier zat een cassettebandje. Op het etiket daarvan stond een datum waarvan Brunetti aannam dat het de dag was waarop het telefoontje was binnengekomen dat alles aan het rollen had gebracht. Aan de binnenkant van de kaft van het dossier zaten wat vellen papier geniet: een snelle blik bevestigde dat daarop de uitgetypte tekst van de telefoongesprekken stond. Hij nam het bandje mee naar een van de kamers waar verhoren werden opgenomen, stopte het in de cassetterecorder en drukte op 'play'. Toen deed hij de dossiermap open.

Hij hoorde een lang telefoongesprek, dat was uitgetypt op de eerste pagina, waarin een vrouw zei dat ze haar man, een slager, wilde aangeven, omdat hij niet al zijn inkomsten declareerde. Haar accent was puur Giudecca en aan de manier waarop ze over haar man sprak, kon je horen dat ze hem al jaren niet kon uitstaan. Iedere twijfel over haar beweegreden werd weggenomen toen ze haar zelfbeheersing verloor en begon te schreeuwen dat het zijn verdiende loon zou zijn, en het verdiende loon van '*quella puttana di Lucia Mazotti*'. Sommige van haar woeste aantijgingen waren in de tekst vervangen door een bescheiden rijtje asterisken.

De volgende twee telefoontjes waren van oude vrouwen die zeiden dat ze geen *ricevute fiscali* hadden gekregen van hun krantenverkoper. Targhetta legde aan ieder van hen uit, met veel geduld, moest Brunetti toegeven, dat krantenverkopers niet verplicht waren reçuutjes te geven. Targhetta vergat niet hen te bedanken dat ze hun burgerplicht hadden vervuld, al klonk zijn stem daarbij erg verveeld, althans, in Brunetti's oren.

'Guardia di Finanza,' hoorde Brunetti de nu bekende stem van Targhetta weer zeggen.

'Is dit het nummer dat ik moet hebben?' vroeg een mannenstem in puur Venetiaans.

Het was Brunetti opgevallen dat Targhetta bij het opnemen van de telefoon steeds in het Italiaans sprak, en dat hij, als degenen die belden Venetiaans spraken, meteen op dat dialect overging om ze op hun gemak te stellen. Dat deed hij nu ook. 'Waar wilt u ons over spreken, meneer?' vroeg hij.

'Over iemand die geen belasting betaalt.'

'Ja, dan is dit het juiste nummer.'

'Nou, schrijft u zijn naam dan maar gauw op.'

'Ja, meneer?' vroeg Targhetta en wachtte op het antwoord.

'Spadini, Vittorio Spadini. Uit Burano.'

Daarop volgde een stilte en toen zei Targhetta, nu zonder spoor van een Venetiaans accent en op een veel formelere en officiëlere toon: 'Kunt u me iets meer vertellen, meneer?'

'Die schoft van een Spadini haalt iedere dag miljoenen uit de zee,' zei de man met een stem die gespannen klonk van wraakzucht of woede. 'En hij betaalt geen cent belasting. Het is allemaal zwart geld, dus wordt er nooit belasting over geheven. Alles wat hij verdient is zwart.'

Tot nu toe had Targhetta steeds om informatie gevraagd over degene die werd beschuldigd: waar hij woonde, wat voor soort werk hij deed. Ditmaal vroeg hij: 'Wat is uw naam, meneer?' Dat had hij nog niet eerder gedaan.

'Ik dacht dat je hier anoniem kon blijven,' zei de man, meteen achterdochtig.

'Dat is in de meeste gevallen ook zo, maar bij een geval als dit – u zei toch miljoenen? – willen we iets meer zekerheid over degene die de *denuncia* doet.'

'Nou, mijn naam krijgt u niet,' zei de man verhit. 'Als ik u was zou ik maar gauw de naam van die klerelijer opschrijven. Het enige wat u hoeft te doen is naar de visopslagplaats in Chioggia gaan als hij komt uitladen, dan kunt uzelf zien hoeveel hij vangt en wie zijn vis koopt.'

'Dat kunnen we helaas niet doen als u me niet zegt hoe u heet, meneer.'

'Je moet mij niet hebben, eikel. Je moet Spadini hebben.' Waarop de man de hoorn op de haak smeet.

Er volgde een korte stilte en toen hoorde hij Targhetta weer zeggen: 'Guardia di Finanza.'

Brunetti zette de bandrecorder af en keek naar de uitgetypte tekst. Daar, zo duidelijk als in een script voor een toneelstuk, stonden alle telefoontjes en de namen van de hoofdrolspelers: '*Finanziere* Targhetta' en '*Cittadino*.'

Hij wierp een snelle blik op de rest van de pagina's en zag dat er nog drie telefoontjes op de band stonden. Hij zette de bandrecorder weer aan en luisterde met de tekst in zijn hand naar de laatste drie gesprekken, tot het eind van de band en het papier.

Hij las de laatste pagina nog een keer en sloeg hem om. Hij had verwacht de blanco binnenkant van de kaft van het dossier te zien, maar zag in plaats daarvan een bundeltje met de hand beschreven vellen papier, bijeengehouden met een paperclip. Het waren formulieren met bovenaan vakjes voor de datum, het tijdstip, de naam van de beschuldigde en onderaan een hokje voor de initialen van de agent die het telefoontje had aangenomen. Hij telde de formulieren en kwam maar tot zes. Hij zag de naam van de slager en de twee krantenverkopers en de namen uit de laatste drie telefoontjes, maar er zat niets bij over Spadini. Zeven telefoontjes op de band en zeven telefoontjes in de getypte tekst, maar slechts zes telefoontjes op de formulieren die ondertekend waren met 'C.T.'.

Hij drukte op 'rewind' en vond met wat starten en stoppen het begin van het telefoontje waar geen formulier van bestond. Hij liet de band weer afspelen en luisterde aandachtig naar de stem van de man die belde. Zijn moeder zou het accent onmiddellijk herkend hebben; als het iemand was geweest van het hoofdeiland, had ze hem hoogstwaarschijnlijk ook kunnen vertellen uit welke *sestiere* hij kwam. Brunetti hoorde alleen dat hij van een van de eilanden afkomstig moest zijn, misschien van Pellestrina. Hij spoelde de band terug en luisterde weer naar de verrassing in Targhetta's stem toen hij Spadini's naam hoorde. Targhetta was er niet in geslaagd die te verdoezelen en meteen begonnen de ander te ontmoedigen: er was geen andere manier om zijn gedrag te beschrijven. Hoe meer de ander probeerde informatie te verstrekken, hoe meer Targhetta erop aandrong dat hij verplicht was hem zijn naam te geven, een eis die iedere getuige tegen hem in het harnas zou jagen, vooral omdat hij van de Guardia di Finanza was.

Hij besefte hoe verstandig het van de Finanza was alle telefoontjes op de band op te nemen. Zo werden de verklikkers dus in de gaten gehouden. Targhetta, die zich er niet van bewust was geweest dat het telefoongesprek werd opgenomen, had alleen maar hoeven te vergeten het formulier in te vullen. Hij had gedacht dat hij daarmee ieder spoor van het telefoontje had uitgewist en toen hij was geconfronteerd met het bandje waar het ontbrekende gesprek op stond – als dat de manier was waarop de Finanza te werk ging – had hij alleen maar hoeven te zeggen dat het formulier zoek was geraakt. Toch hadden ze hem blijkbaar niet geloofd; hoe kon zijn plotselinge vertrek na tien jaar bij de dienst anders verklaard worden?

Maar kon iemand die tien jaar voor de Finanza had gewerkt, zo dom zijn dat hij niet doorhad dat de telefoontjes werden opgenomen? Brunetti wist uit ervaring dat alhoewel ook alle telefoontjes naar de politie werden opgenomen, er niet per se nog een keer naar werd geluisterd. Targhetta had er misschien op vertrouwd dat zijn bedrog dankzij de bureaucratische incompetentie onopgemerkt zou blijven, of was, naar zijn stem te oordelen, zo verrast geweest dat hij instinctief had gehandeld toen hij had geprobeerd de ander het zwijgen op te leggen zonder stil te staan bij de consequenties.

Er was nu nog maar één stukje van de puzzel over, dacht Brunetti toen hij het vel papier tevoorschijn haalde waarop hij de lijntjes had getrokken tussen de betrokkenen; of liever gezegd ontbrak er nog maar één lijntje: dat tussen Targhetta en Spadini. Maar dat was eenvoudig: bij meetkunde had hij langgeleden al geleerd dat de kortste afstand tussen twee punten een rechte lijn was. Al leverde dat hem nog geen antwoord op de vraag hoe het precies in elkaar zat: dat hing ervan af of hij erin zou slagen het zwijgen van de Pellestrinotti te doorbreken.

23

NADAT HIJ HAD BESLOTEN DAT HIJ MET TARGHETTA MOEST GAAN praten, stond Brunetti een poosje in tweestrijd over de vraag of hij Paola moest bellen om haar te vertellen dat hij naar Pellestrina ging. Hij wilde niet dat ze vraagtekens zou zetten bij zijn beweegredenen en had er evenmin behoefte aan die zelf te doorgronden. Dus leek het hem beter om Bonsuan maar gewoon te vragen hem naar het eiland te brengen.

Hij wilde Vianello niet meenemen, hoewel hij geen moeite deed zijn beweegredenen voor dat besluit te analyseren. Hij spoelde het bandje terug, liet het in zijn zak glijden en liep de agentenkamer in om een kleine, op batterijtjes lopende cassetterecorder te lenen, voor het geval hij op Pellestrina iemand zou vinden die bereid was naar het bandje te luisteren en hopelijk de stem van de onbekende zou herkennen.

Het was wat koeler geworden en in het noorden hingen donkere wolken, die hem nieuwe hoop gaven dat er eindelijk regen zou komen. Hij bleef de hele tocht in de kajuit zitten, waar hij de krant van gisteren las en een tijdschrift over boten dat een van de schippers had laten liggen. Tegen de tijd dat ze bij Pellestrina aankwamen, had hij van alles geleerd over 55-pk motors, maar was hij geen stap verder gekomen wat Carlo Targhetta en Vittorio Spadini aanging.

Toen de boot vaart minderde, ging hij naar boven en liep de stuurhut in waar Bonsuan aan het roer stond.

Met een blik op de stad achter hen, zei Bonsuan: ‘Het bevalt me niets.’

‘Wat niet? Dat we hierheen zijn gekomen?’ vroeg Brunetti.

‘Nee, zoals de dag aanvoelt.’

'Wat bedoel je daarmee?' vroeg Brunetti, die opeens geen geduld meer kon opbrengen voor zeelieden en hun traditionele kennis.

'Zoals de lucht aanvoelt. En de wind. Het ruikt naar *bora*.'

De weersverwachting in de krant sprak van mooi weer en stijgende temperaturen. Brunetti zei dat tegen Bonsuan, maar die snoof minachtend. 'Je kunt het voelen,' hield hij vol. 'Het is *bora*. We zouden hier niet moeten zijn.'

Brunetti keek door de voorruit en zag de zon op kalm water dansen. Hij stapte de stuurhut uit toen de boot naar de kade dreef. Het was windstil en nadat Bonsuan de motor had afgezet, werd de vredige stilte van de dag door geen enkel geluid verstoord.

Brunetti sprong op de wal en meerde de boot af, best trots dat hij dat kon. Hij liet Bonsuan achter om met andere oude schippers over het weer te praten en liep het dorp in naar het restaurant waar zijn onderzoek was begonnen.

Toen hij binnenkwam, stokten de gesprekken, maar ze kwamen vrijwel meteen met een schokje weer op gang, omdat iedereen haastig probeerde de stilte op te vullen die door de komst van de commissario was gevallen. Brunetti liep naar de tapkast en bestelde een glas wijn. Hij keek om zich heen, zonder te glimlachen maar ook zonder te kijken alsof er een specifieke reden was voor zijn aanwezigheid.

Hij knikte tegen de barman toen die de wijn bracht en hield hem met een gebaar tegen toen hij weg wilde lopen. 'Kent u Carlo Targhetta?' vroeg hij op de man af. Hij had besloten geen tijd meer te verkwisten aan futiele pogingen de Pellestrinotti te slim af te zijn.

De barman hield zijn hoofd een tikje schuin om aan te geven dat hij over de vraag nadacht en zei toen: 'Nee, meneer. Nooit van gehoord.'

Voordat Brunetti de vraag kon stellen aan de oude man die naast hem aan de bar stond, riep de barman zo luid dat iedereen in het café hem kon horen: 'Carlo Targhetta; zegt die naam jullie iets?'

In koor gaven ze hetzelfde antwoord: 'Nee. Nooit van gehoord.' Waarop ze hun gesprekken weer hervatten, hoewel Brunetti hier en daar samenzweerderige glimlachjes zag.

Hij nam een slokje wijn en stak zijn hand uit naar *Il Gazzettino* van die dag, die opgevouwen op de tapkast lag. Hij sloeg de voorpagina op en begon de koppen te lezen. Langzaamaan voelde hij de aandacht van de anderen voor hem verslappen, vooral toen een man met een vlezig gezicht binnenkwam en zei dat het was begonnen te regenen.

Hij spreidde de krant uit op de tapkast. Met zijn linkerhand haalde hij het cassetterecordertje uit zijn zak en schoof het onder de krant. Hij had het bandje teruggespoeld naar de plek waar de onbekende man Spadini met een luide, verhitte stem van een misdaad beschuldigde. Hij hief een hoekje van de krant op om de bandrecorder te kunnen zien, draaide aan de volumeknop, zette zijn rechterwijsvinger op PLAY en liet de krant weer zakken. Met zijn vinger op de knop, hief hij zijn glas op en nam een slokje, zijn aandacht ogenschijnlijk op de krant gericht.

Drie mannen gingen naar buiten om te zien hoe het met de regen stond; de gesprekken van de mannen die in het café achterbleven, verstomden. Ze wachtten allemaal tot de anderen terug zouden komen om verslag uit te brengen.

Brunetti drukte op PLAY. 'Die rotzak van een Spadini haalt iedere dag miljoenen uit de zee en betaalt geen cent belasting. Het is allemaal zwart geld. Alles wat hij verdient, is zwart.'

Het glas wijn viel uit de hand van de oude man die naast hem stond en spatte uiteen op de grond. '*Maria Santissima*,' riep hij uit. 'Dat is Bottin. Hij is niet dood.'

Zijn uitroep overstemde wat er daarna op de band werd gezegd, maar iedereen in het café hoorde vervolgens Targhetta zeggen: '... willen we iets meer zekerheid over degene die de *denuncia* doet.'

'*O, Dio*,' zei de oude man. Hij tastte met een bevende hand naar de tapkast en leunde ertegenaan. 'Dat is Carlo.'

Brunetti stak zijn hand onder de krant en drukte op STOP. De harde klik weergalmde in de stilte, die daardoor werd verwond, maar niet veranderd. De oude man zweeg, hoewel zijn lippen bleven bewegen in een geluidloos gebed of protest.

De deur ging open en de drie mannen kwamen terug, hun schouders donker en hun hoofden nat van de regen. Uitgelaten als kinderen die onverwachts vrij van school hebben gekregen, riepen ze: 'Het regent, het regent!' Maar ze werden stil toen ze merkten dat de sfeer in het café was veranderd.

'Wat is er aan de hand?' vroeg een van hen aan niemand in het bijzonder.

Brunetti zei op een volkomen normale toon: 'Ze hebben me over Bottin en Spadini verteld.'

De man tegen wie hij sprak, keek het café rond en zag die woorden bevestigd in de afgewende ogen en aanhoudende stilte. Hij schudde zijn armen, wat water in het rond deed spatten, liep naar de bar en zei: 'Geef me een grappa, Piero.'

De barman zette zonder iets te zeggen de grappa voor hem neer.

De gesprekken kwamen weer op gang, maar heel gedempt. Brunetti wenkte de barman en wees met zijn kin naar de oude man naast hem. De barman bracht de oude man een glas witte wijn, dat hij leegdronk alsof het water was, waarna hij het glas met een harde tik op de tapkast zette. Brunetti knikte en de kelner vulde het glas bij. Brunetti keerde zich een kwartslag naar de oude man om. 'Targhetta?'

'Zijn neef,' zei de oude man en dronk het tweede glas leeg.

'Spadini's neef?'

De man keek naar Brunetti en stak de kelner zijn glas toe om het opnieuw te laten vullen. Hij dronk er echter niet van, maar zette het op de tapkast neer en staarde ernaar. Hij had de waterige ogen van een dronkaard, van iemand die met wijn opstaat en met wijn naar bed gaat.

'Waar is Targhetta nu?' vroeg Brunetti. Hij vouwde onderhand de krant op, alsof het antwoord op die vraag hem eigenlijk niet bijster interesseerde.

'Hij zal wel aan het vissen zijn, met zijn oom. Ik heb ze een halfuur geleden op de kade gezien.' De man tuitte afkeurend zijn lippen en Brunetti was benieuwd of hij net als Bonsuan zou beginnen over *bora* en dat de lucht hem niet aanstond, maar de oude man zei: 'Hij zal dat wijf wel weer hebben meegenomen. Dat brengt alleen maar ongeluk, een vrouw aan boord.'

Brunetti's hand kneep in de krant. 'Welke vrouw?' dwong hij zichzelf op neutrale toon te vragen.

'Die griet die hij neukt. Die uit Venetië.'

'Ah,' zei Brunetti en hij deed bewust zijn hand open om de krant los te laten en zijn glas te pakken. Hij nam een slokje en knikte goedkeurend tegen de oude man en toen tegen de barman. Hij keek weer in de krant, alsof de vrouw uit Venetië en wat Carlo met haar deed, hem absoluut niet interesseerde en hij alleen maar belangstelling had voor de voetbaluitslagen.

Bliksem flitste achter de ramen, bijna meteen gevolgd door een donderslag zo luid dat de flessen in de bar rinkelden. De deur ging open en een man kwam binnen. Hij was door en door nat. Toen hij in de open deur stond, werd al het geluid in het café overstemd door dat van de regen die met bakken uit de hemel kwam en uit de regenpijpen gutste. Een tweede bliksemschicht sloeg naar binnen en iedereen in het café zette zich schrap voor de explosie die erop moest volgen. De donderslag hield een paar seconden aan en toen hij wegtrok, werd hij vervangen door het gieren van de *bora* die vanuit het noorden kwam opzetten. Zelfs binnen, in het café, voelde iedereen hoe de temperatuur plotseling daalde.

'Waar denkt u dat ze nu zitten?' vroeg Brunetti aan de oude man.

De man dronk zijn glas leeg en keek Brunetti met opgetrokken wenkbrauwen aan. Brunetti knikte tegen de barman. Weer werd het glas gevuld. Voordat hij het oppakte, zei de oude man: 'Ze zijn nog maar net weg. Ze zullen wel proberen hierbij vandaan te komen.' Met zijn kin wees hij naar de deur en naar de bliksem, wind en regen die de dag in een chaos hadden veranderd.

'Hoe?' vroeg Brunetti. Hij deed zijn uiterste best zijn stijgende angst te beteugelen en de vraag te laten klinken alsof hij niet meer dan een oppervlakkige belangstelling had voor de grillen van de *laguna* en de mannen die in haar wateren visten.

De oude man keek naar de man die rechts van hem was komen staan, de man die als eerste binnen was gekomen nadat het was begonnen te regenen. 'Marco,' vroeg hij, 'waar zou Vittorio naartoe gaan?'

Brunetti was zich bewust van de gespannen stilte toen alle vissers afwachtten wie degene zou zijn die na de oude man de regels zou overtreden door met de politieman te praten.

De man aan wie de vraag was gesteld, keek neer op zijn glas en een instinct weerhield Brunetti ervan de barman een teken te geven het te vullen. Hij bleef rustig staan en wachtte op een antwoord.

De man die Marco was genoemd, keek naar de oude man. Die was degene die de vraag had gesteld. Als de politieman toevallig het antwoord opving, kon hij dat niet helpen. 'Ik denk dat hij zal proberen naar Chioggia te komen.'

Een man aan een tafeltje achterin zei op kalme toon: 'Dat haalt hij nooit, niet in deze *bora* en nu het getij verloopt. Als hij zich in de buurt van de Porto di Chioggia waagt, zal hij naar de open zee worden getrokken.' Niemand sprak dat tegen; niemand zei iets. De enige geluiden waren die van de regen en de wind, die nu samen een bulderend kabaal maakten.

Aan een ander tafeltje klonk een stem op. 'Vittorio is een klootzak, maar hij weet wel wat hij doet.'

Een ander kwam half overeind en maakte een dramatisch gebaar naar de deur. 'In zulk weer weet niemand wat hij moet doen.' Zijn felle woorden werden onmiddellijk beantwoord door een nieuwe bliksemflits, dichterbij nu, gevolgd door rollende donderslagen.

Toen het lawaai afzwakte en alleen het roffelen van de regen nog over was, zei een man bij de deur: 'Als het nog erger wordt, zal hij misschien proberen zijn boot bij de Riserva aan de grond te zetten.' Brunetti had de kaart uitgebreid bestudeerd en door Bonsuan van alles laten aanwijzen, dus wist hij dat daarmee de Riserva di Ca'Roman werd bedoeld, een kaal stuk zandgrond dat als een druppel aan de zuidpunt van de lange, dunne vinger hing die Pellestrina heette, hing.

'Aan de grond zetten?' vroeg Brunetti hem.

De man zei iets, maar zijn woorden gingen verloren in een oorverdovende donderslag die het hele gebouw op zijn grondvesten deed trillen. Toen de stilte was teruggekeerd, begon de man opnieuw. 'Daar is geen plaats om aan te leggen, maar misschien kan hij zijn boot op het strand krijgen.'

'Waarom komt hij niet gewoon terug?'

De oude man schudde meewarig zijn hoofd, om duidelijk te maken dat zoiets in dit weer volslagen onmogelijk was, of omdat hij niet kon geloven dat de man die de vraag had gesteld, zo onbenullig kon zijn. 'Dat kan niet. Als hij zou proberen het kanaal in te draaien, zouden de wind en het getij hem laten kapseizen. Het enige wat hij kan doen, is proberen op Ca'Roman te komen. In '27 is precies hetzelfde gebeurd met Elio Magrini,' begon hij op een toon alsof hij die storm zelf had meegemaakt. 'Hij is gekanteld als een schildpad. Ze hebben hem nooit gevonden en wat er van zijn boot over was, was de moeite van het bergen niet waard.' Hij hief zijn glas op, misschien ter nagedachtenis aan Elio Magrini, en dronk het in één teug leeg.

Brunetti had ondertussen zitten denken: vanwege de noordwestenwind en het terugtrekkende getijde stond de smalle strook land die naar Ca'Roman leidde, misschien al onder water. Hij en Bonsuan konden daar dus alleen per boot komen, en als de oude man gelijk had, zouden ze de politieboot er moeten laten stranden.

'Denkt u echt dat ze met hem is meegegaan? In dit weer?' vroeg Brunetti met zijn beste man-van-de-wereldstem.

Het pff! dat de oude man tussen zijn opeengeklemde lippen uitstootte, drukte niets dan walging uit, niet alleen over de dwaasheid van signorina Elettra, maar over die van alle vrouwen. Zonder verder nog iets te zeggen, duwde hij zich tegen de bar af en ging aan een van de tafeltjes zitten.

Brunetti legde een paar duizend lire op de tapkast, stak de bandrecorder weer in zijn zak en liep naar de deur. Toen hij er vlakbij was, sloeg de deur met een klap open, maar er kwam niemand binnen: het waren de wind en de regen die hem tegen de muur hadden laten klappen. Brunetti stapte de regen in en trok de deur zorgvuldig achter zich dicht.

Hij was meteen drijfnat; het gebeurde zo snel dat hij geen tijd had om zich er druk over te maken of te proberen zich ertegen te beschermen. Het ene moment was hij nog droog, het volgende moment was hij doorweekt. Zelfs zijn schoenen stonden vol water, alsof hij in een meer was gestapt. Hij liep terug naar de kade, waar hij hoopte Bonsuan te zullen vinden. Na een paar seconden moest hij een hand boven zijn ogen houden tegen de kracht van de wind en de striemende regen die hem verblindde. Zijn gang werd bovendien vertraagd door het water dat zijn jas en schoenen zwaar maakte. Toen hij de beschutting van de huizen die aan de kant van de *laguna* stonden, achter zich had gelaten, beukte de wind op hem neer, alsof hij probeerde hem tegen de grond te krijgen. Gelukkig stond er een rij lantarenpalen langs de kade en kon hij in het zwakke licht dat in de plotseling donkere dag opgloeide, in de richting van de boot lopen. Hij kwam slechts langzaam vooruit en dat was maar goed ook, anders was hij misschien gevallen toen zijn voet tegen de metalen bolder stootte waaraan de boot was afgemeerd.

Hij greep de paddestoel met beide handen vast, leunde naar de vage vorm waarvan hij vermoedde dat het de boot was, en riep Bonsuans naam. Toen hij geen antwoord kreeg, bukte hij zich en tastte naar het meertouw, dat slap naar beneden bleek te hangen, omdat de boot door de wind tegen de kade werd gedrukt. Hij stapte aan boord en smakte, verblind door een nieuwe regenvlaag, meteen tegen de deur van de stuurhut.

Bonsuan deed de deur open en stak zijn hoofd naar buiten. Toen hij zag dat het Brunetti was, trok hij hem naar binnen. Daar, eindelijk weer beschut, besefte Brunetti dat het lawaai van de regen die op de straat en op het water kletterde, hem doof had gemaakt voor alle andere geluiden. Het duurde even voordat hij gewend was aan de relatieve stilte in de stuurhut.

'Kun je in dit weer varen?' riep hij tegen Bonsuan, met onnodige stemverheffing tegen het lawaai van de regen.

'Hoe bedoelt u?' vroeg de schipper, die weigerde te geloven wat Brunetti ermee wilde zeggen.

'Ik wil naar Ca'Roman.'

'Dat is waanzin. In dit weer vaar je niet uit.' Als om te bewijzen dat hij gelijk had, sloeg een nieuwe regenvlaag tegen de ramen aan de stuurboordzijde van de kajuit, stemmen en gedachten wegvagend. 'Pas als het voorbij is, kunnen we terug.' De wind begon weer te loeien, zodat Bonsuan moest schreeuwen.

'Ik heb het niet over teruggaan.'

Bang dat hij hem verkeerd had begrepen, vroeg Bonsuan: 'Wat?'

'Elettra is bij hen. Op Spadini's boot. Iemand zei dat ze zijn gaan vissen.'

Bonsuans gezicht trok strak van verbijstering, of van angst. 'Dan heb ik ze gezien. Althans, ik heb een boot gezien, een vissersboot. Ze kwamen ongeveer twintig minuten geleden voorbij. Twee mannen en iemand die aan de andere kant over de reling hing en een touw uit het water trok. Denkt u dat zij dat was?'

Brunetti knikte: dat was makkelijker dan praten.

'Ze zijn stapelgek dat ze in dit weer zijn uitgevaren,' zei Bonsuan.

'Iemand zei dat ze waarschijnlijk zullen proberen de boot op Ca'Roman op het strand te zetten.'

'Ook dat is waanzin,' riep Bonsuan. En toen: 'Wie heeft dat gezegd?'

'Een van de vissers.'

'Van hier?'

'Ja.'

Bonsuan deed zijn ogen dicht alsof hij de kaart van het eiland en de kanalen die het doorsneden, bestudeerde. Verderop werd het land in tweeën gesplitst door de Porto di Chioggia, een kilometer breed, maar toch smal genoeg om sterke getijdenstromingen door te laten, vooral wanneer er een harde wind stond die ze voortstuwde. Op een dag als deze zou het zelfmoord zijn om te proberen hem over te steken in zo'n licht bootje als de politieboot. Zelfs een vissersboot zo groot als die hij had gezien, zou er moeite mee hebben. Vóór de Porto lag nog een laatste uitloper van het eiland waarop de verbrokkelde restanten van een fort stonden, een grote zandplaat waar veel broedvogels zaten. Maar zelfs als iemand erin slaagde daar zijn boot aan de grond te zetten, konden de golven die meesleuren naar het water dat rond de punt van het eiland kolkte, en daarvandaan naar de open zee.

Bonsuan deed zijn ogen open en keek Brunetti aan. 'Weet u het zeker?'

'Wat? Dat ze aan boord is?'

Het was Bonsuan, de knorrige, vaak prikkelbare Bonsuan, die de vraag had gesteld.

'Ik weet het niet zeker. De man in het café zei dat hij haar samen met hen op de kade had gezien.'

'Dan kan het niemand anders zijn,' zei Bonsuan, meer tegen zichzelf dan tegen Brunetti. Hij drong langs Brunetti heen en deed de deur van de stuurhut open. Hij stapte naar buiten, deed zijn ogen dicht en hief zijn handpalmen op, als een indiaan die naar de stem van een van zijn goden luistert. Met zijn ogen nog steeds gesloten draaide hij zijn hoofd eerst naar de ene en toen naar de andere kant, zoekend naar iets dat Brunetti niet kon horen.

Hij stapte de stuurhut weer in en beval: 'Ga twee zwemvesten halen.' Brunetti gehoorzaamde onmiddellijk en kwam snel terug met de zwemvesten, niet natter dan voorheen. Hij keek hoe Bonsuan hem rond zijn lichaam vastmaakte en deed toen hetzelfde.

'Goed...' zei Bonsuan, 'zo dadelijk zal de wind iets afzwakken, maar daarna wordt het nog erger.' Brunetti had geen idee hoe Bonsuan dat wist, maar het kwam geen moment in hem op dat het minder dan de zuivere waarheid was. Bonsuan ging op luide toon door: 'Ik zal ernaartoe varen. Als we in het kanaal aan de grond lopen, zal ik ons waarschijnlijk wel los kunnen krijgen, als de storm dan tenminste niet nog erger is geworden. Als we Ca'Roman weten te bereiken, zult u de schijnwerper moeten gebruiken om naar hen of de boot te zoeken. Als ze zijn vastgelopen, zal ik proberen langszij te komen.'

'En als ze er niet zijn?' vroeg Brunetti.

'Dan zal ik proberen hiernaartoe terug te komen.'

Brunetti moest denken aan het verhaal over Elio Magrini en kwam heel even in de verleiding de schipper te vragen of ze dit wel mochten riskeren, maar hij hield zich in en veegde met zijn handen over zijn gezicht en haren om het water weg te krijgen dat steeds in zijn ogen liep.

Bonsuan startte de motor en deed de lichten en de ruitenwissers aan, die geen van beide veel konden uitrichten tegen de toenemende duisternis en de neerstromende regen. Net op tijd herinnerde Brunetti zich het meertouw. Hij liep snel naar buiten, lichtte het touw van de bolder en sloeg het losjes om een van de kikkers op de rand van de boot. Hij liep de kajuit weer in en ging achter Bonsuan staan. Met de kletsnatte mouw van zijn jas veegde hij de condens van de ruiten, maar zodra hij ze schoon had, raakten ze weer beslagen zodat hij ze opnieuw moest schoonvegen.

Bonsuan zette een schakelaar om. Meteen streek een stroom lucht langs de binnenkant van de ruit, waardoor al het vocht werd weggenomen. Langzaam stuurde Bonsuan de boot weg van de kade. Ze helden meteen scherp naar links, alsof ze een klap hadden gekregen van een reuzenhand, en Brunetti smakte tegen de zijkant van de kajuit. Bonsuan greep het stuurwiel stevig vast en ging er met zijn hele gewicht aan hangen, vechtend tegen de kracht van de wind.

Vuilgrijs schuim vloog tegen de ruiten; de deur van de stuurhut vloog open en weer dicht. De wind bleef hen naar links stuwen. Bonsuan draaide een andere schakelaar om: de krachtige schijnwerper op de boeg deed een zwakke poging de chaotische duisternis te doorboren. Maar zodra hij erin slaagde een gat te slaan en ze een paar meter zicht hadden, sloeg er een nieuwe golf of een wolk van schuim over hen heen en werd het gat weer gedicht.

De rand van de deur sloeg tegen Brunetti's rug, maar de klap werd verzacht door zijn zwemvest zodat hij zich er nauwelijks van bewust was. Net zomin als van de temperatuur, die bleef zakken terwijl de *bora* over hen heen raasde. Weer sprong de boot naar links en weer trok Bonsuan haar terug naar wat hopelijk het midden van het kanaal was. Achter hen, op het achterschip, klonk een harde klap en opeens kwam een stuk hout dwars door het stuurboordraam van de stuurhut naar binnen. Het schaafde Brunetti's hand voordat het op de vloer neerstortte.

Brunetti hield zijn mond dicht bij Bonsuans oor en schreeuwde: 'Wat was dat?'

'Weet ik niet. Moet uit het water zijn gekomen.' Brunetti keek naar beneden en zag dat het een flesvormig stuk verrot hout was. Hij schopte het ongeduldig uit de weg, maar het kwam weer naar hem toe rollen toen een nieuwe windvlaag de boot deed hellen. Regen kwam door het gebroken raam naar binnen, zodat Bonsuan nu ook doorweekt raakte en de temperatuur in de kajuit nog meer zakte.

'*O Dio, o Dio*,' hoorde Brunetti Bonsuan nu mompelen. Hij trok het wiel hard naar links en toen net zo snel weer naar rechts, maar ze voelden evengoed een harde klap tegen de bakboordzijde van de boot.

Brunetti bleef als bevroren staan, afwachtend of de boot zou beginnen slagzij te maken en te zinken. Hij begreep dat Bonsuan net zomin wist wat er was gebeurd als hij, dus viel hij hem niet lastig met vragen. Er volgden nog twee kleinere bonken, maar de boot bleef varen, hoewel de wind nog krachtiger leek te worden en voortdurend van rechts op hen in beukte.

Uit het niets dook links van hen een vorm op. Bonsuan stortte zich letterlijk op het wiel en probeerde het met zijn hele gewicht naar rechts te draaien. De vorm verdween uit het gezicht, maar achter hen klonk een enorme, dreunende klap, even hard als de donder was geweest. De boot draaide weg, maar log, alsof ze opeens net zo doorweekt was als Brunetti's kleren.

Bonsuan draaide het roer naar links en zelfs Brunetti voelde hoe traag de boot reageerde. 'Wat is er gebeurd?'

'We hebben iets geraakt. Ik geloof dat het een boot was,' antwoordde Bonsuan, die nog steeds aan het roer hing. Hij duwde de gashendel naar voren en Brunetti hoorde de motor reageren, al leek de boot niet sneller vooruit te komen.

'Wat doe je?'

'Ik moet de boot aan de grond zien te krijgen,' zei Bonsuan, naar voren leunend om iets te kunnen zien.

'Waar?'

'Op Ca'Roman, hoop ik,' zei Bonsuan. 'Ik geloof dat we dat nog niet zijn gepasseerd.'

'En als dat wel het geval is?' vroeg Brunetti.

Als antwoord schudde Bonsuan alleen zijn hoofd, maar Brunetti wist niet of hij daarmee de mogelijkheid verwierp of de consequenties.

Weer duwde Bonsuan de gashendel naar voren, maar alhoewel dat de motor deed loeien, had het geen invloed op hun snelheid. Een golf rees op aan de zijkant van de boot, stortte zich op het dek en stuwde het water op tegen de wand van de stuurhut. Door het gebroken raam stroomde het over hen beiden heen.

'Daar, daar, daar!' schreeuwde Bonsuan. Brunetti boog zich naar voren om door het raam te turen, maar zag niets anders dan een ononderbroken grijze muur. Bonsuan draaide een moment zijn hoofd naar hem toe. 'Ga niet naar buiten tot we aan de grond zitten. Ga dan het dek op. Spring niet over de zijkant. Loop naar voren en spring zo ver mogelijk het water in. Als u in diep water terechtkomt, zwem dan naar voren en wanneer u eenmaal het water uit bent, blijf dan doorlopen.'

'Waar zijn we?' vroeg Brunetti, hoewel het antwoord hem waarschijnlijk niet veel zou zeggen.

Op zijn woorden volgde een enorme dreun. De boot stopte alsof ze tegen een muur was gevaren en beide mannen werden omvergegooid. De boot helde sterk naar rechts en water stroomde naar binnen door de gebroken ruit. Brunetti krabbelde overeind en greep Bonsuan, die een lange snee aan de zijkant van zijn hoofd had en traag reageerde. Hij bewoog zich als een man onder water. Weer stroomde een golf door het raam naar binnen en spoelde over hen heen.

Brunetti tastte naar de schipper, maar die kwam nu op eigen kracht overeind, al viel het niet mee om rechtop te blijven op het sterk hellende dek. 'Ik mankeer niets!' riep Bonsuan.

De kajuitdeur hing aan één scharnier. Brunetti trapte hem open. Toen hij Bonsuan met zich mee naar buiten trok, kolkte het water aan alle kanten om hem heen. Met Bonsuans woorden in gedachten duwde hij de schipper het hoger gelegen dek aan de voorkant van de boot op en klom achter hem aan.

Hij duwde Bonsuan voor zich uit en hield hem met één hand overeind, terwijl de golven van alle kanten tegen de aangeslagen boot beukten, zodat het dek onder hun voeten heen en weer rolde. Stap voor stap schuifelden ze als dronkemannen naar de voorsteven en naar het zoeklicht dat de duisternis vóór hen doorboorde. Ze wisten de reling te bereiken. Bonsuan sprong zonder aarzelen en zonder om te kijken met een logge sprong van de boot en verdween in het grijs.

Een golf gooide Brunetti omver en hij greep snel de stang van de schijnwerper om te voorkomen dat hij overboord zou glijden. Een nog woestere golf stortte van achteren op hem neer en deed hem over het dek zeilen. Hij sleurde zichzelf overeind tot hij op zijn knieën zat, ging staan en schuifelde weer naar de boeg. Hij probeerde zijn evenwicht te vinden om te springen, maar werd van achteren door een enorme golf gegrepen en als uit een katapult de bulderende duisternis in geschoten.

24

Als Bonsuan en Brunetti iets eerder naar Pellestrina waren gegaan, zouden ze, toen ze langs de kade van San Pietro voeren, een stralende signorina Elettra hebben gezien, gekleed in een marineblauwe linnen broek, die op het dek van een grote vissersboot ongeduldig stond te wachten tot ze zouden uitvaren, terwijl Carlo en de man die ze steeds Zio Vittorio had horen noemen, wachtten tot de dubbele benzinetanks gevuld zouden zijn. Ze was zich vaag bewust, voorzover ze zich ergens anders van bewust kon zijn dan van Carlo wanneer ze bij hem was, van een laaghangende wolkenbank achter de nog net zichtbare torens van de verre stad. Maar toen ze zich omdraaide naar het water van de Adriatische Zee, die verscholen lag achter de lage huizen van Pellestrina en de zeedijk die hen tegen dat water beschermde, zag ze alleen dikke, witte, zorgeloze wolken en een hemel van zulk transparant blauw dat haar blijdschap alleen maar nog groter werd. Toen Vittorio wegvoer bij het benzinestation van San Vito, lag de politieboot al afgemeerd aan de kade van Pellestrina, en tegen de tijd dat de vissersboot in zuidelijke richting langs de politieboot voer, zat Brunetti al in het café achter zijn glas wijn.

Te zeggen dat signorina Elettra bang was voor Zio Vittoria, was overdreven, maar het zou ook niet helemaal de waarheid zijn als je zou zeggen dat ze zich bij hem op haar gemak voelde. Haar houding tegenover hem lag ergens in het midden, maar omdat hij Carlo's oom was, slaagde ze er over het algemeen in het onbehagen dat hij in haar opriep, te negeren. Zio Vittorio had zich steeds bijzonder vriendelijk tegenover haar gedragen, altijd de indruk gewekt dat hij het prettig vond wanneer ze bij Carlo thuis was en aan zijn tafel zat. Misschien konden haar gevoelens het beste verklaard worden door te zeggen dat ze, wanneer ze met Vittorio sprak, steeds het idee had dat hij zich heimelijk verkneukelde bij de gedachte in welke kamers van Carlo's huis ze nog meer was geweest.

Hij was niet groot, Zio Vittorio, amper groter dan zij, en had dezelfde gespierde lichaamsbouw als zijn neef. Omdat hij het grootste deel van zijn leven op zee had gezeten, was zijn gezicht mahoniebruin verbrand, waardoor de grijze ogen, waarvan men zei dat ze sterk leken op die van zijn zuster, Carlo's moeder, nog lichter leken. Hij droeg zijn dunnende haar recht achterover gekamd, lang in de nek, en hield het in model met een haarcrème die rook naar kaneel en metaalvijlsel. Hij had een perfect gebit: op een avond had hij na het eten met zijn tanden walnoten gekraakt, tegen Elettra grijnzend toen ze haar verbazing daarover niet had kunnen verbergen.

Hij was minstens zestig, een leeftijd die hem in Elettra's ogen automatisch plaatste in een geslachtloos vacuüm waarin iedere vorm van belangstelling voor seks gênant was, of nog erger. Toch school er zelfs achter zijn onschuldigste opmerkingen steeds het bewustzijn van seks en seksuele activiteiten, alsof hij niet in staat was zich een wereld voor te stellen waarin mannen en vrouwen op een ándere manier met elkaar konden omgaan. Ergens, onder de siddering die haar nog steeds beving wanneer ze aan Carlo dacht, bleef dat vage onbehagen hangen, hoewel ze snel had geleerd het te negeren, vooral op een dag als deze, waarop de hemel in het oosten alleen maar goeds voorspelde.

De logge boot koerste het kanaal in en voer zuidwaarts langs Pellestrina in de richting van de smalle opening van de Porto di Chioggia, waardoor ze de open zee zouden bereiken. Er zou vandaag niet gevist worden: Carlo's oom had gezegd dat hij met de boot wilde uitvaren om de gereviseerde motor die pas was geïnstalleerd, uit te proberen. Dat had een prima idee geleken toen ze waren uitgevaren, maar ter hoogte van Ottagono di Caroman, zei Vittorio dat er iets mis was. Een paar seconden later voelden Carlo en Elettra dat het ritme van de motor veranderde. Het leek wel of de motor begon te hikken en de boot kwam nu met schokjes vooruit in plaats van gladjes te varen.

Carlo liep naar voren en vroeg: 'Wat is er aan de hand?'

De oudere man zette de motor af, startte hem weer, zette hem weer af. In de stilte antwoordde hij: 'Een vuiltje in de benzineleiding, lijkt mij.' Hij startte de motor weer; ditmaal kwam hij tot leven en bleef hij draaien in het gestage ritme waar ze aan gewend waren.

'Zo te horen is het alweer in orde,' zei Carlo.

'Hmm,' bromde zijn oom, die keek alsof hij naar Carlo luisterde, maar in werkelijkheid geconcentreerd was op het geluid van de motor. Hij legde de palm van zijn linkerhand plat op het controlepaneel en drukte met zijn rechterhand de gashendel naar voren. Het volume van het geronk steeg, maar opeens maakte de motor een geluid alsof hij een boer liet, gevolgd door een soort gerochel en toen sloeg hij af.

Carlo, die uit ervaring wist dat hij geen echte visser en ook geen monteur was, hoewel hij wat vissen betrof aardig wat had geleerd, liet het probleem over aan de ervaring en wijsheid van zijn oom, en wachtte diens bevelen af. De boot dreef uit en bleef toen stilliggen.

Vittorio zei tegen Carlo dat hij in de stuurhut moest blijven en de motor starten wanneer hij het zei. Hij liep zelf naar het midden van het achterdek en verdween door het luik naar de machinekamer. Een paar minuten later riep hij naar Carlo dat hij de motor moest starten. De startknop liet een dof klikje horen, maar de motor sloeg niet aan. Carlo wachtte af. Minuten verstreken. Signorina Elettra verscheen in de deuropening om te vragen wat er aan de hand was. Hij glimlachte tegen haar en zei dat alles in orde was, en gebaarde toen dat ze weer naar het achterdek moest gaan, waar ze hen niet voor de voeten zou lopen.

Vittorio riep weer. Ditmaal sloeg de motor meteen aan toen Carlo op de knop drukte en reageerde ook op de bewegingen van de gashendel. Vittorio kwam de machinekamer uit, liep terug naar de stuurhut en zei: 'Net wat ik dacht, de benzineleiding. Ik hoefde alleen maar...' maar werd toen gestoord door het geluid van zijn *telefonino*. Terwijl hij die uit zijn jaszak haalde, gebaarde hij tegen Carlo dat hij de stuurhut moest verlaten.

Carlo stapte achteruit de stuurhut uit, ervoor oppassend dat de deur niet zou dichtslaan, en liep naar de achterkant van de boot, waar hij Elettra met haar handen op de reling zag staan, haar gezicht opgeheven naar de zon. De motor maakte zoveel lawaai dat het zijn voetstappen overstemde, maar toen hij geluidloos achter haar ging staan en zijn handen in de ronding van haar rug vlak boven haar heupen legde, liet ze merken niet verrast te zijn. Ze leunde achterover tegen hem aan. Hij boog zijn hoofd om een kus op haar kruintje te drukken en zijn gezicht in haar dikke krullen te begraven. Met gesloten ogen bleef hij zo staan, zachtjes met haar mee deinend. Opeens hoorde hij een zwak, rommelend geluid dat niets met de motor te maken had en deed zijn ogen open. De torens van de stad, die voorheen vaag zichtbaar waren geweest, waren helemaal verdwenen, aan het oog onttrokken door een lage wolkenbank die Pellestrina al had bedekt en nu op hun boot afkwam.

'*O Dio*,' zei hij en toen Elettra zijn geschrokken toon hoorde, deed ze haar ogen open en zag ze een donkere muur op hen afkomen. Instinctief sloeg hij zijn armen om haar heen en trok haar tegen zijn borst. Hij keek om naar de stuurhut: zijn oom sprak nog steeds in de telefoon, zijn ogen gericht op hen tweeën en op de storm die met zo'n vaart op hen afkwam.

Vittorio zei nog iets, klapte de telefoon toen dicht en liet hem in de zak van zijn jack glijden. Met stijve armen duwde hij de deur open en riep tegen Carlo dat hij naar de stuurhut moest komen.

Carlo liet Elettra los en liep naar zijn oom en terwijl hij dat deed, voelde hij de achterkant van de boot onder zijn voeten omhoogkomen, alsof een reuzenhand hem uit het water tilde om hem een duwtje in de rug te geven. Hij keek om en zag Elettra staan, beide handen om de reling geklemd.

Hij trok de deur open. 'Wat is er?'

In plaats van antwoord te geven, stak zijn oom beide handen uit, greep hem bij de kraag van zijn jas en trok hem naar zich toe tot zijn gezicht vlak bij het zijne was. 'Heb ik je niet gezegd dat we problemen met haar zouden krijgen?' zei hij. Hij rukte tweemaal hard aan Carlo's boord en toen de jongere man los probeerde te komen, trok hij hem nog dichter naar zich toe. 'Haar baas is er, in de bar. Ze weten alles over Bottin en het telefoontje.'

Volkomen verward vroeg Carlo: 'Wie bedoelt u? De Finanza? Die hebben het altijd geweten. Waarom dacht u dat ze me ontslagen hadden?'

'Nee, niet de Finanza, stommeling!' riep Vittorio, zijn stem verheffend tegen de wind die van achteren kwam opzetten en de boot vooruitduwde. 'De politie. Haar baas, die commissario; hij had het bandje bij zich. Hij heeft het in de bar afgespeeld en die dronkelap van een Pavanello heeft toen gezegd dat het Bottin was.' Hij liet Carlo's kraag los, sloeg hem met de rug van zijn hand in zijn gezicht en schreeuwde: 'Ze zouden wel erg dom zijn als ze nu nog niet doorhadden dat *ik* ze heb vermoord.'

Vanaf het moment dat Carlo aan zijn familie had verteld waarom hij bij de Finanza was ontslagen, had hij half gevreesd en half geweten dat zijn oom op de een of andere manier wraak zou nemen, maar Vittorio's openlijke bekentenis schokte hem toch. 'Zeg dat niet,' riep hij. 'Ik wil het niet weten.' Achter hem sloeg de kajuitdeur steeds open en dicht en hij voelde regendruppels op zijn schouders.

Vittorio wees met zijn duim naar de achterkant van de boot. 'Wat heb je haar verteld?'

'Niets,' riep Carlo.

De wind en de klapperende deur namen een deel van Vittorio's woorden weg, maar de woede waarmee ze werden uitgesproken, joegen Carlo angst aan. 'Je wist waar ze werkte. Dat heeft die stomme tante van haar aan iedereen verteld. Ik heb je gezegd dat je bij haar uit de buurt moest blijven, maar je kon het niet laten. Wat moeten we nu met haar doen?'

De wind loeide om hen heen, joeg al Carlo's gedachten en herinneringen op tot een wervelwind, scheurde ze van hem los en nam ze mee over de zee. Hij kon alleen nog maar aan Elettra denken. Hij draaide zich om, stapte de stuurhut uit en liep met moeizame passen terug naar het achterdek. Daar sloeg hij zijn armen rond de bevende Elettra en op hetzelfde moment barstte de hemel open en stortte de regen op hen neer.

Hij wankelde, stak snel zijn hand uit en greep de reling. Zonder zich ervan bewust te zijn dat hij zich bewoog, zonder een bewust besluit te nemen iets te doen, sloeg hij zijn linkerarm nog strakker om haar heen en trok haar mee naar de deur van de stuurhut. Hij duwde de deur met zijn schouder open. Ze strompelden samen naar binnen en smakten meteen tegen de linkerwand toen een golf tegen de rechterkant van de boot sloeg.

Een tweede golf stortte zich op de boot, waardoor Elettra tegen Vittorio aan werd gegooid. Hij duwde haar geïrriteerd met zijn elleboog van zich af en concentreerde zich weer op het wiel, dat hij met beide handen omklemde. Carlo keek door de voorruit; de ruitenwissers konden niets uitrichten tegen het water dat eroverheen stroomde. In de duisternis die over hen was neergedaald, hadden ze ook niets aan de drie zoeklichten. Hij zag alleen maar regen en de witte dreiging van golven en schuim.

Het lawaai denderde aan alle kanten om hen heen en opeens begon de wind te loeien met een volume dat al het andere overstemde. Carlo voelde de haartjes in zijn nek overeind komen en was zich bewust van een eigenaardig voorgevoel en een steek van angst, voordat hij goed en wel besefte dat het loeien van de wind opeens zo hard klonk omdat de motor weer was afgeslagen.

Hij zag Vittorio op de startknop drukken zonder dat hij die kon horen klikken, zijn andere hand plat op het controlepaneel om aan de trillingen te kunnen voelen of de motor aansloeg. Steeds weer drukte hij op de knop, en één keer voelde Carlo een zwak, ritmisch gedreun onder zijn voeten, maar dat was maar heel kort en het was al voorbij voor het goed en wel begonnen was. Keer op keer zag hij de dikke duim op de knop drukken, en toen voelden zijn voeten opeens hoe de motor weer tot leven kwam en in een hakkelend ritme begon te draaien.

Vittorio nam zijn hand van de startknop en greep het stuurwiel weer vast. Hij ging op zijn tenen staan om meer kracht te kunnen zetten en draaide met zijn hele gewicht het wiel naar links, maar het vocht terug en hij werd half van de vloer gehesen. Carlo drong langs de verstijfde Elettra heen, legde beide handen op een van de spaken van het wiel en voegde zijn gewicht toe aan dat van zijn oom. Eindelijk gehoorzaamde de boot. Carlo voelde hoe hun gewicht verschoven werd toen de boot het bevel van het stuurwiel opvolgde en langzaam naar links draaide.

Carlo had geen idee waar ze waren of wat zijn oom van plan was. De jongeman dacht niet aan zeekaarten, Ca'Roman of de Porto di Chioggia, de doorgang waardoor ze naar de Adriatische Zee en haar dodelijke golven konden worden gestuwd. Hij plantte zijn voeten aan weerskanten van het wiel en wist samen met zijn oom de boot nog een stukje verder op koers te krijgen. Vittorio haalde zijn rechterhand van het wiel en duwde de gashendel helemaal naar voren. Onder zijn voeten voelde Carlo het toerental van de motor stijgen, maar hij was zo in de war over wat er buiten de boot allemaal gebeurde dat hij geen verandering bespeurde in de bewegingen van de boot. Toen, op hetzelfde moment dat hij de motor voelde afslaan, kwam de boot met een daverende dreun tot stilstand. Carlo werd tegen de spaken van het stuurwiel gedrukt en zijn oom kwam boven op hem terecht. Hij keek nog net op tijd op om te zien dat Elettra, die door de klap tegen de muur was gesmeten, achterwaarts de stuurhut uit rolde en op het dek terechtkwam. Daarop volgde een dreun die de hele boot deed trillen, en toen werd alles stil.

Carlo duwde zijn oom van zich af en richtte zich op. Hij voelde pijn in zijn zij, maar hij kon maar aan één ding denken: dat hij naar Elettra toe wilde. Toen hij een stap naar voren deed, voelde hij de pijn opnieuw, maar hij negeerde hem en duwde de deur van de kajuit open. Buiten wachtten hem donderslagen, het loeien van de nog steeds aanwakkerende wind en stromende regen. In het licht dat vanuit de kajuit op het dek viel, zag hij dat Elettra zich overeind had weten te hijsen, maar op hetzelfde moment sloeg er een nieuwe golf over de achtersteven van de boot, zodat ze weer werd omgegooid en over het dek gleed tot ze tegen Carlo's voeten tot stilstand kwam. Hij wilde zich bukken om haar te helpen, maar toen hij zich bewoog, vlamde er zo'n pijn door hem heen dat hij als bevroren bleef staan, opeens bang, om zichzelf en daarom ook om haar.

Terwijl hij hulpeloos op haar neerkeek, bleef de tijd stilstaan. Elettra kwam op één knie overeind, keek op en zag hem. Met haar linkerhand haalde ze haar vingers door haar haren om te proberen de verwarde bos uit haar gezicht te krijgen, maar het was kletsnat van de regen en het zeewater en het enige dat ze kon doen, was het naar één kant gooien. Hij herinnerde zich hoe hij eens naar haar had gekeken toen ze sliep, haar gezicht half bedekt door het haar, net als nu – en toen sloeg de deur van de kajuit met een knal tegen zijn rug en stormde Vittorio naar buiten.

Het gebeurde zo snel dat Carlo hem niet had kunnen tegenhouden, ook niet als hij niet verstijfd was geweest van de pijn in zijn lichaam en de angst voor de ergere pijn die zou komen als hij zich bewoog. Vittorio stortte zich op Elettra, schreeuwend, geschreeuwde woorden die ze geen van allen konden verstaan. Hij greep met zijn linkerhand haar warrige haar vast en sleurde haar opzij, terwijl hij tegen haar bleef schreeuwen. Zijn rechterhand verdween onder zijn jas en kwam weer tevoorschijn met het mes dat hij gebruikte om vissen van hun ingewanden te ontdoen. Hij haalde zijn arm voor zijn lichaam langs en weer terug, met de knokkels van zijn hand naar boven, het mes gericht op haar gezicht of haar hals.

Carlo kwam in actie voordat hij tijd had om na te denken. Hij greep de reling van de boot vast en schopte naar zijn oom, volkomen instinctief een doel zoekend. Zijn schoen raakte de onderarm van zijn oom op het moment dat die voor zijn gezicht langs flitste. De arm vloog naar boven. Het mes reet de mouw van Vittorio's jas en zijn arm tot aan de pols open, gleed door Elettra's haar, dat hij met zijn andere hand nog steeds vasthield, en schraapte over haar schedel. De wind ging er met Vittorio's kreet vandoor en het mes vloog uit zijn hand. In zijn andere vuist wapperden de lokken van Elettra's haar woest in de wind.

Vittorio deed zijn hand open, en de wind rukte het haar meteen weg. Hij drukte zijn arm tegen zijn lichaam en draaide zich om naar zijn neef alsof hij hem te lijf wilde gaan, maar zag achter Carlo iets waar hij zo van schrok dat hij zich omdraaide en naar de voorkant van de boot sprintte. Hij aarzelde geen seconde, maar sprong rechtstreeks in het water, zijn arm zo goed en zo kwaad als het ging tegen zich aan gedrukt. De golf stortte op hen neer. Carlo werd tegen het dek gesmeten en schoof door tot aan de hellende zijwand van de boot, maar werd door de terugslag van de golf meteen weer meegezogen naar achteren, tot Elettra's lichaam hem de weg versperde. Ze kwamen half in de stuurhut terecht, hun lichamen verstrengeld in een groteske parodie op het verleden.

Weer kreeg instinct de overhand en probeerde hij overeind te komen, maar daar slaagde hij pas in toen Elettra naast hem knielde en hem van het dek tilde. Omdat spreken geen enkele zin had in het gebulder, klemde hij zich aan haar bovenarm vast en strompelde met haar naar de boeg, zijn passen vertraagd door de pijn. Duwend en trekkend sleepten ze zich naar de puntige voorsteven. Zonder er ook maar een seconde over na te denken, duwde hij haar over de rand. De zoeklichten gaven zoveel licht dat hij haar kopje onder zag gaan en vlak bij de boot meteen weer boven zag komen. Hij sprong haar achterna en zonk in het water dat zich boven zijn hoofd sloot. Toen hij bovenkwam, schreeuwde hij haar naam en voelde hij vingers zijn haar grijpen en trekken. Zelf was hij ieder gevoel van richting kwijt. Zijn armen hingen slap naast zijn lichaam en hij merkte dat hij niet met zijn voeten kon schoppen, dat hij helemaal geen kracht had en zich alleen maar in het water kon laten drijven, in het kielzog van welke hand het ook was die hem meetrok. Er botste iets tegen zijn voeten, wat bij hem een lichte ergernis opwekte. Hij was tevreden met de gewichtloosheid, die de pijn in zijn zij wegnam; hij wilde niet gedwongen worden te zwemmen of op te staan, want drijven was zoveel makkelijker, zo pijnloos.

Maar de hand trok hem mee en hij had geen kracht zich ertegen te verzetten. Toen zijn voeten de bodem raakten, vatte de pijn dat op als een teken dat hij kon terugkeren. Stekend, vlijmend, snijdend vulde hij zijn zij, deed hem dubbelslaan tot zijn voeten boven kwamen drijven en zijn hoofd onder water verdween. Maar de hand, de meedogenloze hand, greep zijn haar weer vast en trok hem opzij en naar voren, weg van de prettige veiligheid van het diepe water, de behaaglijkheid en het gewichtloze comfort dat het bood. Hij liet zich een meter door het water trekken, en toen nog een meter en toen kon hij opeens niet verder. Op een heel redelijke manier, vond hij zelf, hief hij zijn rechterarm op en legde zijn rechterhand op de vingers die nog steeds aan hem trokken. Hij klopte erop en zei, op een allerredelijkste toon: 'Dank je, zo is het wel genoeg.' Als de boom in het onbewoonde bos, hoorde niemand zijn woorden, en toen sloeg een enorme golf over hem heen.

25

Als een gestrande walvis lag Brunetti op het zand, niet in staat zich te bewegen. Hij had een hoop water binnengekregen en het hoesten had hem volkomen uitgeput. Hij lag in de regen terwijl golven aanrolden en met zijn voeten en benen flirtten, alsof ze wilden zeggen: blijf daar toch niet liggen, kom lekker zwemmen. Hun smeekbeden vonden echter een dovemans oor. Zonder dat hij zich ervan bewust was, sleepte hij zich af en toe een paar centimeter hogerop, weg van de speelse golven.

Het panische gevoel begon te zakken en langzaam te verdwijnen. Het loeien van de wind was nog niet afgenomen en de regen kletterde nog even hard op hem neer, maar de grond onder zijn lichaam, de veiligheid van het strand, zand, moeder aarde, bezorgden hem een soezerig gevoel van beschermde rust. Zijn gedachten begonnen te dwalen: hij zou zijn colbert naar de stomerij moeten brengen, of misschien was het al verpest. Dat zou hij erg jammer vinden, want het was zijn mooiste colbert. Hij had het zichzelf cadeau gedaan toen hij vorig jaar naar Milaan was gestuurd om, eindelijk, getuigenis af te leggen over een moord die twaalf jaar geleden was gepleegd. Dat leidde hem tot de gedachte dat het nogal vreemd was om in deze omstandigheden aan dergelijke dingen te denken en hoe verbazingwekkend het was dat hij besefte dat het vreemde gedachten waren. Wat zou Paola, die hem er altijd van beschuldigde een simpele ziel te zijn, trots op hem zijn wanneer hij haar vertelde hoe gecompliceerd zijn gedachtegang was geworden, daar op dat strand, ver van Pellestrina. Paola zou het ook jammer vinden van het colbert; ze zei altijd dat het het mooiste jasje was dat hij had.

Hij lag languit in het zand en dacht aan zijn vrouw, en na een poosje brachten die gedachten hem ertoe één knie onder zich op te trekken, en toen de andere, en vanuit die positie wist hij overeind te komen. Hij keek om zich heen, maar zag niets en zijn gehoor was nog verdoofd door de wind en de regen. Hij draaide zich om naar de richting waar hij meende vandaan te zijn gekomen en zocht naar de boot of het zoeklicht dat nog had gebrand toen hij van het dek was gesprongen, maar zag alleen duisternis.

Hij hief zijn hoofd op en riep de storm in: 'Bonsuan, Bonsuan!' Toen alleen de wind antwoord gaf, riep hij: 'Danilo, Danilo!' maar kreeg weer geen antwoord. Hij deed een paar stappen, zijn handen voor zich uitgestrekt als een blinde, en bleef roepen. Algauw stootte hij met zijn linkerhand ergens tegenaan: een plat vlak rees voor hem op. Dat moest de muur zijn van het verlaten fort van Ca'Roman, dat hij alleen kende als een stipje en een naam op een kaart.

Hij schuifelde naar voren tot zijn borst de muur raakte en spreidde tastend zijn armen. Dicht tegen de muur begon hij langzaam naar rechts te lopen en op een gegeven moment draaide hij zich een kwartslag om zodat hij beide handen kon gebruiken om voor zich uit te tasten.

Hij hoorde een geluid achter zich en bleef verrast staan, niet vanwege het geluid zelf, maar meer vanwege het besef dat hij het kon horen. Hij probeerde nergens aan te denken en alleen naar de geluiden van de storm te luisteren; na een poosje was hij er zeker van dat die begon af te nemen. Nu hoorde hij, heel duidelijk, het stukslaan van een golf, het gekletter van water op hard zand. Terwijl hij luisterde leek de kracht van de wind nog iets af te nemen, en naarmate de wind luwde, kreeg hij het steeds kouder, hoewel dat ook kon komen doordat hij uit zijn shocktoestand begon los te komen. Hij maakte het zwemvest los en liet het op de grond vallen.

Hij deed nog een paar stappen, zijn handen voor zich uitgestoken, vingers zo gevoelig als de voelhorens van een slak. Opeens verdween de muur onder zijn linkerhand en toen hij rondtastte, voelde hij de harde rechthoek van een opening in de muur. Nog steeds blind tastte hij de opening met de vingers van beide handen af en zette toen een aarzelende voet in het midden, zoekend naar de verwachte trap naar boven of naar beneden.

Er bleek een tree naar beneden te zijn. Met zijn handen tegen wat de wanden van een smalle gang moesten zijn, daalde hij de trap af, één, twee, drie treden, tot hij onder zijn behoedzaam tastende voet een bredere ruimte voelde.

Binnen, uit de wind, kwamen zijn andere zintuigen weer tot leven en werd hij overweldigd door de stank van urine en schimmel en god mocht weten wat nog meer. Hier, beschut tegen de harde wind, had hij warmer moeten worden, maar hij had het nu juist nog veel kouder dan buiten, alsof de luwte zowel de kou als de nattigheid een indringender kracht gaf.

Hij bleef staan, luisterend, zich concentrerend op wat voor hem lag, op waar deze holle ruimte hem naartoe zou brengen, en op wat achter hem lag, de trap en de afzwakkende storm. Hij schuifelde naar rechts tot hij een muur voelde, draaide zich om en leunde er met zijn rug tegenaan, troost vindend in stabiliteit. Zo bleef hij lange tijd staan, terwijl hij staarde naar de plek waar hij de doorgang vermoedde, tot hij licht naar binnen zag filteren. Hij liep naar het licht en toen hij in de vage gloed ervan stond, hief hij zijn horloge op naar zijn gezicht en zag tot zijn grote verbazing dat het nog niet eens avond was. Hij liep door naar de nu zichtbare traptreden, aangetrokken door de belofte van licht en de stilte die langs het trapje naar beneden stroomde.

Buiten wachtte hem een surrealistisch schouwspel: in het westen zakte de zon kalmpjes naar de einder, wegduikend achter flarden van wolken die de storm had vergeten mee te nemen en die zich spiegelden in het kalme water van de *laguna*. Hij draaide zich om naar het oosten en zag, niet erg ver van de kust, het staartje van de storm die in al zijn hevigheid op weg was naar wat er van Joegoslavië was overgebleven, alsof hij likkebaardend ging kijken wat voor schade hij daar nog meer kon aanrichten.

Brunetti rilde toen honger, stress en het langzame dalen van de temperatuur zich begonnen te wreken. Hij sloeg zijn armen om zijn lichaam en liep naar voren. Weer riep hij Bonsuans naam, maar ook nu kreeg hij geen antwoord. Voorzover hij kon zien was het land waarop hij stond aan drie kanten omgeven door water, met in noordelijke richting een smalle strook zand. Doordat hij de kaart van de *laguna* zo goed had bestudeerd, wist hij dat dit het natuurgebied van Ca'Roman was, al waren de dieren die geacht werden er beschermd te leven, nergens te bekennen. Misschien waren ze gevlucht voor de storm of hielden ze zich voor hem verscholen.

Hij draaide zich om, keek naar het brokkelige fort en liep er weer naartoe: misschien waren er andere deuren of ingangen waarachter de schipper beschutting had gevonden. Links van de doorgang die hij had gebruikt was er nog een. Binnen was een trap die naar boven liep. Hij klom de trap op, hopend dat de inspanning zijn verkilde lichaam wat verlichting zou brengen, maar hij werd er niet warmer van en zag ook geen Bonsuan. Hij liep weer naar buiten, terug naar de plek waar hij begonnen was, maar zag nog steeds niets. Verder naar links zag hij nog een ingang, ditmaal met een trapje naar beneden.

Hij liep ernaartoe en riep weer de naam van de schipper. En nu hoorde hij een geluid, misschien een stem. Snel liep hij de trap af. Bonsuan zat onder aan de trap tegen de muur, zijn hoofd achterover geleund, zijn knieën opgetrokken. Hij zat precies in de bundel zonnestralen die via de trap naar binnen kwam. Toen Brunetti vlak bij de oudere man stond, zag hij hoe bleek die was, maar hij zag ook dat de snee aan zijn hoofd niet meer bloedde. Bonsuan had net als hij zijn zwemvest afgedaan.

'Kom, Bonsuan,' zei hij op een gedecideerde, opgewekte toon. 'Laten we hier wegwezen en teruggaan naar Pellestrina.'

Bonsuan glimlachte instemmend en probeerde overeind te komen. Brunetti hielp hem en toen de oudere man eenmaal rechtop stond, leek hij vrij stabiel.

'Hoe voel je je?' vroeg Brunetti.

'Ik heb een daverende koppijn,' zei de schipper met een glimlach, 'maar ik heb tenminste nog een kop die pijn kan doen.' Hij maakte zich los uit Brunetti's greep en liep naar de trap. Bovenaan draaide hij zich om en riep naar beneden: 'Wat een storm, hè? Zo eentje hebben we sinds 1927 niet meegemaakt.'

Omdat Bonsuans lichaam een schaduw op de trap wierp en het licht wegnam, boog Brunetti zijn hoofd om te zien waar de onderste tree was. Toen hij weer opkeek, zag hij dat aan Bonsuan een tak was ontsproten. Vlak voordat hij besefte hoe onmogelijk dat was, werd hij opnieuw bevangen door de paniek die hij tijdens de storm had gevoeld. Aan mensen ontspruiten geen takken; stukken hout groeien niet uit de borst van een man. Tenzij ze er van de andere kant in zijn geduwd.

Zijn hersens waren nog bezig die informatie te verwerken toen zijn lichaam al in actie kwam. Het gooide alle gedachten, redeneringen over oorzaak en gevolg en het vermogen tot een conclusie te komen, alle dingen waar het mensdom door wordt gekarakteriseerd, opzij en stormde de trap op. Hij opende zijn mond en eruit kwam een dierlijke brul van woedende agressie. Bonsuan draaide zich om, heel zachtjes en langzaam, als een bruidegom die op het punt staat de bruid te kussen, en viel de trap af, naar Brunetti toe.

In zijn val draaide hij om zijn as, maar hij was zo zwaar dat Brunetti geen enkele kans had hem tegen te houden toen hij langs hem heen naar beneden stortte. Het stuk hout dat uit zijn borst stak, een dikke splinter, misschien een stuk van een roeispaan of een deel van een boomtak, schraapte langs Brunetti's benen, bleef aan de wol van zijn broekspijpen haken en liet een rode striem achter op zijn dijbenen.

Instinct vertelde hem dat Bonsuan niet gered kon worden en deed hem de trap op vliegen naar het verflauwende licht van de kalme lenteavond. Voor hem stond een gedrongen man met een borst als een bierton, één van de twee mannen die hij in de winkel van signora Follini had gezien, zijn handen opgeheven in de afwachtende grijphouding van een worstelaar. Hij was geschrokken van Brunetti's brul en zijn plotselinge verschijning, maar had zich snel hersteld en kwam met gespreide benen op Brunetti af, zijn potige lichaam één brok dreiging. Zijn linkerhand glansde rood in het licht van de ondergaande zon.

Brunetti was ongewapend. Als volwassene hadden woorden en vernuft hem altijd als wapens gediend en sinds hij bij de politie was gegaan, was hij zelden gedwongen geweest zich te verdedigen. Maar hij was opgegroeid als Venetiaan, in een arm gezin, met een vader, die geneigd was tot gewelddadigheid en drinken. Hij had al vroeg geleerd hoe hij zich moest verdedigen, niet alleen tegen zijn vader, maar tegen iedereen die hem treiterde om het gedrag van zijn vader. Nu viel alle beschaving van hem weg: hij schopte de man in zijn kruis.

Spadini sloeg dubbel en viel brullend op de grond, zijn handen machteloos tegen zijn kruis gedrukt. Kreunend en snikkend bleef hij liggen, verlamd van de pijn. Brunetti holde de trap af en draaide Bonsuan voorzichtig op zijn rug: de schipper keek naar hem op met verbaasde ogen. Brunetti sloeg Bonsuans jas open en haalde het zakmes uit de rechterzak van zijn uniformbroek. Hoe vaak had hij niet gezien dat de schipper dat mes in die zak liet glijden, honderden keren, duizend keer, meer jaren dan Chiara oud was. Hij holde de trap weer op.

De man lag nog steeds op de grond: zijn gekreun was nog niet afgenomen. Brunetti keek om zich heen en zag een plastic zak op de grond liggen; hij greep hem en sneed hem met Bonsuans mes aan repen. Hij rukte de armen van de man bij zijn lichaam vandaan en trok ze naar achteren. Ruw, omdat hij hem pijn wilde doen, bond hij zijn polsen vast. Hij zag nog een plastic zak en herhaalde het proces, zonder zich er iets van aan te trekken hoe strak de repen plastic kwamen te zitten. Hij nam de proef op de som door te proberen de armen van de man uit elkaar te trekken, maar het plastic hield stand. Hij zag een derde zak, sneed ook die aan repen en bond de enkels van de man aan elkaar. Toen herinnerde hij zich iets dat hij ooit had gelezen in een rapport van Amnesty International en bond de polsen en de enkels met een strook plastic aan elkaar, waarbij hij de benen van de man zover omhoogtrok dat zijn lichaam achterover werd gebogen. Hij hoopte dat het nog pijnlijker was dan het eruitzag.

Langzamer nu liep hij de trap weer af naar Bonsuan. Hij wist dat lijken niet aangeraakt mochten worden tot de lijkschouwer de persoon in kwestie dood had verklaard, maar hij bukte zich nu over Bonsuan, drukte zijn oogleden toe en liet zijn vingers er een paar lange seconden op liggen. Toen hij zijn handen wegnam, bleven de ogen dicht. Hij doorzocht de zakken van Bonsuans uniformjas en van zijn met bloed doordrenkte thermische vest tot hij de *telefonino* van de schipper vond.

Hij liep weer naar buiten en draaide het alarmnummer. De telefoon ging vijftien keer over voordat er werd opgenomen. Te moe om daar iets van te zeggen, gaf hij de agent zijn naam en rang. Hij legde uit waar hij was, beschreef in het kort wat de situatie was en gaf opdracht onmiddellijk een politieboot of helikopter te sturen.

'Wij zijn de carabinieri, commissario,' was de reactie van de jonge agent. 'Misschien is het beter als u dit verzoek aan uw eigen afdeling doorgeeft.'

De kou die in Brunetti's botten was gedrongen, kroop nu ook in zijn stem. 'Jongeman, het is nu achttien uur zevendertig. Als in jouw logboek niet komt te staan dat je binnen twee minuten hebt doorgegeven dat er een politieboot of helikopter naar me toe gestuurd moet worden, zul je daar veel spijt van krijgen.' Terwijl hij sprak begon hij in gedachten wilde plannen te smeden: hij zou uitzoeken hoe de agent heette, hij zou Paola's vader verzoeken zijn positie te gebruiken om de meerdere van de agent onder druk te zetten zodat die hem zou ontslaan, hij zou aan de andere schippers vertellen wie had geweigerd Bonsuan te hulp te komen.

Voordat hij bij het eind van de lijst was, zei de agent: 'Ja, meneer,' en hing op.

Hij draaide het nummer van Vianello, dat hij uit zijn hoofd kende.

'Vianello,' hoorde hij nadat de telefoon drie keer was overgegaan.

'Lorenzo, ik ben het,' zei Brunetti.

'Wat is er?'

'Bonsuan is dood. Ik ben op Ca'Roman, bij het fort.' Hij wachtte of Vianello iets zou zeggen, maar de brigadier zweeg afwachtend.

'Ik heb de dader te pakken. Hij is hier.' De man lag aan zijn voeten, zijn gezicht rood aangelopen van het vechten tegen de repen plastic die hem tot die pijnlijke, machteloze houding dwongen. Brunetti keek op hem neer. De man deed zijn mond open, misschien in een smeekbede, misschien om te protesteren.

Brunetti gaf hem een schop. Hij richtte niet op een specifieke plek, niet op zijn hoofd of zijn gezicht. Zijn voet schoot gewoon uit en raakte toevallig de bovenkant van zijn schouder, op de plek waar die overgaat in de nek. De man kreunde en lag stil.

Brunetti concentreerde zich weer op Vianello. 'Ik heb gebeld dat ze een politieboot of een helikopter moeten sturen.'

'Wie hebt u gebeld?' vroeg Vianello.

'Het alarmnummer.'

'Daar hebt u niets aan,' verklaarde Vianello. 'Ik zal Massimo bellen, dan zijn we er over een halfuur. Waar bent u precies?'

'Bij het fort,' zei Brunetti, die niet wilde weten wie Massimo was en wat Vianello precies van plan was.

'Ik kom eraan,' zei Vianello en hij hing op.

Brunetti liet de *telefonino* in zijn jaszak glijden, waarbij hij vergat hem af te zetten. Zonder verder nog naar de man op de grond te kijken, ging hij op een grote steen bij de muur van het fort zitten. Hij leunde tegen de muur en staarde naar het westen, zijn gezicht verwarmd door de laatste stralen van de zon. Hij haalde zijn handen uit zijn oksels en stak ze met de palmen naar voren uit naar de zon, zoals een verkleumde zijn handen uitsteekt naar een vuur. Hij overwoog zijn jasje uit te doen, maar kwam tot de conclusie dat hem dat te veel moeite zou kosten, hoewel hij wist dat hij warmer zou worden als hij zich van het kletsnatte gewicht zou bevrijden.

Hij wachtte op wat er zou gebeuren, maar er gebeurde niets. De man op de grond kreunde en kronkelde, maar Brunetti keek alleen af en toe naar hem om zich ervan te verzekeren dat zijn enkels en polsen nog steeds goed vastgebonden waren. Op een gegeven moment begon hij te denken dat als hij een van de stenen zou pakken die naast hem lagen en de man daarmee een klap op zijn voorhoofd zou geven, hij zou kunnen zeggen dat de man hem had aangevallen nadat hij Bonsuan had vermoord en dat hij tijdens de daaropvolgende vechtpartij was omgekomen. Het beviel Brunetti niets dat hij zulke dingen dacht, en het beviel hem nog minder dat hij van het plan afzag, in ieder geval gedeeltelijk, omdat hij wist dat de striemen van het plastic op de polsen en enkels van de man het bewijs zouden leveren van wat er in werkelijkheid was gebeurd.

Langzaam zonk de zon weg achter de grijze vlakte van de kustlijn en nam de warmte van de dag met zich mee. In het noorden werden de ongelijke kademuren en spitse torens van de ergernis die Marghera heette, door de schemering aan het oog onttrokken. Hij hoorde een vlieg zoemen. Toen hij er wat langer naar had geluisterd, hoorde hij dat het geen vlieg was maar een motor, het felle, jankende geluid van een motor die op hoge snelheid naderde. Een politieboot van de Questura? Vianello en de heroïsche Massimo? Brunetti had geen idee wie van de potentiële redders het was; en wie weet was het alleen maar een watertaxi of een forens die, nu de storm was weggetrokken en de rust hersteld, zijn kans schoon zag om over het water naar huis te komen. Hij dacht eraan hoe heerlijk het zou zijn om Vianello te zien, die stoere, beerachtige Vianello, maar herinnerde zich toen dat Vianello binnen het korps Bonsuans beste vriend was geweest.

Hij had drie dochters, Bonsuan: een arts, een architecte en een advocate, en dat op het salaris van een schipper. Bonsuan was altijd de eerste geweest die een rondje koffie of drank gaf; op het politiebureau deed het gerucht de ronde dat hij en zijn vrouw een jonge Bosnische vrouw die samen met hun jongste dochter rechten had gestudeerd en nog maar twee examens hoefde te doen om af te studeren, financieel steunden. Brunetti had geen idee of dat waar was en dat zou hij nu waarschijnlijk ook nooit te weten komen. Het maakte ook niet veel uit.

Het zoemen werd sterker en hield toen op. In de stilte hoorde hij iemand zijn naam roepen.

26

Brunetti kwam moeizaam overeind en voelde voor het eerst van zijn leven een waarschuwingsschot uit het domein van de ouderdom. Zo zou het dus worden, de pijnlijke heup, het trekken van de dijspieren, de onvastheid van de grond onder zijn voeten en het overweldigende besef dat alles doodgewoon te veel energie vergde. Hij liep naar het strand, in de richting van de stem die zijn naam had geroepen. Hij struikelde toen zijn rechtervoet achter een kruipende plant bleef hangen, en deinsde geschrokken achteruit toen een vogel vlak voor hem opvloog, ongetwijfeld om hem bij haar nest vandaan te krijgen.

Om haar jongen te beschermen, om haar jongen te beschermen, en wie zou nu Bonsuans jongen beschermen, ook al waren die niet zo jong meer? Hij hoorde uit een andere richting een geluid komen en keek op in de hoop Vianello te zien, maar het was signorina Elettra. Althans, het was een doorweekte jonge vrouw die erg veel op signorina Elettra leek. Een mouw van haar jack was verdwenen en in haar broek zat een grote scheur, waardoor hij haar kuit kon zien. Aan haar ene voet had ze geen schoen en er liep een bloederige schram over haar wreef. Maar wat hem het meest verbaasde, was haar haar: vlak boven haar rechteroor was het een heel stuk korter, nog maar een paar centimeter lang. Het stak uit als de haartjes op de punten van de oren van jonge jaguars.

'Bent u gewond?' vroeg hij.

Ze stak haar hand naar hem uit. 'Help me hem te zoeken. Alstublieft.' Ze wachtte niet op antwoord, maar draaide zich om en liep terug in de richting waar ze vandaan gekomen was. Hij zag dat ze haar linkervoet, die zonder schoen, ontzag.

'*Signore*,' hoorde hij Vianello achter zich zeggen.

Brunetti draaide zich om en zag hem staan, gekleed in een spijkerbroek en een dikke, wollen trui. Over zijn arm droeg hij nog een trui. Achter hem stond een man, eveneens in burger, met een jachtgeweer in zijn hand: dat moest Massimo zijn, van wie Vianello had gezegd dat hij hem snel hierheen kon krijgen.

'Daar bij het fort ligt een man op de grond. Hou hem in de gaten,' zei Brunetti tegen de man met het geweer. Toen wenkte hij Vianello en ging achter signorina Elettra aan.

Het strand lag vol rommel: de honderden voorwerpen die door iedere storm van de bodem van de *laguna* opgevist werden en hier wegrotten tot het getij of een nieuwe storm ze weer terugbracht naar hun waterige graf. Hij zag flarden van reddingsboeien, talloze plastic flessen, sommige met de dopjes stevig aangedraaid; grote stukken visnet, schoenen en laarzen, plastic bestek, alles bij elkaar genoeg voor een leger. Iedere keer dat hij een stuk hout zag, een gebroken roeispaan of een tak, wendde hij zijn ogen af en zocht naar flessen of plastic bekertjes.

Ze zagen haar geknield in het zand zitten aan de rand van het water. In het ondiepe water lag een vissersboot. De linkerzijde was lekgeslagen en op het water eromheen dreef een grote olievlek die zich nog steeds uitbreidde.

Toen ze hen hoorde aankomen, keek ze op. 'Ik weet niet wat er is gebeurd, maar hij is verdwenen.'

Vianello liep naar haar toe, legde de trui om haar schouders en bood haar zijn hand om haar overeind te helpen. Ze negeerde hem, trok de trui van haar schouders en liet hem in het zand vallen.

Vianello hurkte naast haar neer. Hij pakte de trui op, legde hem zorgzaam weer om haar schouders en knoopte de mouwen onder haar kin vast. 'Kom nu maar met ons mee,' zei hij. Hij stond op en hielp haar overeind.

Hij wilde nog iets zeggen, maar stopte toen hij een geluid hoorde dat uit de richting van Pellestrina kwam. Als kippen op hun stok keerden ze alledrie hun hoofd om in de richting van de sirene die de komst van de carabinieri aankondigde.

Elettra begon onbeheerst te beven.

Ze bleven op het strand staan wachten op de boot van de carabinieri. De schipper liet de boot een korte bocht maken, zette toen de motor af en liet de boot uitdrijven tot een paar meter uit de kust. Voorin zaten drie agenten met kogelvrije vesten die hun geweren op de mensen op het strand richtten. Toen de schipper Vianello herkende, riep hij tegen de anderen dat ze hun wapens moesten laten zakken en deden ze dat, zij het met een zekere mate van tegenzin.

'Ik wil dat twee van jullie hierheen komen om haar te helpen,' riep Brunetti, zich er niets van aantrekkend dat hij ondanks zijn rang geen enkele zeggenschap had over deze mannen. 'Ze moet naar het ziekenhuis.' De drie agenten keken vragend naar hun schipper. Hij knikte. Omdat er geen aanlegsteiger was, zouden ze in het water moeten springen en naar het strand waden. Terwijl ze aarzelend bleven staan, keek signorina Elettra naar Brunetti en zei: 'Ik kan niet zonder hem teruggaan.'

Voordat Brunetti daar antwoord op kon geven, draaide Vianello zich om naar Elettra en tilde haar van de grond, zijn ene arm rond haar schouders, de andere onder haar knieën. Hij liep het water in en waadde naar de boot. Brunetti zag dat ze protesteerde, maar haar woorden en die van Vianello werden overstemd door het geluid van het klotsende water. Toen Vianello de boot had bereikt, ging een van de carabinieri op zijn knieën zitten en stak zijn armen uit om signorina Elettra van hem over te nemen.

Hij zette haar rechtop in de boot en Brunetti zag dat Vianello zich snel nog even naar voren boog om de trui te schikken. Toen sloeg de motor weer aan en voeren ze weg. Vianello keek de boot na terwijl hij nog in het water stond en Brunetti vanaf het strand, maar signorina Elettra keek niet om.

Vianello waadde naar het droge en liep zwijgend met Brunetti terug naar Massimo en zijn gevangene. Vianello's vriend was op de steen gaan zitten waar Brunetti daarnet had zitten wachten, het geweer dwars op zijn knieën. De gebonden man ging hevig tekeer toen hij hen zag. 'Maak me los!' riep hij fel. De mannen negeerden hem.

'Bonsuan is daarbeneden,' zei Brunetti. Hij wees naar de opening en de trap erachter. Binnen kon je niet zoveel meer zien, nu het licht de dag aan het verlaten was.

'Massimo,' zei Vianello tegen zijn vriend. 'Geef me de zaklantaarn eens even.' Massimo haalde een dunne, zwarte zaklantaarn uit een van de vele zakken van zijn jagersjack en stak hem Vianello toe.

'Wacht hier,' zei Brunetti tegen de man met het geweer. Ze liepen samen de trap af, het licht voor hen uit stromend. En terwijl ze de trap afdaalden, smeekte Brunetti in stilte om iets waar hij zelf niet in kon geloven: dat Bonsuan nog leefde, dat hij alleen maar gewond en geschrokken was, en nog leefde. De gewoonte uit zijn kinderjaren om een deal te sluiten met wie het ook was die over dit soort dingen ging, had hij lang geleden al opgegeven, en hij vroeg nu alleen maar dat het alsjeblieft waar kon zijn, zonder er iets voor in ruil te bieden.

Maar Bonsuan leefde niet meer, en zou ook nooit meer schrikken. Het laatste waar hij op deze aarde van was geschrokken, was de onverwachte explosie van pijn in zijn borst, toen hij zich boven aan de trap naar Brunetti had omgedraaid om te zeggen wat een zware storm het was geweest.

Vianello liet de lichtbundel heel even over het gezicht van zijn vriend glijden en liet zijn arm toen zakken. Het licht scheen nu op zijn schoenen, de vuile grond en Bonsuans linkerschouder, maar het puntige stuk hout dat zo volkomen misplaatst uit zijn borst stak, was ook buiten de lichtcirkel zichtbaar.

Na een minuut liep Vianello terug naar de trap, ervoor oppassend dat hij niet weer met de zaklantaarn op Bonsuans gezicht scheen. Brunetti volgde hem. Boven zagen ze dat Vianello's vriend zich niet had verroerd, net zomin als het geweer, en net zomin als de vastgebonden man.

'Alstublieft,' smeekte hun gevangene. Alle dreiging, al het venijn was uit zijn stem verdwenen.

Vianello haalde een mes uit de achterzak van zijn spijkerbroek, knipte het open en knielde naast de man neer. Brunetti vroeg zich vaag af wat de brigadier ermee ging doorsnijden, de plastic stroken of de keel van de man, en besefte dat het hem niets uitmaakte. Hij keek toe toen de hand met het mes verdween, aan het oog onttrokken door Vianello's lichaam. Het lichaam van de gebonden man schokte en zijn benen zwiepten naar voren toen ze werden losgesneden van zijn polsen.

Hij bleef stilliggen, hijgend van de pijn die de beweging hem had bezorgd. Roerloos bekeek hij Vianello door half toegeknepen ogen. De brigadier drukte met de palm van zijn rechterhand het mes dicht en bracht zijn hand naar achteren om het weer in zijn zak te steken. De gebonden man koos dat moment om toe te slaan. Hij trok zijn knieën op naar zijn borst, naar adem happend vanwege de pijn in zijn opgerekte spieren, en trapte met zijn gebonden voeten naar Vianello. Hij raakte hem op zijn heup, zo hard dat Vianello tegen de grond smakte.

De man trok zijn benen weer op en spande zijn spieren om Vianello nog een trap te geven, maar Massimo was al overeind gesprongen en naar hem toe gelopen, het geweer ondersteboven in zijn hand. Toen de geknevelde man de dreiging boven zich uit voelde torenen, ontspande hij zich en strekte zijn benen, weg van Vianello, die overeind krabbelde. 'Goed, goed, ik hou al op,' zei Spadini en hij glimlachte erbij. Heel nonchalant hief Massimo het geweer hoog in de lucht en liet de kolf ervan hard neerkomen, precies op Spadini's neus. Brunetti hoorde de botten breken, een nattig, krakend geluid, als wanneer je op een kakkerlak of een tor trapt.

Spadini brulde van de pijn en rolde om en om in een poging weg te komen bij de man met het geweer, zijn handen nog op zijn rug gebonden. Massimo liet de kolf van het geweer kalmpjes op een bosje zanderig gras bij zijn voeten zakken en haalde hem een paar keer heen en weer. Toen bekeek hij de kolf en vond hem schoon genoeg. Zonder zich iets aan te trekken van de snikken van de man uit wiens neus bloed bleef stromen op het zand onder zijn hoofd, liep Massimo terug naar de steen bij de muur en ging weer zitten.

Hij keek naar Brunetti. 'Ik mocht graag met Bonsuan gaan vissen.'

Toen zwegen ze tot een jeep van de carabinieri uit Pellestrina in volle vaart over het zand op hen afkwam, zich niets aantrekkend van de verwoesting die hij aanrichtte aan de duinen en onder de broedvogels die niet op tijd aan de wielen konden ontsnappen.

27

DE CARABINIERI DIE UIT DE JEEP STAPTEN, TOONDEN GEEN ENKEle verbazing over wat ze zagen, en toen Brunetti hun vertelde wat er was gebeurd, keken ze alsof zijn verhaal hun absoluut niet interesseerde. Één van hen daalde de trap af naar de bunker en toen hij weer tevoorschijn kwam, gaf hij via zijn *telefonino* opdracht een ambulance te laten komen om het lijk op te pikken.

Intussen hadden de andere twee Spadini de jeep in geduwd, zonder de moeite te nemen zijn handen los te maken. Hij zat rechtop op de achterbank als een pakket in wankel evenwicht. Brunetti en Vianello wilden geen van beiden Bonsuans lichaam onbewaakt achterlaten, en gingen daarom niet op het aanbod in met de anderen mee te rijden naar het carabinieri-bureau op het Lido. Ze keken toe toen een van de carabinieri naast Spadini op de achterbank ging zitten en de andere twee voorin stapten en de jeep wegstoof.

Vianello's berengestalte hield voor Brunetti geen belofte van dierlijke troost meer in, dus liep hij naar de rand van het water. Vianello liet hem gaan en ging links van de ingang naar de bunker staan. Lange tijd keek hij naar de roerloze Brunetti, die naar de roerloze stad in de verte staarde, weer zichtbaar nu de storm was weggetrokken. Ze waren allebei doorweekt en ijskoud, maar hadden daar eigenlijk geen van beiden erg in tot Massimo terugkwam van zijn boot met een duffel voor Brunetti. Hij hielp de commissario zijn colbert uittrekken en hield de jas voor hem op. Brunetti stak zijn armen in de mouwen. Zijn colbert bleef op de grond liggen. Toen in het noorden het geluid van een sirene klonk, richtte Vianello zijn aandacht dáárop en liet hij zijn meerdere over aan diens gedachten.

Brunetti keerde terug naar het fort toen hij de ambulance hoorde aankomen. Vianello en hij gingen niet mee naar beneden om de twee brancarddragers te helpen. Toen ze tevoorschijn kwamen, hun last schuin opgeheven om de trap op en door de smalle doorgang te kunnen komen, lag er een blauw laken over het lijk en stak het midden omhoog als een kleine piramide. De brancarddragers liepen naar de achterdeur van de ambulance en schoven de brancard naar binnen. Voordat ze het achterportier dichtdeden, klommen Brunetti en Vianello erin en trokken de klapstoeltjes aan weerszijden naar beneden. In stilte legden ze de weg af naar het Lido en daarvandaan in een waterambulance terug naar Venetië met een al even stille Bonsuan.

Op de Questura zette Brunetti het proces in werking om Spadini officieel aan te klagen voor de moord op Bonsuan. Het bewijsmateriaal dat hem in verband bracht met de moorden op de Bottins en signora Follini was op z'n best bijkomstig, en dat wist Brunetti heel goed: hoewel aangetoond kon worden dat hij een motief had gehad, waren er geen bewijzen dat hij de andere moorden op zijn geweten had. Hij had ongetwijfeld alibi's en die hadden vast en zeker allemaal betrekking op andere vissers, die zouden zweren dat Spadini bij hen was geweest toen de twee mannen waren vermoord en toen signora Follini was verdronken.

Brunetti zei tegen de mannen van het lijkenhuis dat ze het stuk hout waarmee Bonsuan vermoord was, niet aan mochten raken en gaf opdracht een expert te laten komen om het op vingerafdrukken te onderzoeken voordat het uit zijn lichaam werd verwijderd. Het was niet waarschijnlijk dat Spadini ook in dit geval iemand zou weten te vinden die hem een alibi zou verschaffen.

Zijn gedachten keerden terug naar Bonsuans weduwe en hun drie dochters, nu vaderloos. Mannen moordden elkaar uit, vaak om hun eer te verdedigen, wat de bedrieglijkste reden van alle was, terwijl de vrouwen met de ellende bleven zitten. Toen dacht hij aan een vijfde vrouw, signorina Elettra, en vroeg hij zich af hoeveel verdriet dit haar zou doen. Hij zette die gedachte van zich af, stond op en vertrok, zich nauwelijks bewust van de gedachte aan eer, om met de weduwe van Bonsuan te gaan praten.

Later, thuis, vertelde hij Paola zoveel als hij kon. 'Ze zei aldoor dat hij nog maar twee jaar te gaan had, dat hij alleen maar wilde gaan vissen en van zijn kleinkinderen genieten.' De woorden hadden zich aan hem vastgehecht, als de brandende mantel die Creons dochter had vernietigd: hoezeer hij zich ook verzette, hoe hard hij er ook aan trok, ze bleven aan hem kleven en hem branden.

Hij zat met Paola op het balkon. De kinderen hadden zich als kluizenaars in hun kamer teruggetrokken om zich voor te bereiden op de eindexamens. In het westen had het licht hen allen allang verlaten en alleen geluid en de herinnering aan vorm en lijn achtergelaten.

'Wat moet ze nu?' vroeg Paola.

'Wie? Anna?' vroeg hij, met zijn gedachten nog steeds bij Bonsuans weduwe.

'Nee, die heeft haar kinderen. Elettra.'

Opgeschrikt door de vraag antwoordde hij: 'Dat weet ik niet. Daar heb ik niet over nagedacht.'

'Is hij dood, de jongeman?' vroeg ze.

'Ze zijn naar hem aan het zoeken,' was het enige antwoord dat Brunetti kon geven.

'Wie?'

'De Guardia di Finanza heeft twee boten gestuurd en een van onze boten is ook naar hem op zoek.'

'En?' vroeg Paola, die dit soort antwoorden kende.

'Ik betwijfel het. Niet na zo'n storm.'

Paola wist daar niets meer op te zeggen en vroeg dus maar: 'En de oom?'

Daar had Brunetti de afgelopen paar uur over zitten denken. 'Ik denk niet dat we iemand op Pellestrina zover zullen krijgen toe te geven iets over de moorden te weten. Zelfs niet nu ze weten dat Spadini het heeft gedaan. Ze zullen hun mond niet opendoen.'

'God, en wij hebben het altijd over de Zuiderlingen die zo aan banden gelegd worden door hun *omertà*,' riep Paola uit. Toen Brunetti daar niets op zei, vroeg ze: 'En Bonsuan?'

'Onder die moord kan hij niet uit komen. Daar krijgt hij twintig jaar voor,' zei Brunetti, maar hij dacht bij zichzelf dat dat eigenlijk niets uitmaakte.

Lange tijd zeiden ze geen van beiden iets.

Toen vroeg Paola, haar gedachten weer op het leven gericht: 'Zal Elettra hieroverheen komen?'

'Dat weet ik niet,' bekende Brunetti eerlijk en hij voegde eraan toe, tot zijn eigen verbazing: 'Zo goed ken ik haar niet.'

Paola dacht daar diep over na en zei toen: 'We kennen ze eigenlijk nooit echt goed, hè?'

'Wie niet?'

'Echte mensen.'

'Wat bedoel je met "echte mensen"?'

'Als het tegenovergestelde van mensen in boeken,' legde Paola uit. 'Die zijn de enigen die we echt leren kennen, door en door.' Ze gaf hem weer een ogenblik om dat te verwerken en ging toen door: 'Misschien komt dat omdat zij de enigen zijn over wie we betrouwbare informatie krijgen.' Ze keek naar hem en ging door, met de blik waarmee ze voor de klas stond wanneer ze keek of iedereen haar wel kon volgen: 'Vertellers liegen nooit.'

'En de manier waarop ik jou zie?' vroeg hij op een toon die aan verontwaardiging grensde en in de buurt kwam van woede omdat dit gesprek zo weinig ter zake doende leek, of om de omstandigheden die ze had gekozen om erover te beginnen. 'Is die niet echt?'

Ze glimlachte. 'Net zo echt als de manier waarop ik jou zie.'

Hij reageerde scherp. 'Dat antwoord bevalt me helemaal niet.'

'Dat slaat nergens op, schat.' Ze zwegen weer. Na een lange tijd stak ze haar hand naar hem uit en legde hem op zijn arm. 'Het komt wel in orde met haar, zolang ze maar weet dat haar vrienden van haar houden.'

Het kwam niet in Brunetti op iets te zeggen over het feit dat ze de uitdrukking 'houden van' had gebruikt.

'En dat doen we.'

'Dat weet ik,' zei Paola en ze ging naar binnen om te kijken hoe het met de kinderen was.